Wien, die »Stadt der Seele«: Als Marie im Café stolpert und einen
Kaffee umstößt, lernt sie nicht nur Jakob kennen, sondern setzt
damit auch eine Reihe von Geschichten in Gang. Jakob verliebt
sich in Marie und trennt sich von seiner Freundin Sonja, die bald
darauf jemand anderen trifft: Gery. Er war der beste Freund von
Joe – der früher mit Marie zusammen war und sich mit einem
spektakulären Sprung in den Donaukanal das Leben genommen
hat. Ein mysteriöses Testament taucht auf, das im Prater verlesen
werden soll – in Anwesenheit von Gery und Marie.
Ein bemerkenswertes Romandebüt, märchenhaft und modern
zugleich, ein Roman über Einsamkeit, Sehnsucht und Liebe.

Margarita Kinstner, geboren 1976 in Wien, hat bisher in
Literaturzeitschriften und Anthologien veröffentlicht.
Mittelstadtrauschen ist ihr erster Roman.

Margarita Kinstner

Mittelstadtrauschen

Roman

btb

Verlagsgruppe Random House FSC® N001967
Das für dieses Buch verwendete FSC®-zertifizierte
Papier *Lux Cream* liefert Stora Enso, Finnland.

1. Auflage
Genehmigte Taschenbuchausgabe August 2015,
btb Verlag in der Verlagsgruppe Random House GmbH, München
Lizenzausgabe mit Genehmigung des Paul Zsolnay Verlages, Wien
© Deuticke im Paul Zsolnay Verlag Wien 2013
Umschlaggestaltung: semper smile, München, nach einem
Umschlagentwurf von Hauptmann & Kompanie Werbeagentur,
Zürich
Druck und Einband: CPI books GmbH, Leck
LW · Herstellung: sc
Printed in Germany
ISBN 978-3-442-74902-7

www.btb-verlag.de
www.facebook.com/btbverlag
Besuchen Sie auch unseren LiteraturBlog www.transatlantik.de

Teil 1

Verschränkung

Marie läuft die Ringstraße entlang. Mückenschwärme fliegen ihr ins Gesicht, in Augen und Nase und auch in den Mund, den sie ein wenig offen stehen hat. Sie streckt die Zungenspitze heraus und fährt sich mit Daumen und Zeigefinger darüber. Von links schiebt sich ein dichtes Wolkenband über die Häuser und vertreibt das Sommerblau. Schon spritzt und spuckt es auf Köpfe und nackte Schultern, eilig flüchten Spaziergänger unter Markisen und retten sich in Kaffeehäuser, Kioskbesitzer rollen die Tageszeitungen unter das Dach, Fensterläden schlagen im Wind, Schirme werden aufgespannt. Maries Absätze klappern auf dem Asphalt, als sie in die engen Gassen des ersten Bezirks hineinläuft. Sie drückt eine Glastür auf und schiebt den roten Samtvorhang zur Seite.

Was für eine Welt!

Touristen beugen sich über Stadtpläne und rühren in hellbraunen Mozartkaffees, weißgelockte Damen stechen mit kleinen Gabeln in cremige Torten. In den Ecken verstecken sich Studenten hinter hölzernen Zeitungshaltern und rascheln mit dem rosafarbenen Papier. Die Espressomaschine rattert und zischt, Löffel klappern, Rauchschwaden schweben über den Köpfen und hocken sich auf rotgepolsterte Bänke. In der Mitte des Saales ein Gewirr aus Marmorplatten, Tischbeinen und Stuhllehnen, dazwischen farbige Rucksäcke und ein von einer Lehne gerutschter Seidenschal. Marie wühlt sich durch, kämpft sich vor, weicht aus und steigt drüber. Eine Gruppe von Teenagermädchen kichert hinter vorgehaltenen Händen, daneben sitzen zwei junge Frauen, eine davon mit einem Säugling im Arm. Ein Spalt im T-Shirt öffnet sich, schon springt eine Warze heraus und ragt in den Raum hinein. Hinter den Zeitungshaltern verrenken sich Hälse, Münder stehen offen, Blicke werden eingebrannt. Und auch Marie stolpert vor lauter Schauen über ein Stuhlbein, hält sich an einem Tisch fest, der dabei ins Wanken gerät. Eine Kaffeetasse kippt um, die Farbe erinnert sie an die Mur, trüb und braun fließt die Flüssigkeit über die Tischplatte und tropft auf den Boden.

Hinter der Zeitung lugt einer hervor. Sieht zuerst seinem Kaffee beim Auslaufen zu, dann Marie in die Augen.

Mit der Liebe ist es so eine Sache. Vater und Mutter kann man sich nicht aussuchen, in eine Familie wird man schließlich hineingeboren. Aber wie ist das mit der großen Liebe (oder auch der kleinen)? Schicksal, sagen die weißgelockten Damen, deren Männer schon seit Jahren unter der Erde liegen. Das ganze Leben, nichts als Schicksal. Wen du heiratest, wie viele Kinder du kriegst, wann du stirbst und ob du davor noch deine Kinder beerdigen musst – alles Schicksal. Da kann man nichts machen, da muss man sich fügen. Und so unrecht haben sie nicht, die alten Damen, denn wer bestimmt schon, ob man zur richtigen Zeit am richtigen Ort ist, oder zur falschen Zeit am falschen Ort, oder zur richtigen Zeit am falschen Ort, oder zur falschen Zeit am richtigen Ort? Wer entscheidet, wenn nicht das Schicksal, und wer traut sich am Ende seines Lebens schon zu sagen, welche Zeit die richtige und welche die falsche gewesen ist, welchen Ort man besser aufgesucht und welchen man besser gemieden hätte?

Da steht sie nun, die Frau, die sich Marie nennt und eigentlich Laetitia heißt, im hintersten Eck eines Wiener Kaffeehauses, neben der Mutter mit der großen braunen Warze, an der jetzt genüsslich der Säugling nuckelt.

»Hast du dir wehgetan?«

Mit einer schnellen Bewegung legt Jakob, dessen Kaffee sie umgestoßen hat, die Zeitung beiseite und lächelt sie an.

Das Schicksal in Form einer kaffeebraunen Brustwarze ist etwas ganz Besonderes, so etwas erlebt man nicht alle Tage, so ein Schicksal deutet auf Großes hin. Das spüren auch Marie und Jakob, also tupfen sie emsig mit Servietten und Taschentüchern den verschütteten Kaffee auf und rufen nach dem Kellner. Mit schwitzenden Händen lassen sie das Schicksal seinen Lauf nehmen, Marie, indem sie an ihre eigenen rosafarbenen Brustwarzen denkt und wie sie wohl aussehen werden, wenn sie einmal ein Kind in sich tragen wird, und Jakob, indem er gar nichts mehr denkt. Wie die Rauchschlieren ziehen Maries Worte an seinem Kopf vorbei, im Grunde ist es völlig nebensächlich, was sie redet, geredet wird bald einmal in einem Kaffeehaus, vor allem, wenn sich zwei kennenlernen. Da wird das Reden zum Defibrillator, komm schon, komm, in jeder Mundbewegung die Angst, nicht zu genügen, bleib hier, steh nicht auf, geh nicht weg.

Marie gehört zu den Frauen, die gemocht werden wollen. Vielleicht lächelt sie deswegen so viel.

Jakob, der sich von Maries Lächeln angezogen fühlt (von ihrem Schmollmund, von dem leicht schief stehenden Eckzahn, von den drei Sommersprossen auf ihrer Nasenspitze, von dem Grübchen auf ihrer linken Wange), flirtet los und scherzt sich vor. Als Marie eine Zigarette aus dem Päckchen zieht, gibt er ihr Feuer, weil es sich so gehört, auch wenn er selbst nicht mehr raucht. Und während er ihr beim Rauchen und Reden, beim Gestikulieren und Lächeln zusieht, muss er plötzlich an Sonja denken, daran, wie sie jetzt auf ihrem gelben Sofa sitzt und auf seinen Anruf wartet, das Handy auf dem Designercouchtisch, den Blick auf den Flachbildschirm geheftet, Sonntagabend, es lebe Rosamunde Pilcher, es lebe die Liebe! Heute sind sie nicht wie sonst jedes Wochenende im Wienerwald gewesen, heute hatte der Radiosprecher Regen vorhergesagt, da hat er sagen können, dass er ohnehin noch ins Labor muss, worauf Sonja beleidigt dreingeschaut hat.

Sonja und er, das passt einfach nicht mehr. Die Liebe ist aus, abgebrannt, zu Asche zerfallen, wie der Inhalt des immer voller werdenden Kaffeehausaschenbechers. Alles, was bleibt, sind braune Stummel, geknickt und verformt. Sonja will Spaziergänge im Wienerwald, Sonja will ein Kind, Sonja will Verantwortung übernehmen. Jakob hingegen kann sich ein Leben mit Sonja nicht mehr vorstellen, schon gar kein Leben zu dritt. Also lässt er sich von Maries tanzendem Grübchen ins Kaffeehaus zurückholen. Wovon redet sie eigentlich? Er muss ihr eine Weile zuhören, bevor er den Faden wiederaufnehmen kann, aber sie scheint ohnehin nicht auf kluge Bemerkungen zu warten. Ja, nicht einmal auf ein zustimmendes Nicken. In hastigen Sätzen erzählt sie von sich, von ihrer Arbeit als Lehrerin für Französisch, Psychologie und Philosophie, von ihrer ersten Maturaklasse (keiner ihrer Schüler ist durchgefallen, was für eine Erleichterung!), und davon, wie froh sie ist, die neue Direktorin noch weitere sechs Wochen nicht sehen zu müssen.

»Und du? Was machst du?«

Jakob grinst. Muss daran denken, dass sein Vater sich nichts sehnlicher wünschen würde, als ihn vor einem Haufen junger Leute an der großen grünen Tafel stehen zu sehen, Formeln schreibend, erklärend.

»Ich arbeite gerade an meiner Dissertation, Quantenteleportation auf lange Distanz«, sagt er, und schon hat er Angst, sie zu langweilen, aber sie sieht ihn nur aus großen Augen an und fragt: »Quantentele… wie? Davon hab ich ja noch nie etwas gehört.«

Also erzählt auch er von seiner Arbeit, von dem kleinen Labor unter der Donau, von den Glasfaserkabeln im Wiener Kanalsystem und den Sendestationen und Empfängerstationen mit den Namen Alice und Bob. Von den Lichtteilchen, die er verschränkt, und von den Auswirkungen, die ihre Forschung auf die Zukunft haben wird.

»Wenn du willst, zeig ich dir das Labor. Natürlich nur, wenn es dich interessiert.«

»Und ob es das tut!«, versichert Marie eilig.

So leicht also sichert man sich ein Wiedersehen.

Jakob und Marie, Marie und Jakob. Wenn es den kleinen Liebesgott mit den Pfeilen auf dem Rücken wirklich geben sollte, dann sieht er jetzt zufrieden drein und lächelt noch einmal in die Runde, bevor er sich zu seinem nächsten Auftrag begibt.

Als das Kaffeehaus schließt, spazieren sie durch die Stadt, den gleichen Weg, den Marie auf ihrer Flucht vor dem Regen genommen hat, an Kirchen und Palais vorbei, unter Torbögen durch, hinunter zum Ring, wo jetzt keine Mückenschwärme mehr fliegen. Marie wickelt ihre Arme enger um den Körper, und Jakob, der keine Jacke dabeihat, die er ihr anbieten kann, legt seinen Arm um ihre Schultern, zieht sie heran und sagt: »Du hast ja eine Gänsehaut.« Sonja vor dem Flachbildschirm hat er vergessen oder vielleicht auch nicht, vielleicht verdrängt er ihr Bild nur aus seinem Kopf. Er will jetzt nicht über seine Beziehung nachdenken. Also geht er, seinen Arm um Maries Schultern gelegt, den Donaukanal entlang, über die Brücke zum Augarten, um den Augarten herum, in die Castellezgasse hinein, die Stiegen hinauf und in Maries Wohnung, wo sich sofort eine Katze an seine Unterschenkel schmiegt und laut klagend ihr Futter fordert. Jakob schüttelt das Tier ab und drückt Marie an sich, diese wunderbar fremde Marie, diese wunderbar lächelnde, duftende Marie, er presst seine Lippen auf die ihren und schiebt seine Zunge in ihre Mundhöhle, komm her, geh nicht weg, doch sie stößt sich von ihm ab, dreht lachend eine Pirouette und flattert in die Küche, um eine Dose Katzenfutter zu öffnen.

Und während sich Marie mit der Dose in den Finger schneidet und sich fragt, ob es gescheit gewesen ist, jemanden, den sie erst ein paar Stunden zuvor kennengelernt hat, gleich mit in ihre Wohnung zu nehmen, während Jakob – nur Maries Lächeln wahrnehmend – an ihrem Finger saugt, zieht die Wiener Polizei Joes Leiche aus dem Donaukanal. Teigig und aufgeschwemmt ist sein Leib, ein bisschen wie der von frischgebackenen Müttern im Wochenbett.

2 Der Sommer saugt alles aus, er nuckelt an den Blättern und Flüssen und zieht die Körperflüssigkeiten aus den Leibern. Die Straßenbahnen stinken nach Touristenschweiß und die Autos nach feuchten Managerhemden und frischer Kinderkotze. Auch am Donaukanal riecht es, nach totem Fisch und verfaultem Laub. Nur in Sonjas Wohnung ist es dank der neuen Klimaanlage schön kühl, doch dort will Jakob nicht mehr hinein. Lieber liegt er in Maries Achselhöhle und leckt ihr den letzten Tropfen Schweiß vom Körper. So bekommt er nicht mit, wie Sonja anruft und auf seine Mobilbox kreischt, was das soll, ob er jetzt komplett durchgeknallt sei, ihr einfach so den Schlüssel auf den Küchentisch zu legen, ein feines Arschloch sei er! Aber so ist das Leben nun einmal. Während unter Maries Fenster die Bauarbeiter ins Innerste Wiens vordringen, dringt Jakob ins Innerste Maries vor, und während

Sonja die Tränen herunterrinnen, rinnen Jakob die Schweiß-
perlen herunter, bis am Schluss beide ganz dehydriert sind.
Was ist aus der großen Liebe geworden? Das gemeinsame Bett
gibt es nicht mehr, auch den gemeinsamen Kühlschrank nicht,
Sonja trinkt Mineralwasser in ihrer sanierten Altbauwohnung,
Jakob trinkt Mineralwasser in Maries Garconniere, und als
beide über ihre Lippen lecken, schmecken sie salzig, Jakobs
Lippen vom Marieschweiß und Sonjas Lippen von den Liebes-
kummertränen.

Die große Liebe ist austauschbar, wie alles im Leben.

Auch Konsalik-Heftchen sind austauschbar – jede Woche eine
neue Ausgabe, ein neues Schicksal, eine neue große Liebe. Deswegen geht die zweiundachtzigjährige Hedi Brunner zur Tra-
fik. Alte Frauen haben zwei dumme Eigenschaften, sie lesen
zu viel Konsalik und trinken zu wenig Mineralwasser – Ange-
wohnheiten, die im Sommer das Leben kosten können.

Jakobs Großmutter hat Glück, der Trafikant ruft die Rettung, und eine halbe Stunde später liegt sie unter einem weißen Laken und bekommt Salzlösung in die Venen geträufelt.
Auf Jakobs Mobilbox gesellen sich die Mutternachrichten zu
den Sonjanachrichten, doch der Presslufthammer unter Maries Fenster macht es möglich, dass Jakob von alledem nichts
mitbekommt.

So vergehen die Hundstage, die Katzenhaare kleben an Jakobs
Körper und auch die Forschungsarbeit ruht. Als Jakob endlich
sein Handy aus der Hosentasche zieht und den Akku auflädt,
kommt er mit dem Nachrichtenabhören gar nicht mehr nach.
Wo er sei, jammert die Mutter, die Großmutter sei umgefallen,
sie brauche jetzt seine Hilfe, wo er verdammt noch mal stecke,
kreischt Sonja. Aber man braucht schließlich auch ein wenig

Erholung, Zeit für sich. Als Jakob tags darauf mit ein paar Flaschen Mineralwasser und zwei Liebesgeschichten in die Straßenbahn klettert, hat Sonja Glück, diesmal hebt er ab.

Zwei Sitzreihen weiter vorne kaut ein dicker Fahrgast mit dem Namen Herbert Sichozky an seiner Wurstsemmel und hört grinsend zu.

Lange hat man die Großmutter nicht im Krankenhaus behalten. Schon sitzt sie wieder in ihrem Schaukelstuhl, trotz der Hitze eine Decke über den Knien, und liest eines ihrer Konsalik-Heftchen.

»Kein Wunder, dass da dein Kreislauf nicht mitmacht«, sagt Jakob.

Er stellt das Mineralwasser in die Vorratskammer, aber ja, es gehe ihm gut, ja, auch die Doktorarbeit gedeihe, prächtig sogar, bald schon würde er fertig sein. Die Welt will belogen werden und die Großmutter erst recht.

»Und?«, fragt die Großmutter. »Wie geht's der Sonja?«

Immer die gleichen Sätze, wie eine wärmende Decke im Hochsommer, da kommt keine Luft dazu, Fäulnisgeruch breitet sich aus, aber lüften kann man morgen auch noch, Geheimnisse lüften sich bekanntlich noch schwerer als stickige Großmutterwohnungen, und das will was heißen. Und wenn sie morgen stirbt, denkt Jakob, wozu soll ich sie belasten, soll sie doch glauben, dass ich bald meinen Doktor hab und Sonja heirate. Also lässt er sie zurück, mit zwei neuen Konsalik-Heftchen, sechs Flaschen Mineralwasser und einem Traum vom Urenkel.

Beschwingt läuft er die Treppen hinunter.

Doch dann macht ihm das Schicksal einen Strich durch die Rechnung. Mit rotem Filzstift kritzelt es in seinen Glücksgefühlen, sodass er am Ende aussieht wie ein Schularbeitsheft. Oberleitungsschaden, heißt es in der Durchsage, und noch denkt sich Jakob nichts dabei. Gemütlich lehnt er sich zurück, jetzt ist wenigstens Platz in der Straßenbahn, jetzt kann er ungestört lesen. Oberleitungsschaden, wie lange wird das schon dauern, zehn Minuten vielleicht. Er sieht auf die Uhr. Er ist früh dran, einen Polster von fünfzehn Minuten hat er locker, also kramt er nach dem Penguin-Classic-Taschenbuch. Wenn Jakob Literatur liest, dann immer alt und englisch. Nach sieben Seiten von Wells' *Time Machine* wird er dann aber doch nervös. Noch immer steht der Fahrer am Gehsteig, zwischen den Lippen eine Zigarette, um ihn herum eine Traube gereizter Fahrgäste, und zuckt mit den Schultern. Da geht so schnell nichts weiter. Besorgt sieht Jakob auf die Uhr. Klappt das Buch zu und greift in die Hosentasche. Wo hat er bloß sein Handy? In der linken Gesäßtasche ist es nicht, in der rechten auch nicht, also den Rucksack aufschnüren, alles von unten nach oben wühlen, doch vergeblich, das Handy ist weg. Scheiß Taschendiebe, Dreckspack, elendiges, jetzt haben sie ihm auch noch das Handy geklaut und mit ihm Maries Nummer! Fluchend springt er auf und läuft die Alser Straße hinunter. Warum ist er auch so lange sitzen geblieben, wieso ist er nicht mit den anderen ausgestiegen, sieben Minuten nur mehr, das schafft er nie! Jetzt bekommt er auch noch Seitenstechen. Vielleicht hätte er mit Sonja joggen gehen sollen, so wie sie es sich immer gewünscht hat, dann wäre er jetzt nicht so außer Atem, dann wäre er fit und würde wie eine Gazelle die Alser Straße hinuntersprinten, in fünf Minuten vom Währinger Gürtel zum Stephansplatz. So aber benötigt er ganze dreiundzwanzig Minuten, und als er endlich ankommt, sieht er nur eine Menge Touristen und ein Häufchen Hundescheiße. Also läuft er weiter, die Straße hinunter, über die Brücke zum Augarten, um den Augarten herum, in die Castellezgasse hinein. Läutet, wartet, läutet. Doch Marie ist nicht zu Hause.

3 »Der Vater hat sich mit der Yuccapalme ins Aug gesto-
chen, jetzt wäre es Zeit, dass du endlich wieder einmal
kommst!«, hat die Tante befohlen, also ist Marie mit dem D-
Wagen zum Südbahnhof gefahren. Jetzt sitzt sie im Inter-
city 365 mit dem Namen *Erzherzog Johann* und zuckelt über
den Semmering. Der Großraumwagen ist neu, nur das Rattern des Zuges erinnert noch an früher, als der Vater sie zu alten Frauen ins Abteil gesetzt und gebeten hat, man möge doch
ein Auge auf das Kind werfen. Wie alt war sie damals? Zehn?
Elf? Die Frauen gingen ihr auf den Nerv, ständig hatten sie den
Mund offen und verströmten ihren Altweibermundgeruch,
zeigten dabei belegte Zungen und falsche Zähne, redeten auf
sie ein und glaubten auch noch, sie würde sich für ihre Geschichten interessieren. Bei der Ankunft stand dann die Großmutter am Bahnhof und fragte, warum Hugo nicht mitge-
kommen sei, eine Frage, die ihr die kleine Laetitia Maria nicht
beantworten konnte. Bis zu ihrem Tod wartete die Großmutter
darauf, dass ihr Hugo kommen würde, doch Hugo kam nicht.
Marie fuhr allein nach Graz, Christtag hin, Dreikönigstag zurück, Palmsamstag hin, Ostermontag zurück, nur in den Sommerferien durfte sie länger bleiben. Der Vater blieb in Wien
und musste keine Rücksicht nehmen. Die Frauen, mit denen
er sich während Maries Abwesenheit traf, wussten nichts von
seiner Tochter, und noch weniger wussten sie von seiner toten
Frau. Sie waren da, um den Druck in seiner Brust ein wenig zu
erleichtern, ihre Namen spielten dabei keine Rolle.

Marie kaut an den Fingernägeln und sieht aus dem Fenster.
Erinnert sich an die Heumanderl, die hier früher auf den Feldern gestanden sind, und an die Vorfreude, die mit jedem von
ihnen gestiegen ist. Die Heumanderl hat es nur im Sommer gegeben, knapp nach Schulschluss, wenn die großen Ferien wie
eine saftige grüne Spielwiese vor ihr lagen und Wien mit jeder

Station weiter wegrückte – Wiener Neustadt, Mürzzuschlag, Bruck an der Mur. Bei der Großmutter in Graz gab es frisch gekochtes Essen und Vanillepudding und die Grottenbahn, mit der sie jedes Mal fuhren, eine Decke über den Schultern, eine zweite über den Knien, vorbei an den Igelfamilien aus Wachs und den bunten Märchenfiguren. Danach auf den Schlossberg hinauf, zum Uhrturm, *Griaß di Gott, mei liabes Graz,* die Treppen wieder hinunter. Manchmal auch mit der Zahnradbahn hinauf und die Treppen hinunter oder die Treppen hinauf und mit der Zahnradbahn hinunter. Immer Schlossberg, immer Begrüßungslied, immer Grottenbahn. Danach acht Wochen lang Eggenberger Bad, Spaziergänge im Stadtpark und Puddingkochen.

Am Ende der Ferien packte die Großmutter lange, in zwei Hälften geteilte Steirersemmeln, die sie mit Dachsteiner Wurst und Essiggurken belegte, in Maries Rucksack, dazu füllte sie Himbeersaft in eine ausgewaschene Maresi-Flasche. Am Bahnhof kauften sie bunte Heftchen mit Sprechblasen, *Micky Maus, Donald Duck, Tick, Trick und Track.* Der Geschmack der Semmeln und die bunten Hefte zögerten den Abschied ein wenig hinaus, deswegen hob Marie die Hälfte der Jause und der Geschichten bis zum nächsten Tag auf, da schmeckte die Wurst dann schon ranzig und der Himbeersaft wie der Kakao, den die Volksschullehrerin immer auf die Heizung stellte.

Marie nimmt den Daumennagel aus dem Mund. Die Nagelhaut ist rot und hängt in Fetzen. Sie sieht auf die Uhr. In dreißig Minuten ist sie in Graz.

Warum ist der Vater wieder dorthin gezogen? Ausgerechnet Graz hat er sich ausgesucht, und dann auch noch die Wohnung der Großmutter. Das letzte Fleckchen Geborgenheit, achtundvierzig Quadratmeter Heimat. Eine Küche, in der einmal Pudding gekocht worden ist, ein Bett, in dem es nach Weichspüler gerochen hat, und ein Klo, in dem über der Schüssel immer ein zarter Rosenduft geschwebt ist. Wie hat es die Großmutter bloß geschafft, diesen Duft ins Klo zu bringen, und warum schafft sie, Marie, es nie?

Jetzt riecht es in der Großmutterwohnung nicht mehr nach Usambaraveilchen und Rosenseife, jetzt riecht es nach Aschenbecher und Steirer Schlosskäse und nach dem Fußschweiß des Vaters.

Vielleicht hätte Marie die Wohnung damals doch nehmen sollen.

»Magst nicht hier einziehen?«, hat die Großmutter gefragt, als sie nur noch flüstern konnte, Falten um den Mund und rotgeäderte Augen. Aber ohne Arbeit, wie hätte Marie das finanzieren sollen? In Graz bekommt man so schwer einen Lehrerposten. Alle kommen sie nach Wien, so wie ihre Cousine, die extra von Thal nach Wien gezogen ist, weil sie keine Stelle bekommen hat, nicht in Thal und nicht in Graz, und jetzt arbeitet sie als Begleitlehrerin an einer Ottakringer Schule, darf sich um die schwierigen Fälle kümmern, die keiner haben will, und den Kindern Deutsch beibringen.

Marie sieht aus dem Fenster. Erkennt die Kartonfabrik. In zwanzig Minuten wird sie am Hauptbahnhof sein, bis dahin muss sie ihr Lächeln wiedergefunden haben. Wo versteckt es sich? Hinter dem Sitz ist es nicht, auch nicht oben auf der Gepäckablage. Marie sieht die Großmutter vor sich, wie sie den Mund aufreißt und das Zwerchfell zum Zucken bringt. Das war ihr Lieblingsspiel. Die Großmutter tat, als hätte sie das Lachen verloren, und dann begaben sie sich auf die Suche, sahen überall nach, im Spülkasten, unter dem Teppich, im Alibert und hinter dem Duschvorhang. Einmal fand Marie das Lachen in einer der Mülltonnen im Innenhof. »Schau, da ist es!«, rief sie und rannte zur Großmutter, um es ihr in den Mund zu stecken, worauf die Großmutter laut lachte und das Echo an den Treppenhauswänden abprallte und über die Stiegen purzelte.

Marie schultert die Sporttasche. Die Großmutter steht nicht am Bahnsteig, wird nie wieder hier stehen. Marie fährt mit der Rolltreppe hinunter, geht an den Imbissständen vorbei, bekommt den Geruch von Kebab und Ammoniak in die Nase und fährt auf der anderen Seite wieder hoch. Die Straßenbahn steht schon in der Station. Marie legt dem Fahrer ein Zwei-Euro-Stück in die Hand, nimmt Fahrschein und Wechselgeld entgegen, stellt die Tasche ab und lässt sich auf den Sitz fallen.

Der Vater isst gerne Steirer Schlosskäse, ein Relikt aus seiner Jugend. Sonst ist von seiner Jugend nichts mehr übrig, alles riecht nach Verwesung. Marie öffnet das Fenster, lehnt den Oberkörper nach draußen und atmet das Vogelgezwitscher ein.

»Mach das Fenster zu, du weißt doch, dass mich diese Pollen umbringen«, sagt der Vater. Auf seinem linken Auge klebt ein Wattebausch. Als er mit dem Messer ein Stück vom Brot herunterschneidet, fallen Krümel auf seine Knie.

»Du sollst doch nicht so viel rauchen«, sagt Marie, die am Fenster hängt und mit den Zehen eine leere Zigarettenschachtel wegkickt. »Und jetzt erst recht nicht, wegen dem Augendruck.«

Sie zieht den Kopf wieder zurück. Dabei holt sie sich ein Lächeln aus der Luft, ein Lächeln für den kranken Vater. Sie schließt das Fenster, hebt die leere Zigarettenpackung vom Boden auf und geht in die Küche. Dort riecht es wie vor einer süditalienischen Mülltonne bei vierzig Grad Celsius und Streik der Müllabfuhr. Marie geht zum Herd und hebt den Deckel des Emailgeschirrs hoch. Im Topf tanzen die Fettaugen mit den

Schimmelflecken Walzer, alles dreht sich, nicht nur im Topf, auch in Maries Magen, sie rennt aufs Klo, schüttet die Rindsuppe in die Muschel, schluckt im letzten Moment die Säure, die ihr vom Magen hochsteigt, hinunter.

»Was machst du denn, die Suppe war doch noch gut!«, ruft der Vater.

Aus dem Wohnzimmer hört Marie das Schnappen seines Feuerzeugs. Sie spült die Suppe hinunter und setzt sich aufs Klobrett. Stellt sich vor, wie es wohl aussähe, wenn der Augendruck die Vateraugäpfel zum Platzen brächte. Ein Plopp, dann Hüpfen über den Teppichboden. Sie lehnt die Stirn gegen die kühlen Fliesen. Bleibt eine Zeitlang sitzen, steht dann auf und geht ins Badezimmer, wo sie nach der Colgate der Großmutter sucht. Der Vater benützt Blendamed. Marie drückt Zahncreme auf den Finger und fährt sich damit über die Zahnreihen.

Am Abend fahren sie mit der Straßenbahn zum Hauptplatz und kämpfen sich durch das Gedränge. Der Vater murmelt: »Scheiß Touristen, ein Gerempel ist das, das hält ja keiner aus«, in Maries Kopf summt der Erzherzog-Johann-Jodler, den die Großmutter immer so gerne gesungen hat. *Wo i geh und steh, tuat mir das Herz so weh.*

Sie gehen die Sporgasse hinauf, vorbei am Café Sorger, neben dessen Tischen die Mutter damals auf das Kopfsteinpflaster geknallt ist. Im Stadtpark rennen die Kinder gegen Hunde an, werfen ihnen Stöckchen zu und werden gerade noch rechtzeitig von ihren Müttern am Hosenträger zurückgehalten, bevor sie den Hunden in den Teich nachspringen. Wie gerne würde sich Marie zu ihnen setzen, die Schuhe von den Füßen streifen, den Kindern beim Heulen und den Hunden beim Entenjagen zusehen, doch der Vater geht am Parkcafé vorüber, er hasst den Stadtpark, und Mütter mit Kleinkindern hasst er ganz besonders.

Das Gasthaus, in das sie der Vater führt, ist noch düsterer, als die Großmutterwohnung es ist, seitdem er eingezogen ist. An der Bar steht ein junger Mann, gesenkter Kopf, krummer Rücken, trüber Blick. Starrt in sein Bier, als warte er auf bessere Zeiten. Auf was wartet er, denkt Marie, was soll hier schon passieren?

Am Stammtisch sitzen Männer und erzählen einander von ihren Seitensprüngen, alle paar Sekunden dröhnt tiefes Männerlachen aus der Ecke. In ihren Erzählungen gleiten sie in Gestalt eines Schwans zur Erde herab, werden die Bierbäuche weggezaubert, sind sie die Götter des Olymp.

»Wann musst du wieder zum Arzt?«, fragt Marie den Vater, der wie ein trotziges Kind mit der Gabel in den Rindfleischstücken stochert und Brot ins Kernöl bröckelt.

»Am Freitag.«

Da schreit auf einmal einer vom Stammtisch herüber: »Wie geht's der Helga?«

Marie dreht sich um. Roter Schädel, Walrossbart, den Arm über der Wirtshausbank, die Augen zusammengepresst, das Lachen hinter den Adamsapfel gequetscht. Und auch der Vater quetscht etwas hinter den Adamsapfel, nämlich das Stück Rindfleisch.

»Das ist meine Tochter, die Laetitia«, sagt er. Seine Stimme, die fest klingen soll, kippt, wie ein ausgekommener Flummi hüpft sein Kehlkopf über Wiesen und Felder, während der Schnauzbart am Nachbartisch weiterbohrt, ekelhaftes Grinsen im fleischigen Gesicht. Sein Blick klebt am Wattebausch des Vaters, Laetitia als Tochter interessiert ihn nicht mehr.

»Na, hat sie dir die Augen ausgekratzt?«

»Er hat sich an der Yuccapalme verletzt«, erklärt Marie, als müsse sie den Vater beschützen, dabei gehört er doch zu ihnen, denkt sie, sonst würden sie ihn nicht nach dieser Helga fragen.

Sie dreht sich wieder um.

»Wer ist denn die Helga?«

Helga wäre die erste Frau, die einen Namen trägt, doch der Vater sagt nur »Niemand« und ruft nach dem Kellner.

Beim Verlassen des Wirtshauses nickt er der Stammtischrunde zu, man nickt zurück und hebt die Hand zum Gruß. Als Marie zur Tür geht, spürt sie die Blicke der Männer, die sich wie Nadelstiche in ihren Rücken bohren.

In der Wohnung der Großmutter schenkt der Vater Wein ein, zwischen seinen Fingern tanzen grüne Ranken, hellrot schwappt die Flüssigkeit gegen den Glasrand.

»Weißt du, so was wie mit deiner Mutter erlebt man nur einmal. Da kann eine Helga einfach nicht mithalten.«

Marie will nicht über die Mutter reden. Nicht über die Mutter und nicht über des Vaters Liebe, die niemand auslöschen kann, weder der Tod noch eine Helga. Sie sieht in die Ecke, wo der Gummibaum der Großmutter steht und seine verstaubten Blätter ins Dunkel reckt. Als würde er nach ihr greifen, ihr zuflüstern: Hol mich hier raus.

»Du bleibst doch über Nacht, oder?«, fragt der Vater. Seine Stimme ist leise, sein Blick klebt am Weinglas.

Also erzählt Marie von der Schule, in der sie arbeitet, vom Seminar, das sie in der ersten Ferienwoche besucht, und vom Seminarleiter, der sich nicht vorbereitet und nur planlos vor sich hin geredet hat. Der Vater hört stumm zu, mehr als ein »Mhm« kommt ihm nicht über die Lippen. Als Marie nichts mehr einfällt, das sie ihm noch erzählen könnte, geht er ins Bad. Marie hört das Wasser rauschen, dann Zahnputzgeräusche und hochgehusteten Schleim, der ins Becken geworfen wird. Der Vater kommt im Schlafanzug wieder heraus, wünscht ihr eine gute Nacht und geht in das kleine Zimmer, in dem Marie in den Ferien immer geschlafen hat, aber das ist lange her, damals war sie noch ein Kind.

Marie spült die Weingläser ab. Raucht noch eine Zigarette und geht dann ins ehemalige Großmutterschlafzimmer. Dort öffnet sie das Fenster und sieht auf den leeren Büroparkplatz hinunter. Plötzlich muss sie an die Spinnenfrau denken, von der sie als Kind so oft geträumt hat. *Komm doch, komm, wenn du dich traust!*, lockte sie mit ihren langen Fingernägeln, nahm Marie bei der Hand, und dann flogen sie vom Wiener Kinderzimmer bis zur Großmutter nach Graz, wo sie die Schlafzimmertür mit ihren langen dünnen Fingern öffnete. Die Großmutter sah von ihrem Bett auf und lächelte Marie entgegen. »Jetzt bist du endlich wieder da«, streckte sie ihre Hand nach ihr aus, doch als Marie zu ihr hinübergehen wollte, war der Weg mit Spinnennetzen verhangen.

Als sie von ihrem eigenen Schreien aufwachte, stand der Vater jedes Mal mit geröteten Augen und hilflosem Blick in der Tür.

Draußen werfen Männer ihr dumpfes Lachen gegen Häuserwände und fangen es wieder auf. Marie schließt das Fenster und kramt nach dem Handy. Sie hat noch immer keine Antwort von Jakob. Jetzt fragt sie sich, ob er vielleicht böse auf sie ist, weil sie ihm so knapp vor ihrem Treffen die SMS mit der Absage geschickt hat. Er hat ihr sein Labor zeigen wollen, den Tunnel unter der Donau, in dem die Lichtteilchen in den langen Glasfaserkabeln entlangschießen. Bestimmt glaubt er, dass ich mich nicht für seine Arbeit interessiere, denkt sie.

4 »Joe ist tot«, sagt Marie am nächsten Morgen. Sie sitzen beim Frühstück, Marie hat Semmeln und Marmelade besorgt.

»Joe?«, fragt der Vater. »Welcher Joe denn?«

»Na, Joe, du weißt schon«, sagt Marie und muss daran denken, dass er jetzt in irgendeinem Kühlraum liegt. »Ich hab dir doch von Joe erzählt, ich war mit ihm zusammen!«

»Joe. Kann mich nicht erinnern«, sagt der Vater.

Marie greift nach der Zigarettenpackung. Das ist so typisch für ihn, denkt sie. Joe interessiert ihn genauso wenig, wie ich ihn interessiere.

Ganz anders die *Kronen Zeitung*. Die interessiert sich nämlich durchaus für Joe. Noch mehr interessiert sie sich jedoch für Joes Mutter. Riesengroß prangt das Bild der trauernden Mama auf der Doppelseite, dabei hat sie sich die letzten Jahre kein bisschen um ihren Sohn gekümmert. Soll er doch schau'n, wo er bleibt, hat sie sich gedacht, man kann doch nicht ewig für sein Kind sorgen. Aber das sagt sie dem Reporter von der *Krone* nicht. Stattdessen weint sie sich die Augen aus den Höhlen. »Mein armes Kind«, schluchzt sie immer wieder und rubbelt mit dem Taschentuch in den Augenecken, sodass sie noch roter, noch authentischer nach trauernder Mutter aussehen.

Marianne Schreyvogl wippt mit den braunen Dauerwellen, und der Fotograf knipst eifrig. Schon hat er die Überschrift im Kopf, singt ein Lied in seinen Ohren: *Junge, komm bald wieder, bald wieder nach Haus.* Mariannes Junge wird nie wieder nach Hause kommen. Der kleine Johannes, der sich von allen Joe nennen ließ, ist in den Donaukanal gefallen, und keiner hat ihm geholfen.

Die *Kronen Zeitung* ist die meistverkaufte Tageszeitung Österreichs, deswegen liegt sie auch auf dem Schoß der alten Hedi Brunner.

»Da ist schon wieder einer von der Bruck'n g'hupft«, sagt sie und schüttelt den Kopf. Ihre Tochter Traude schlägt im Nebenzimmer auf die Kissen ein und streicht das Leintuch glatt.

»Was hast g'sagt? Ich versteh dich doch nicht, wenn ich die Betten mach!«

»Der Jakob hat sein Telefon da liegen lassen! Geh, sei so lieb und nimm's ihm mit, ich seh ihn ja kaum. Und anrufen kann ich ihn ja nicht, wo doch sein Telefon da ist.«

»Als ob du ihn sonst anrufen würdest«, murmelt Traude und holt den Staubsauger aus dem Abstellraum.

Traude Stierschneider ist nicht nur aufopfernde Mutter, sie ist auch aufopfernde Tochter. Die wahren Opfer ihrer Aufopferung sind die Beopferten selbst. Wie das goldene Kalb umwuselt Traude die Mutter und nimmt ihr das letzte Restchen Würde.

Hedi Brunner sitzt im Schaukelstuhl, die Zeitung auf den Knien, und zählt das Ticken des Sekundenzeigers. Dabei wippt sie im Takt, vor-zurück, vor-zurück. Aus der Küche dringt Geschirrklapperoffbeat, aus dem Badezimmer Waschtrommeldownbeat. Vor-zurück schaukelt Hedi, während die Holzpantoffeln der Traude auf dem stumpfen Parkett klappern. »Geh rutsch ein Stückerl, sonst komm ich mit dem Wischer nicht ins Eck.«

Jetzt ist sie bald fertig, denkt Hedi, die den Putzplan der Tochter auswendig kennt. Den Boden wischt sie immer ganz zum Schluss, aus der Fensterecke heraus, am Fernseher vorbei, sich selbst aus dem Zimmer, über den Gang in die Küche, wo sie den Eimer ausleert und den Fetzen über die Heizung hängt.

»Und vergiss nicht, ab morgen kommt das Essen auf Rädern!«

Dann endlich fällt die Tür ins Schloss. Hedi atmet tief ein und aus, legt die Zeitung beiseite und steht auf. Der Schaukelstuhl wippt noch ein wenig nach. Sie geht über den gewaschenen Vorzimmerboden in die Küche, bricht sich ein Stück Schokolade ab und steckt es in den Mund.

5 Marie steht am Hernalser Friedhof und sieht zu, wie man den Sarg in die Tiefe lässt. Ein wenig abseits steht sie, denn mit der Joemutter will sie nichts zu tun haben. Sicher sein will sie. Dass es wirklich wahr ist, dass der Ertrunkene, von dem sie in der Zeitung gelesen hat, ihr Joe ist. Schade eigentlich, denkt sie, auch wenn er ein Arschloch war. Aber die große Liebe vergisst man eben nicht so schnell, da bleibt immer ein bisschen Resthoffnung. Doch jetzt ist Joe tot.

Als ihr Handy läutet, springt sie schnell hinter eine Hecke. Es soll niemand mitbekommen, dass sie hier ist, nicht Joes Mutter und Joes bester Freund Gery erst recht nicht.

Es ist Jakob. Tagelang hat er nichts von sich hören lassen, und ausgerechnet jetzt ruft er an.

»Ich ruf dich später zurück«, flüstert Marie in den Hörer und sieht den anderen dabei zu, wie sie Rosen auf den Sarg werfen. Rosen, denkt sie, warum werfen sie nicht Hanf hinunter, Joe konnte Rosen nicht ausstehen.

Ein Kichern löst sich von ihren Lippen und sickert durch die Thujenhecke. Hüpft auf Gerys Schulter und setzt sich in den Gehörgang der Marianne Schreyvogl.

Die dreht sich um. Wer hat da so blöd gelacht? Leidend wirft die trauernde Mutter ihren wimperntuschverhangenen Blick in die Menge und hält die schwarze Tasche fest umklammert, bereit zuzuschlagen, doch alle stehen sie mit ernsten Gesichtern da.

»Psst«, sagt Marianne zu ihrem Bruder, dem guten Onkel Willi, der so gerne mit seinem kleinen Neffen gespielt hat. »Hörst du das?«

Willi horcht, doch da ist nichts, nur die Vögel zwitschern ausgelassen.

»Ich hör nichts«, sagt er und denkt: Er wird ihr doch nichts sagen, der kleine Johannes, man hört ja öfter von Seelen, die noch drei Tage lang über den toten Körpern schweben und versuchen, Kontakt mit den Lebenden aufzunehmen.

»Das sind nur die Vögel«, sagt er deshalb schnell zur Schwester und zu sich: Dreh jetzt nicht durch, jetzt hast du es ja hinter dir.

Es war keine leichte Zeit für den guten Willi damals, als man seinen Neffen in die Psychiatrie steckte. Manisch-depressiv sei er, hatte man der verzweifelten Mutter erklärt, doch dann schob man Joes Verhalten schließlich doch auf die Scheidung. Und das mit der Scheidung, denkt Willi jetzt, das wird schon stimmen, jeder Junge hängt schließlich an seinem Vater.

»Komm, wir müssen los, die anderen sind schon am Weg ins Gasthaus.«

Willi nimmt die Schwester am Arm und führt sie zum Ausgang. Als er zur Seite blickt, bemerkt er die junge Frau. Wieso gafft sie so herüber, hat die keinen Anstand, immer diese Gaffer, sensationsgeil sind die, gehen auf fremde Beerdigungen und sehen den anderen beim Trauern zu. G'sindl, elendiges.

Marie sieht den beiden nach. Ob das der Onkel ist, von dem Joe erzählt hat? Irgendetwas ist damals vorgefallen, wenn sie nur wüsste, was, aber Joe hat nie viel erzählt, nur dass der Willi ein perverses Schwein sei. Seine Mutter hat Joe sogar noch mehr gehasst als seinen Onkel. »Weißt du«, hat er zu ihr ge-

sagt, »wenn sich etwas achtzehn Jahre lang in dich hinein-
bohrt, dann hast du keine Chance, dem jemals zu entrinnen,
dann wirst du irgendwann einmal genauso ein Arschloch, ob
du es willst oder nicht.«

Marie geht zum Grab und sieht auf die Rosen, deren Köpfe
von der Erde niedergedrückt werden. Jetzt bin ich dich also
endgültig los, denkt sie.

Aber das mit dem Denken und Glauben ist schon immer
eine eigene Sache gewesen.

Wie leicht haben es doch diejenigen, die nicht mehr auf
der Suche nach der großen Liebe sind, die die Suche entweder aufgegeben haben oder sich mit dem begnügen, was sie
einst gefunden haben. Stierschneiders, zum Beispiel, haben die
große Liebe längst hinter sich. Wohlig lehnt man sich zurück
und genießt, dass man einander hat. Und auch sonst haben sie
alles, der pensionierte Professor sein Arbeitszimmer mit dem
ledernen Sessel, in das er sich noch immer so gerne zurück-
zieht, und seine Gattin ihr duftendes Reich zwischen Bratpfan-
nen und Suppentöpfen.

Kochen ist Traudes Leidenschaft, ist das Kochen doch die
reinste Form der Liebe. Ohne Essen kann der Mensch nicht leben, und was gibt es Schöneres, als die, die man liebt, am Leben zu erhalten. So gebiert sie immer wieder aufs Neue, nicht
nur den Sohn, sondern auch den Gatten. Traude Stierschneider kann mit der neuartigen Knauserigkeit nichts anfangen.
Alle sind so geizig heutzutage, niemand gönnt dem anderen
mehr etwas. Eine Frau, die ihrem Mann ein Gemüseschnitzel
hinstellt, wo soll das denn, bitteschön, hinführen? Ohne eine
Unterlage wird der Mensch nicht satt, da sucht er sich sein Vergnügen woanders, geht ins Wirtshaus und kommt am Ende gar

nicht mehr nach Haus. Da hat sie es geschickter angestellt, ihr Norbert ist immer gern nach Haus gekommen. Nach so viel Vergeistigung auf der Universität war er ganz ausgehungert, da hat sie das Essen schon parat gehabt. Nur neuerdings, seit er das Zepter an die Jugend weitergegeben hat, wird er ein wenig unberechenbar, da steht sie manchmal schon eine Viertelstunde mit dem fertigen Essen da, und er ist noch immer nicht daheim. Aber das wird sie ihm auch noch abgewöhnen, da muss wieder eine Ordnung einziehen, so ein ungeregelter Tagesablauf ist nämlich nicht gesund, schon gar nicht für einen Pensionisten. Jetzt, da Norberts Zeit nicht mehr in Vorlesungen und Seminare eingeteilt ist, muss Traude das Einteilen für ihn übernehmen, also kocht sie seit kurzem zu Mittag. Punkt zwölf steht das dampfende Essen auf dem Tisch, und wehe Norbert, wenn er die Knödel kalt werden lässt.

Heute ist ein ganz besonderer Freudentag, denn heute kommt der Bub zum Essen. Traude Stierschneider steht in der Küche, die Schürze umgebunden, und sticht in den Braten. Fein wird der wieder, der Duft hängt schon im Stiegenhaus und lockt auch Norbert Stierschneider an, der vom Bummeln kommt.

»Mmh, Gasthaus Schmatz!«, sagt dieser und schlüpft in die Lederpantoffeln. »Schweinsbraten, ich hab's gleich im Erdgeschoss gerochen. Ist der Bub schon da?«

Noch bevor Traude den Mund aufbringt, läutet es auch schon an der Gegensprechanlage. Da ist er ja, der Bub, Zeit wird's, der Braten ist gar und die Knödel liegen auch schon auf der Servierplatte. Schnell schlüpft sie aus der Schürze und stellt das dampfende Essen auf den Tisch. Mit glänzenden Augen beugt man sich über die Teller, und schon wird gekaut und geschmatzt, Fett spritzt aufs weiße Tischtuch, aber das macht nichts, die Mutter hat das neueste Waschmittel, das Geheimnis jeder perfekten Hausfrau, so ein Mittel würde sogar das Turiner Grabtuch wieder zum Strahlen bringen. Stolz nimmt sie einen zweiten Knödel. »Du auch, Jakob, iss, schaust eh so mager aus. Und mitnehmen kannst auch noch was, für morgen und übermorgen.«

Nach dem Essen stapelt die Mutter die Teller aufs Tablett, jetzt darf geredet werden, über die Uni und das Forschungsprojekt. Der Vater holt die Pfeife aus der Lade, stopft Tabak nach, und Jakob muss berichten, vom Quantenkanal im Untergrund, von den Fortschritten und Rückschlägen sowie von Professor Blasbichler, den er nicht leiden kann, aber das sagt er nicht, denn der Professor ist ein ehemaliger Kollege des Vaters, und als Sohn muss man stolz sein, für die Kollegen seines Vaters arbeiten zu dürfen.

»Du trinkst doch noch einen Kaffee mit uns?«, fragt die Mutter, die Schürze wieder umgebunden, die Hände rot und aufgeweicht vom Abwaschwasser. Der Vater dreht das Radio an und klopft die Pfeife aus.

»Die Oma bekommt jetzt Essen auf Rädern«, informiert die Mutter den Sohn im Flüsterton.

»Pscht!«, macht der Vater und hebt den Zeigefinger an die Lippen.

Im Radio spricht man von Koalitionsbruch und Neuwahlen, da wird die Mutter gleich ganz rot im Gesicht. Mit geschwollenen Backen sitzt sie da und hält die Luft an, bis das Wetter als Tiefdruckgebiet auf den dampfenden Kaffee herabkommt, denn bis zum Verkehrsfunk hat Schweigen zu herrschen.

»Eine Frechheit ist das. Was das wieder kostet!«, regt sie sich auf, als der Vater das Radio wieder ausschaltet. Wie auf hoher See wogen ihre Brüste unter der Schürze, dass Jakob ganz schwindlig wird vom Hinschauen.

»Wie wenn die den Staat nicht schon genug geschädigt haben, die sollen lieber arbeiten. Dauernd diese Streiterei. Das hat's früher nicht gegeben!« Heftig schlägt sie mit dem Löffel gegen den Tassenrand.

»Jetzt reg dich doch nicht so auf«, sagt der Vater, »ändern kann man's ohnehin nicht.«

Ich könnte ihnen jetzt erzählen, dass ich Sonja verlassen habe, denkt Jakob, früher oder später werden sie es sowieso herausfinden, dann werde ich mir wieder anhören müssen, dass ich endlich Verantwortung übernehmen soll. Mit vierzig, wenn dir dann plötzlich einfällt, dass du eine Familie gründen willst, wirst keine Frau mehr finden, wird die Mutter wieder raunzen, und der Vater wird schweigend die Pfeife ausklopfen und mit einem Blick dasitzen, der sagen wird: Eh klar, mit seinen Beziehungen ist es wie mit dem Studium.

»Ich muss noch zur Uni«, sagt Jakob und springt auf, woraufhin der Stuhl ins Wanken gerät, Gleichtakt mit dem Mutterbusen.

»Was, jetzt noch?«, klagt die Mutter. »Zahlt sich das denn überhaupt noch aus, es ist doch schon halb vier!«

»So lass ihn doch«, sagt der Vater mit stolz geschwellter Brust, »wer weiterkommen will, muss hart arbeiten.«

Also fährt die Mutter in die Höhe und aus der Schürze heraus, mit der Hand in die Haushaltskasse und mit dem Hunderter in des Sohnes Gesäßtasche. Dann füllt sie eine Tupperware-Schüssel mit dem restlichen Schweinsbraten und wickelt die Knödel in Alufolie.

»Und lass dich mal wieder bei der Oma anschau'n!«

Jakob hat jedoch Besseres vor, als sich bei der Oma anschau'n zu lassen, Jakob schaut lieber selbst an, und zwar Marie. Jetzt, da er sein Handy endlich wiederhat, ist er seinem Ziel einen erheblichen Schritt näher.

7 Sonja hingegen ist wieder allein. Deswegen ist sie nach Einbruch der Dunkelheit die Stufen hinuntergestiegen, dorthin, wo die Rücken zum Fließband werden. Verschwitze Oberkörper werden von rechts nach links befördert, in der Luft mischt sich Biergebräu mit Menschengebräu, alles Hopfen und Testosteron. So riecht die Gier der Unberührten, da hilft all das künstliche Zeug nicht, sei es nun von Chanel oder Hugo Boss. Wie ein Raubtier hinter Gittern streicht die Einsamkeit durch das Gewölbe des Innenstadtlokals und wirft ihren verzweifelten Blick in die Runde. Da wird Gewand abgelegt und Hand angelegt, in den Ecken und Schlupfwinkeln tastet man sich vor, ergründet Seelen und Körper, zeig mir deine Einsamkeit und ich zeig dir meine, und schon pulsiert und hämmert es, eine einzige Baustelle aus Leibern und Empfindungen. Da wird aufgerissen, vorgedrungen, Rohre werden neu verlegt, der Schweiß tropft in die Schächte und Gruben. Feierabend ist noch lange nicht, hier unten zeigt sich die Sonne erst nach Sperrstunde. Der Teufel streift durch sein Reich und schürt die Flammen mit Schnaps, erbarmungslos lässt er die Peitsche knallen, bis alle ganz wund sind und sich die Leiber krümmen. Da sitzt noch einer, der quält sich nicht genug, bei dem müssen wir nachhelfen, alles eine Frage der Befeuchtung, ein Glas noch und schon hat man ihn so weit. Die Peitsche knallt und drängt zur Arbeit, faul herumsitzen gibt es hier nicht. Hoppauf, nicht schlappmachen, und schon geht sie weiter, die Reise nach Jerusalem, da vorne, da ist noch eine frei, und wer übrig bleibt, der hat verloren.

Der Teufel geht um in Paris, in Lourdes und in Nizza, und er geht um in Berlin und in Wien. Als Gefallener ist er für all jene da, die selbst ganz unten sind. Hier, in dem kleinen Kellerlokal im Bermudadreieck Wiens, heißt er Herbert Sichozky, Burning Herbie, seines Zeichens Barbesitzer und selbsternanntes Ge-

sangstalent. Während Herbie die Gläser poliert, beobachtet er
die Germanistikstudentin, die sich jeden Freitag- und Sams-
tagabend hinter dem Tresen ihre Miete verdient. Sie weiß mit
den Männern umzugehen, stachelt sie an, macht sie geil, gehen will hier keiner so bald, und so bestellen sie alle ein zweites
und drittes Mal, und wenn sie ins Sinnieren kommen, stellt sie
ihnen eine kleine Spende des Hauses hin – »Auf die Liebe!« –,
und schon erwachen die schlaffen Lebensgeister unterhalb des
Tresens und beginnen erneut zu flackern. Ein blonder Mitt-
dreißiger mit Bürstenhaarschnitt lässt sich zuzwinkern, die
Studentin schenkt ihm ein und deutet auf die Brünette an der
Bar: »Na, wäre die nicht was für dich? Komm, spendier ihr
was, setz dich zu ihr!« Und schon schwingt der Bürstenhaarschnitt seinen athletischen Körper Richtung Sonja, lehnt sich
lässig gegen den Tresen und zündet sich eine Zigarette an. Mit
zufriedenem Grinsen im teigigen Gesicht beobachtet Herbie
das Geschehen. Da wird brav geflirtet und konsumiert, die gehen bestimmt nicht vor Sperrstunde. »Gut gemacht«, zwinkert
er der Studentin im Vorbeigehen zu. »Du bist eben doch meine
beste Kraft.«

Und so nimmt der Abend seinen Lauf, für Sonja unten im
Kellerlokal, für Jakob und Marie oben, mit ausgebreiteten Armen drehen sie sich im Regen, spür mich, schmeck mich, trink
mich, die Haare werden nass und die Geschlechtsteile auch. Sie
sind auf der Suche nach Zigaretten für Marie, das Kleingeld ist
ihr ausgegangen, und so kommt es, dass auch sie in Sichozkys
Höhle landen. Jakob schüttelt sich die Tropfen aus dem Haar
und winkt die Kellnerin herbei. Anderthalb Meter weiter lehnt
sich Sonja gegen den Bürstenhaarschnitt. So sieh doch her!,
kreischt es in ihr, sieh her, wie sehr ich dich schon vergessen
hab!, doch Jakob bemerkt den Blick der Verlassenen nicht, er
ist ganz Marienanbeter, und Betende bekommen nicht viel mit

von der Welt um sie herum, und schon gar nicht von der Welt der Zweifelnden und Verzweifelten.

Auch durch Herbert Sichozky geht ein Ruck. Schnell dreht er sich zu den Spirituosen um. Jetzt läuft er seinem ehemaligen Mitschüler schon wieder über den Weg! Erst vor ein paar Tagen hat er ihn in der Straßenbahn gesehen, Gott sei Dank ist Jakob zwei Reihen vor ihm gesessen, sodass er ihn nicht bemerkt hat. Eifrig poliert er die Gläser, denn mit seinem ehemaligen Klassenkameraden will er nichts zu tun haben. Herbie hat weder das Juckpulver vergessen noch die Bananenschalen, unter denen er regelmäßig seine Brillen gefunden hat. Schade um die nette Dunkelhaarige, die da neben ihm steht, denkt er, die wird schon noch draufkommen, was für einen sie sich da geangelt hat, ein feiges Arschloch, mehr als andere demütigen und Brillen in den Mülleimer schmeißen kann der nämlich nicht. Was wollen die Frauen bloß von so einem, nur weil er ein bisschen besser aussieht? Verdrossen poliert Herbie die Whiskeygläser und sieht den beiden nach, wie sie in den Regen hinauseilen.

Zur selben Zeit legt der Bürstenhaarschnitt seinen Arm enger um Sonjas Taille, er fühlt sich durch ihre vermeintlich zärtliche Anschmiegung ermutigt, geradezu männlich. Heute gehörst du mir, sagen seine Hände, sagt auch seine Zunge, die Besitz ergreift und Biergeschmack in Sonjas Cocktailhöhle hinterlässt.

8 Manchmal überrascht einen die Liebe auch von hinten. Ganz leise schleicht sie sich an dich heran, Katzenpfoten auf Fischgrätparkett, und stupst dir ihre feuchte Nase gegen die Wade.

Hedi Brunner steht am offenen Fenster und sieht auf die

Gasse hinunter. Von draußen weht die Sommernacht herein, wie ein verspielter Kater umschmeichelt der Vorhang die Knie der Alten. In der Luft hängt der Duft von aufgeheiztem Gras und Gewitterregen, nur in Hedis Erinnerung liegt die Stadt in Trümmern, riecht alles nach Ziegelstaub und Flieder, nach Parfümbaum und Maiglöckchen. Alles blüht in Hedis Kopf, die Parks und die Hinterhöfe, wenn schon sonst alles tot ist, die Stadt, die Häuser, die Wohnungen, die Übriggebliebenen. Wien, Wien, nur du allein, Zufluchtsort, Neubeginn und Untergang.

Wenn ich den Ernstl früher kennengelernt hätte, denkt sie wieder und wieder, vielleicht wäre dann alles anders gekommen. Aber es ist so gekommen, wie es gekommen ist, und ein Wenn hat ohnehin keinen Sinn, schon gar nicht im Nachhinein. Die Zeiten waren andere, und sie hat getan, was sie für das Beste gehalten hat. Und vielleicht war es auch das Beste, den Buben wegzugeben. Es hat ja eine Not geherrscht nach dem Krieg, das können sich die Jungen heute gar nicht mehr vorstellen. Damals ist es nicht so leicht gewesen, ein uneheliches Kind durchzubringen, damals ist man noch angeschaut worden. Nicht, dass ihr das etwas ausgemacht hätte. Aber was hätte aus dem Buben schon werden sollen, so ganz ohne Vaterliebe und Vatergeld? Wenn es auch viele Kinder ohne Vater gegeben hat damals, den Nachnamen haben sie wenigstens geerbt gehabt vom gefallenen Erzeuger. Den Namen und die österreichische Herkunft, zumindest laut Geburtsschein, denn dass die Nachkriegsbabys oft alles andere als großdeutsch gewesen sind, das hat jeder gewusst.

Hedi fährt mit der Hand über den Vorhangstoff, zerknüllt ihn und lässt ihn wieder los.

Es war die richtige Entscheidung. Bei den Steins hatte das Kind Chancen auf eine Zukunft. Aber meine Liebe, denkt

Hedi, hätte ich dem kleinen Wassily geben können. Eine Liebe, von der für meine beiden Töchter nichts mehr übrig geblieben ist. Was man einmal im Keim erstickt hat, das ist nicht wieder zum Leben zu erwecken.

Und jetzt soll auf einmal das Glück Einzug halten. Dabei hat sie sich schon auf ein friedliches Restleben eingestellt, raschelnd hat sich das Konsalik-Papier in ihren Schoß gekuschelt und will so schnell nicht wieder hinunterhüpfen.

Eigentlich hat sie ihn ja wegschicken wollen, den Essen-auf-Rädern-Lieferanten, mitsamt seinen Plastikschüsseln und dem Roten Kreuz. Wie kommt ihre Tochter dazu, ihr so einen ins Haus zu schicken, nur weil sie einmal umgefallen, nur weil ihr ein einziges Mal schwindlig geworden ist? Ist ja auch kein Wunder, wo die Sommer neuerdings so heiß sind. Da muss man doch nicht gleich denken, die Mutter sei lebensunfähig!

Aber dann ist auf einmal dieser junge Mann vor ihr gestanden und hat sie aus seinen blassblauen Märzhimmelaugen angeschaut. Und sie hat gedacht: Jetzt ist es wirklich passiert, jetzt ist endlich wahr geworden, worauf ich immer gehofft hab. Aber dann ist ihr eingefallen, dass ihr kleiner Wassily heute auch schon einundsechzig sein müsste.

Hedi seufzt und schließt das Fenster.

Lilafarbener Flieder und weiße Parfümbäume. Kopfwehschwanger schwebte der Geruch an jenem Tag vor einundsechzig Jahren durch die mit Pappe beklebten Fensteröffnungen und drängte den Windelgeruch in die Ecke. Drei Stunden später war von den Babyausscheidungen nichts mehr zu riechen. Der Bub war fort, und Hedi hat ihn nie wiedergesehen.

9 Knapp vor dem Westbahnhof spannt sich die Schmelzbrücke über die Schienen der Westbahn und verbindet die
beiden Teile von Fünfhaus. Mit ihren riesigen Stahlbögen um-
mantelt sie die Autokolonnen, tunnelt sie ein, treibt sie Richtung Felberstraße, wo sie sie mit einem gigantischen Furz aus
Abgasen wieder ausscheidet. Nur der Gehsteig liegt außerhalb des Tunnels. Hier bleiben Väter mit ihren Söhnen stehen,
schauen auf die Züge hinunter und erklären Nutzen und Hand-
habung von Weichenzunge und Stellwerk.

Genau an dieser Stelle steht Gery. Neben ihm ein rosafarbe-
ner Klappstuhl, darauf eine zusammengefaltete rote Jacke mit
einem weißen Kreuz darauf. Er beugt sich über den Sessel, holt
Tabak und Papers aus der Jackentasche, richtet sich wieder auf
und beginnt, eine Zigarette zu drehen. Ein junges Paar geht vorüber, fasst sich an den Händen und lacht, andere eilen über die
Brücke, ihre Gedanken sind schon vor ihnen am anderen Ende
angekommen, gehen Einkaufs- und Kochlisten durch. Nur ein
alter Mann mit dunklem, zerknittertem Gesicht geht auf Gery
zu und legt ihm die fleckige Hand auf die Schulter. Dann stellt
er sich ebenfalls ans Geländer und packt schweigend seine
Pfeife aus. Eine Weile stehen die beiden paffend nebeneinander, dann spuckt der alte Mann aus und geht wieder weiter, zu
jener Seite des fünfzehnten Bezirks, wo die Wohnungen kleiner und feuchter sind.

Gery wirft die Kippe auf die Schienen und sieht dem alten
Muzaffer nach, wie er im Dunkel der Gasse verschwindet.

Muzaffers fünfjähriger Enkelsohn war Joes größter Fan.
Beinahe täglich kam er auf die Brücke, und Opa Muzaffer kam
mit ihm, lehnte sich gegen das Geländer, holte seine Pfeife
aus der Westentasche und sah Joe dabei zu, wie er den kleinen Miko zum Lachen brachte. Und abends, wenn er abermals
über die Brücke ging, diesmal allein, und Joe immer noch hier

stand, blieb er manchmal für eine halbe Pfeifenlänge stehen. Und oft stand auch Gery hier, wenn er von der Arbeit kam. Dann schauten sie zu dritt hinunter, bliesen den Rauch auf die Geleise, und Muzaffer lachte sein heiseres Lachen.

Wenn jemand stirbt, sterben immer ein paar andere mit, denkt Gery, und dass er Muzaffer wohl nie wiedersehen wird. Nicht Muzaffer und nicht Joes Weingläser. Die Schmelzbrücke ist wieder eine gewöhnliche Brücke, wie jede andere in Wien auch, nicht mehr als ein Verbindungsstück von hier nach dort.

Was brachte Joe nur dazu, täglich auf dieser Brücke zu stehen, seine Marionetten tanzen zu lassen und den Donauwalzer auf Weingläsern zu spielen? Das Geld konnte es nicht gewesen sein, denn Geld bekam er von seinem Onkel, dem Universitätsprofessor, genug. Regelrecht in den Hintern steckte es der alte Blasbichler seinem Neffen. Liebe bekam er trotzdem keine dafür. Joe hasste ihn. So sehr, dass er von den Stufen der Bäckerstiege direkt auf das glänzende Dach der unterhalb vorbeirauschenden Schnellbahn pinkelte, nur weil er seinen Onkel darin vermutete. Danach drehte er sich wieder zu Gery um und predigte von Arbeitsfreiheit, davon, dass man sich nicht verknechten lassen solle, dass alles eine Verschwörung der Reichen sei, ganz so, als hätte es das Pinkeln auf den Onkel nie gegeben, ja, als gäbe es selbst den reichen Onkel nicht.

Es war sinnlos, mit Joe über Geld zu diskutieren, das hatte Gery bald begriffen. Joe brauchte nicht viel, und das, was er brauchte, bekam er von seinem Onkel. Und wenn ihm das Geld trotzdem einmal ausging, half er eben im Kasperlhaus, kümmerte sich um die Kulissen und sprang ein, wenn einer der Spieler ausgefallen war. Spielte das Gspensterl, den Boing oder die Hexe Tussifussi.

Das war Joes Welt. Puppen und Tralala. Und wäre es anders gewesen, hätte Gery ihn auch nie kennengelernt.

Straßenkünstler in Wien lautete der Titel seines Abschluss-
projektes für die Filmakademie. Vier Jahre ist es jetzt her, dass
er die Kärntner Straße von der Oper zum Stephansplatz und
wieder zurück lief und die Kamera auf Clowns, Artisten, Ma-
ler und Ziehharmonikaspieler hielt. Aber keiner zog ihn so
sehr in seinen Bann wie der Kerl auf der Schmelzbrücke, der
einfach nur auf dem rosa Klappstuhl saß und den Spaziergän-
gern nachsah, vor ihm ein Tischchen mit halb gefüllten Gläsern, unter ihm die Westbahn. Gery stand auf der gegenüberliegenden Seite der Brücke. Fragte sich, ob der Typ wohl jemals
auf seinen Gläsern spielte, oder ob sie nur Staffage waren, ein
Alibi für einen Brückenjunkie, einen, der gerne den Autos und
Fußgängern nachblickte, der die Gewohnheiten der anderen
ausspionierte, Montag bis Sonntag, immer am selben Fleck
hockend, wie eine fette Spinne, reglos, jede noch so kleine Ver-
änderung wahrnehmend.

Und dann kam auf einmal dieses Kind. Schwarz gelocktes
Haar, schmutziges rosa Kleidchen. »Ayshe!«, rief die Mutter,
doch das Mädchen achtete nicht darauf, schnurstracks lief es
auf Joe und die Gläser zu, nahm eines davon in die Hand und
führte es an den Mund. Die Mutter packte es am Arm, wollte
es wegziehen, doch Joe lachte nur, nahm selbst ein Glas und
trank einen Schluck daraus. Und dann grinsten sie einander
an, Joe und das Mädchen, das Mädchen und Joe. Gery hob die
Kamera, zoomte heran, Lachfalten und Grübchen. Und dann
spielte Joe auf seinen Gläsern, nur für die kleine Ayshe spielte
er ein Kinderlied, und sie dankte es ihm mit einem lauten Kinderlachen.

Als das Mädchen weg war, ging Gery zu Joe hinüber, bot
ihm eine Zigarette an und erzählte ihm von seinem Projekt.
»Na, dann mal los«, sagte Joe, also hob Gery die Kamera und
hielt sie auf Joes Gesicht und Joes Hände gerichtet, während

dieser den Donauwalzer spielte. Zwei Töne passten nicht dazu. Als Gery genauer hinsah, sah er, dass es die Gläser waren, aus denen Joe und das Mädchen getrunken hatten. Dabei hatte Joe eine Wasserflasche am Boden stehen, er hätte die Gläser jederzeit auffüllen können, aber es schien fast, als würde sein Lächeln bei jedem falschen Fis und Cis (oder was für Töne es auch immer waren) breiter werden.

Nach Beendigung des Walzers holte Joe eine hölzerne Strauß-Marionette aus einem alten Lederkoffer, ließ ihre Beine an den Schnüren tanzen und über die Brücke laufen. Ein Bub kam vorbei, wollte stehen bleiben, doch die Mutter zerrte ihn mit angewidertem Gesichtsausdruck weiter. Joe setzte die Marionette aufs Geländer und rief den beiden mit krächzender Stimme hinterdrein: »Heute fahr ich nach Avignon, um sieben Uhr geht mein Zug!«

»Warum ausgerechnet Strauss?«, fragte Gery, als er die Kamera senkte.

»Oh, der Strauß ist mein Alter Ego«, sagte Joe. »Mein verdrängtes Ich, mein Unbewusstes. Wo ich doch Schreyvogl heiß.« Er verbeugte sich. »Johannes Schreyvogl!« Dann lachte er. »Stell dir vor: Ich liebe eine, die hat sogar noch einen scheußlicheren Namen als ich.«

Gery erinnert sich an den Ausdruck in seinen Augen, als er Maries vollen Namen aussprach: »Laetitia Maria Steinwedel.« Als er anhängte: »Laetitia, wie die Freude.« Die kleinen Fältchen, die sich dabei in Joes Augenwinkeln ausbreiteten. Nie hat Gery jemanden kennengelernt, der vernarrter in eine Frau gewesen ist.

»Weißt du, was du suchst?«, fragte Joe ihn, das muss dann schon ein paar Monate später gewesen sein.

»Was denn?«, fragte Gery.

»Die Liebe.«

»Die Liebe? Ich dachte, lieben können nur die, die nicht ficken? Das sagst du doch selbst immer: Die Liebe spielt sich im Kopf ab, aber wenn du sie leben willst, verschwindet sie, und übrig bleibt nur ein schales Gefühl.«

Joe sagte nichts, starrte nur hinunter und blies den Rauch seiner Zigarette auf die Geleise. Und dann lief auf einmal dieses Dromedar über die Brücke, einfach so, ausgebüxt aus Schönbrunn, über die Allee zur Schmelzbrücke und von dort Richtung Stadthalle. Als hätte Joe es bestellt. Zuerst dachte Gery, dass es vielleicht an den Joints lag, die sie geraucht hatten, doch am nächsten Tag stand es in allen Zeitungen.

»Weißt du, Marie war mein Engel«, sagte Joe, als wieder Ruhe auf der Brücke eingekehrt war.

Marie, Marie, immer nur Marie.

Das war schon eine verrückte Sache zwischen den beiden. Sie hatten einander in der Psychiatrie kennengelernt. Warum Joe dort war, weiß Gery bis heute nicht genau. Joe lachte immer nur, wenn er davon sprach. Aber Maries Mutter soll aus dem Fenster gesprungen und direkt neben einem Kaffeehaustisch gelandet sein. Mitten zwischen Kaffee trinkenden Italienern und einer Gruppe fotografierender Japaner. Die hatten Glück, dass der Mutterkörper nicht auf einem von ihnen gelandet ist. So was muss man schon einmal verkraften als Neunjährige. So alt war Marie nämlich, als ihre Mutter sprang. Als Marie und Joe einander in der Psychiatrie kennenlernten, war sie jedoch schon sechzehn. Joe war dreizehn und verliebte sich augenblicklich in sie.

»Wenn du das Gleichgewicht verlierst, bringt dich der Zug weiß Gott wohin. Vielleicht auch nach Palermo.«

Joe saß am Geländer und ließ die Beine hinunterbaumeln.

»Palermo liegt im Süden«, entgegnete Gery. »Hier fahren die Züge Richtung Westen. Nach Deutschland und Frankreich.«

»Maries Mutter war aus Palermo«, sagte Joe nur.

Marie. Kleine Laetitia Marie. Glücklich hat Joe sie trotz all seiner Liebe nie gemacht.

Gery klappt den rosafarbenen Stuhl zusammen und trägt ihn über die Stufen in die Zwölfergasse.

Vorhin, auf Joes Beerdigung, hat sie wohl geglaubt, hinter diesem Busch unbemerkt bleiben zu können, aber Gery hat sie trotzdem gesehen. Seitdem wird er das Gefühl nicht los, dass das erst der Anfang ist.

10 Und wieder steht die Straßenbahn. Alter Mann von rechts, und aus der Traum vom Vorwärtskommen. Was müssen die auch immer wieder bei Rot über die Kreuzung rennen, denkt Jakob, als Pensionist hat man es doch sowieso nicht mehr eilig.

Was für ein Irrglaube, als Pensionist hast du es nämlich ständig eilig. Jenseits der fünfundsechzig geht es schließlich um jede Minute. Und Bertl Schäffer musste die Straßenbahn unbedingt erwischen. Blöd nur, dass er übersehen hat, dass aus der anderen Richtung auch eine Garnitur kam.

Der Tod geht um in Wien, aber das ist nichts Neues.

Bertl Schäffer liegt auf den Geleisen, und der Fahrer der Wiener Linien wird deswegen vielleicht seinen Job verlieren. Kreidebleich beugt er sich über den Alten. »Das gibt's doch nicht, von so ein bisserl Anrempeln«, murmelt er.

Bertl gibt keinen Ton von sich, er singt jetzt im Engelschor, und seine Tochter Hannah wird sich freuen, dass er nicht mehr dazu gekommen ist, sein Geld dem Roten Kreuz zu spenden. Gerade hat er es zur Bank tragen wollen, deswegen hat er es ja so eilig gehabt.

Das alles interessiert weder den Straßenbahnfahrer, der sofort den Einsatzwagen der Wiener Linien, die Polizei und die Rettung verständigt, noch die Fahrgäste, die fluchend den Waggon verlassen. Warum werfen sich diese Selbstmörder ausgerechnet dann vor den Zug, wenn sie drinsitzen?

Jakob schließt sich den diskutierenden Passagieren an, keuchend, fluchend und schwitzend wälzt sich die träge Masse stadteinwärts. Mittendrin auch Professor Blasbichler, Schweiß auf der hohen Stirn.

»Grüß Sie Gott, Herr Professor!«, ruft Jakob und verlangsamt seinen Schritt, denn am Professor vorbeizueilen könnte der eigenen Karriere schaden.

Während Jakob auf den Professor einredet, steht Marie an der Kinokasse und denkt an Joe. Dabei hat sie doch jetzt Jakob. Aber so ist das bei uns Menschen, der großen Liebe meint man nur einmal zu begegnen. Ab dem zweiten Mal kann man nicht mehr sagen: »Das ist meine zweite große Liebe«, wo würde das hinführen, dann gäbe es ja irgendwann zehn davon. Aber wenn es die große Liebe nur einmal gibt, was hat das für den Rest des Lebens zu bedeuten? Oder war das mit Joe gar nicht die große Liebe? Warum kann Marie nicht aufhören, jeden Mann mit ihm zu vergleichen? Dabei würde sie es so gerne hinbekommen: eine richtige Beziehung. Gemeinsame Abende im Kino, danach durch die Innenstadt spazieren und noch irgendwo auf ein Getränk einfallen. Oder einfach nur vor dem Fernseher sitzen, Arm in Arm, die Chipstüte auf dem Bauch. Stattdessen rotzt sie Erinnerungen hoch, immer wieder Joe, und nochmals Joe, jedes Mal steht er hinter ihr, legt ihr die Hände auf die Schultern und flüstert ihr ins Ohr: Kannst du dich noch erinnern, wie es bei uns war, damals gab es nur uns zwei, und alles andere war uns egal.

Verdammt, ja, ich kann mich erinnern, das ist ja mein Problem!, schreit es in ihr. Ständig diese Rückschau, was bringt mir das denn, lass mich doch endlich in Ruhe, du bist tot, tot, tot! Und davor warst du auch schon tot, alles hast du kaputt gemacht, was heißt hier, es gab nur uns zwei, mit wie vielen anderen hast du denn noch gefickt? Nie bist du gekommen, wenn ich dich gebraucht habe. Wir zwei? Dich gab es, dich, dich, immer nur dich!

Marie sieht auf die Uhr. Und was, kommt es ihr plötzlich in den Sinn, wenn Jakob genauso ist? Wenn er sie hier stehen lässt, irgendwo hängen bleibt, so wie Joe immer hängen geblieben ist, bei irgendeinem Bier, irgendeinem Spiel, irgendeiner Frau?

An der Kinokasse drängen sich die Besucher. Sie sollte sich um die Karten anstellen, bis zum Filmbeginn sind es nur noch zehn Minuten. Jakob wird jeden Moment bei der Tür hereinkommen, sie in den Arm nehmen und sich für die Verspätung entschuldigen. Warum auch nicht, warum sollte er so sein wie Joe?

In ihrem Magen rumort es. Warum ist sie auf einmal so nervös?

Sie stellt sich vor die Tür und fischt nach den Zigaretten. Da sieht sie Jakob auch schon an der Ampel stehen, grinsen und winken. Und da man die Liebe hauptsächlich dann als besonders stark empfindet, wenn man nicht weiß, ob sie erfüllt wird, brennt die Leidenschaft in Maries Bauch gleich ein bisschen weniger heiß.

Auch Hedi Brunner ist an diesem Abend nicht allein. Vorhin ist Gery gekommen, eine Flasche Rotwein und ein gelbes Einkaufssackerl in der Hand, und dann haben sie gemeinsam einen Rosinengugelhupf gebacken.

Hedi hat gar nicht zu hoffen gewagt, dass der junge Essensausträger wirklich kommen würde. Zwei Tage ist es nun her, dass sie ihm den Cognac eingeschenkt hat, weil er über Übelkeit geklagt hatte. Dass sie ihm das kleine Schnapsglas hingehalten und gesagt hat: »Sie erinnern mich an jemanden, den ich vor langer Zeit einmal gekannt habe.« Dass er das Glas in seiner Hand gedreht, und sie gedacht hat: Jetzt bin ich zu weit gegangen, und dass er noch in ihr Denken hinein auf einmal gesagt hat: »Wenn Sie wollen, komm ich Sie einmal besuchen, dann können Sie mir von früher erzählen.«

Dann hat er ihr das leere Glas in die Hand gedrückt und ist die Treppen hinuntergesprungen. Und sie ist völlig verdattert im Flur stehen geblieben und hat nicht gewusst: Hat er das jetzt ernst gemeint, oder macht er sich nur einen Spaß daraus, die Alten, die er beliefert, auf den Arm zu nehmen?

Immer wieder hat sie seitdem seinen Satz in Gedanken wiederholt. *Wenn Sie wollen, komm ich Sie einmal besuchen.* Immer wieder diesen einen Satz, und immer wieder hat sie sich gesagt: Sei nicht so dumm, warum sollte er kommen, was hat er denn davon? Verhört wirst dich haben, und wenn nicht, dann hält er dich eben zum Narren. Wer bist du denn schon für ihn? Eine alte Vettel, weiter nichts.

Und jetzt ist er wirklich da, jetzt backen sie gemeinsam Kuchen. Gery wiegt die Zutaten und Hedi verrührt alles miteinander. Dabei fallen ihr ein paar Tränen in den Teig, dicke, salzige Tropfen. »Na siehst du«, sagt sie, »jetzt haben wir die Prise Salz auch gleich!«, und Gery dreht sich zu ihr um und sagt: »Schade, dass ich nicht früher auf die Welt gekommen bin, ich hätte dich vom Fleck weg geheiratet!«

Wie eine zarte Daunenfeder schwebt das Du durch den Raum, erhebt sich über dem Herd in die Lüfte und lässt sich schließlich auf Hedis Schulter nieder.

Danach sitzen sie einander im Wohnzimmer gegenüber,

Hedi in ihrem Schaukelstuhl, Gery auf dem geblümten Sofa. Der Gugelhupf ist noch warm, klebrig süß legen sich die Rosinen um Hedis Zähne, aber das macht nichts, mit zweiundachtzig ist das Zähneputzen eine Sache, die unter dem Wasserhahn geschieht.

»Du solltest dir ein nettes Mädchen suchen und deine Zeit nicht mit einer alten Frau wie mir verschwenden«, sagt sie und sieht ihm dabei zu, wie er die Rosinen, die er nur ihretwegen in den Teig gerührt hat, wieder aus dem Kuchen pickt.

»Blödsinn. Die Liebe ist ein Hirngespinst«, sagt er.

»Als ich in deinem Alter war, war die Liebe etwas Schönes.«

Hinter dem Glas der Wohnzimmervitrine lächelt ein Mann aus einem Silberrahmen heraus. Breite Schultern, dünner Schnauzbart, wie mit Bleistift gezeichnet. Oben am Kopf der klare Scheitel, weiß teilt er die dunkle Haarpracht in zwei ungleiche Hälften. Auf dem Stuhl vor ihm eine Frau mit gewelltem Haar. Hedi sieht Gery zu, wie er die Fotografie betrachtet. Wie er sie erkennt und doch wieder nicht erkennt.

»Dein Hirngespinst?«, fragt Gery.

Hedi lacht. »Mein verstorbener Mann. Hirngespinste werden selten zu Ehemännern.«

Hinter den Vorhängen verharrt das Wetter in der Luft und steht ein paar Sekunden lang still. Dann zerplatzen dicke Tropfen auf dem Fensterbrett.

»Soll ich das Fenster schließen?«, fragt Gery und stellt den Teller ab.

»Nein, bleib sitzen. Ich mag Gewitter.«

Und wenn er wirklich auf eine Erbschaft hofft, denkt Hedi, ist mir das auch egal. Wer hat schon das Glück, mit zweiundachtzig noch einmal seinem Hirngespinst in die Augen sehen zu dürfen?

12 Der Oktober bringt den Regen, der Donaukanal steht
so hoch wie das ganze Jahr nicht, Straßen und Parks
stehen unter Wasser, und auch die Wien fließt endlich wieder. Kanäle und Gefühle laufen über, Kehlköpfe werden mit
Melancholie gefüllt, Frauenaugen platzen auf und rinnen aus.
Eine Welle der Depression hängt über der herbstlich verfärb-
ten Stadt und erfasst Marie, erfasst auch Sonja, und so sitzen
beide zu Hause, die eine auf dem gelben Designersofa vor dem
Flachbildschirm, die andere zwischen Katzenhaaren und Ziga-
rettenstummeln. Es lebe das Selbstmitleid, es lebe die Depression!

Jakob, der Auslöser der ganzen Heulerei, jongliert inzwischen mit Pumplasern, Spiegeln und Kristallen, teleportiert
Quantenzustände und wertet Forschungsergebnisse aus. Von
Maries Tränen weiß er nichts, Sonjas Tränen interessieren ihn
nicht mehr.

Warum heulen die beiden so? Gut, Sonja ist von Jakob verlassen worden, aber Marie? Sie hat ihn doch, ihren Jakob, der
einmal Sonja gehört hat, ganz und gar hat sie ihn, mit Haut
und Haar und mit seinen Socken, die er immer bei ihr liegen
lässt. Aber vielleicht sind es ja gerade seine Socken und die fein
säuberlich aufgerollte Zahnpastatube (das hat er von Sonja gelernt), die sie so zum Weinen bringen. Alles lässt er hier, alles
häuft sich an. Wie stille Untermieter bevölkern Jakobs Dinge
Maries Wohnung, nehmen alles in Beschlag und glotzen ihr
entgegen. Sieh her!, schreien sie ihr ins Gesicht, uns gibt es
auch noch, dass du uns nur ja nicht vergisst, dass du nur ja
deinen Jakob nicht vergisst! Und wie sollte sie ihn auch vergessen, jede Nacht liegt er wie der Gekreuzigte in ihrem Bett,
macht sich breit, die Arme weit von sich gestreckt, und plötzlich ist sie sich gar nicht mehr so sicher, ob sie diesen Körper in
ihrer Wohnung haben will, diese Riesenkrake, die nachts ihre

Fänge nach ihr auswirft und ihren Körper umschlingt, an sich presst, bis sie gar nicht mehr weiß, woher sie die Luft zum Atmen nehmen soll.

Marie steht im Badezimmer, in der Hand eine kleine, mit Aluminium beschichtete Pappscheibe, und rechnet nach: Montag, Dienstag, Mittwoch. Heute ist doch Mittwoch, oder? Oder ist schon Donnerstag, hat sie ein weißes Kügelchen vergessen, teilt sich da schon eine Krakenzelle in ihr? Aber nein, heute ist Mittwoch, heute hat sie Französisch in der Sieben B unterrichtet, Gott sei Dank, noch einmal Glück gehabt.

Mehr Glück als Sonja allemal, denn Sonja wünscht sich das, was Marie zu verhindern sucht: ein kleines Glück, ein kleines Klammertierchen. In den Armen will sie das neue Leben wiegen, doch wie soll das funktionieren, jetzt, wo sie wieder allein ist und ganz von vorne beginnen muss? Die Männer kommen, wie sie wollen, in Sonjas Wohnung hinein und aus Sonjas Wohnung heraus, in und aus Sonja selbst. Bald wird sie dreißig, und wieder steht sie allein da. Arme Sonja. Also probiert sie es über das Internet, die große Wundermaschine.

Alle Menschen sind auf der Suche nach ein bisschen Glück, nach ein wenig Sinn in ihrem Leben. So sucht Marie nach der Liebe in sich und findet sie nicht, so sucht Sonja nach einem, der sie ein bisschen lieb hat. Nur Jakob hat gefunden, was er gesucht hat: Marie, Marie und wieder Marie. Sie beflügelt seine Gedanken, erleichtert ihm den Alltag, alles ist auf einmal viel bunter und schillernder, und so ein berauschter Zustand wirkt sich bekanntlich positiv auf die Arbeit aus. Wie ein Besessener jagt er Lichtteilchen durch den Tunnel, hat eine Idee, geht seinem Riecher nach, und tatsächlich kommt er dem Fehler auf die Spur, nach dem die Gruppe so lange gesucht hat. Endlich geht etwas weiter, klopft man ihm auf die Schulter, sogar der Professor gibt sich zufrieden.

Jakob kommt glücklich nach Hause, wirbelt Marie im Kreis, und Marie, die noch keine fünf Minuten zuvor im Zweifel lag, ob sie die Beziehung mit Jakob überhaupt will, ob es nicht besser wäre, früher als später zu gehen, lässt sich von Jakobs Begeisterung mitreißen.

Zur selben Zeit steht Gery auf der Rossauer Brücke und sieht auf das dunkle Wasser des Donaukanals. Seit Wochen schon hetzt er wie ein Getriebener durch die Stadt, von einem Lokal zum nächsten, von einer Brücke zur anderen. Als wäre die Langeweile, von der Joe immer gesprochen hat, mit einem Satz auf ihn übergesprungen, wie eine Laus von einem zum anderen Kinderkopf.

»Vor der Langeweile«, sagte Joe, »fürchten wir uns mehr als vor dem Sterben! Erst wenn man nichts mehr zu tun hat, erst wenn man wirklich frei ist, kann man der Langweile als das begegnen, was sie ist: ein riesiges geschältes Hühnerei, groß, schwabbelig, farblos. Und innen drin der gelbe Kern, die Erkenntnis des menschlichen Seins, nämlich dass es keinen Sinn gibt. Der Mensch ist nicht besser als das Tier, ein reines Zufallsprodukt, eine Laune der Natur, so wie der ganze beschissene Planet. Eine Lösung unter Milliarden von Lösungen. Nur dass der Mensch im Gegensatz zum Tier denken kann, Vergangenheit und Zukunft hat. Und ebendas versucht er seit jeher zu verdrängen, indem er sich mit Arbeit zudeckt, sich verknechten lässt, von den Vorgesetzten, der Familie und den Freunden. Wer beschäftigt ist, hat keine Zeit zu denken, und wer nicht denkt, der begreift das ganze Ausmaß der Sinnlosigkeit nicht. Oder warum glaubst du, haben wir den ganzen Lärm erfunden, die Baumaschinen, die dröhnende Musik? Was ist das anderes als das Ritual primitiver Buschbewohner, die irgendeinem Götzen huldigen, den es nicht gibt? Wenn du einmal tot bist, kräht kein Hahn mehr danach, was du aus deinem Leben gemacht hast. Zwei Tage später haben sie dich vergessen.«

Gery bläst Rauchkringel aus. Starrt auf die Stelle, an der Joe ins Wasser gesprungen und nicht wieder aufgetaucht ist.

Hatte Joe seinen Sinn im Leben gefunden? Kann der Sinn allein darin bestehen, auf einer Brücke zu stehen und auf Weingläsern zu spielen? Zwei oder drei Kinder zum Lachen zu bringen? Und ist es wirklich erst drei Monate her, dass Joe ertrunken ist? Gery kommt es wie eine Ewigkeit vor. Und das mit der Ewigkeit, denkt er, das wird schon stimmen, denn das Wasser, das Joe in die Lungen getreten ist, und das er anfangs noch ausgespuckt haben muss, ist längst die Donau hinuntergeflossen. Slowakei, Ungarn, Kroatien, Serbien, Rumänien, Moldawien, Ukraine, Donaudelta. Dunaj, Duna, Dunav, Dunârea. Und es ist seine, Gerys Schuld.

Er hätte ihm nachspringen müssen. Hätte nicht einfach gehen dürfen, als Joe nach zwanzig Minuten immer noch nicht aufgetaucht war. Aber woher hätte er wissen sollen, dass es diesmal ernst war? Dass Joe nicht wieder hinter einem Gebüsch hervorspringen würde, *Puh!*, so wie in jenem Sommer vor vier Jahren, als Joe ihn das erste Mal zur Rossauer Brücke mitgenommen hatte? Damals wusste Gery noch nicht, wie oft sich Joe von Brücken fallen ließ, damals stolperte er noch mit wild pochendem Herz die Treppen hinunter, lief am Ufer entlang und schrie wie ein Verrückter: »Joe, Scheiße, Joe!« Völlig aus dem Häuschen war er, wollte schon zur Polizei, als es plötzlich in einem der Büsche am Ufer raschelte und: »Puh!«

Joe machte sich vor Lachen fast in die Hose, schüttelte sich wie ein nasser Hund und ließ das Wasser nach allen Seiten spritzen. Danach setzte er sich in den nassen Kleidern auf die Brücke, sagte: »Nimm das Leben nicht so verdammt ernst«, nahm sich eine von Gerys selbstgedrehten Zigaretten und tat so, als wäre nichts geschehen.

Jetzt fragt sich Gery, was Joe damit gemeint hatte. Nimm das Leben nicht so verdammt ernst, es ist nicht tragisch, wenn man es verliert? Was, wenn er es verlieren wollte? War Joe jemand, der sich so lange fallen ließ, bis es endlich klappte? Waren Joes Sprünge von der Rossauer Brücke wie die Schlaftabletten, die manche schlucken, nur um sich danach den Magen auspumpen zu lassen und doch noch einmal mit dem Leben davonzukommen? Beim zehnten Mal nimmt dich keiner mehr ernst. Und Joe war ja jedes Mal wieder aufgetaucht. Manchmal blieb er noch ein wenig unter der Wasseroberfläche, trieb das Spiel auf die Spitze, aber spätestens als Gery in aller Ruhe auf der Brücke stehen blieb und sich einen Joint drehte, wurde Joe das Ganze zu langweilig.

Gery lässt die Kippe in den Donaukanal fallen und sieht dem roten Punkt nach, wie er kreiselnd ins Wasser fällt und erlischt.

Vielleicht wollte Joe den Sprung auf Band haben. Und dann ist etwas schiefgelaufen. Er hat sich den Kopf angestoßen und den Weg nach oben nicht mehr gefunden.

Eines muss hier nämlich festgehalten werden: Als Joe an seinem letzten Abend in den Donaukanal sprang, hielt Gery das Objektiv direkt auf ihn gerichtet. Joes finaler Sprung ist also eingebrannt in eine 4-Gigabyte-Speicherkarte der Marke SanDisk. Auf der sitzt Joe am Geländer, streckt die Arme zur Seite und grinst. Dann sagt er: »Vergiss mich nicht, Alter« und lässt sich nach hinten fallen.

Seit diesem Tag hat Gery die Kamera nicht mehr in die Hand genommen.

Wie jede Stadt hat auch Wien ihre Spezialitäten. Wer weiß schon, dass der Cappuccino ursprünglich aus Wien kommt? Heute kennt man das Wort Kapuziner nur mehr im Zusammenhang mit der Kapuzinergruft, und nur wenige Wirte, wie Pavel Palicini, führen den Kapuziner unter den Heißgetränken. Vielleicht kommt es daher, dass sich der rundliche Palicini als Abkömmling einer sizilianischen Mafiafamilie gegen den Cappuccino verwehrt. Pavel Palicini hat es nicht so mit der väterlichen Gewalt, er hat es mehr mit den mütterlichen böhmischen Wurzeln.

Seine Palatschinken mit Powidl und Sauerrahm sind es auch, die Kurt alle paar Wochen ins Palatschinkenpfandl locken. Die Palatschinken und die Philosophenrunde, die sich in unregelmäßigen Abständen im Hinterzimmer des Gasthauses trifft. Da wird die Welt verändert, werden Theorien geboren und Pläne geschmiedet und nie in die Tat umgesetzt, während vorne in der Gaststube Touristen Wiener Schnitzel und Schokoladepalatschinken bestellen.

»Man müsste die Politiker alle erwürgen«, meint Kurt und schiebt die schlanke Nase am Rand der Zeitung vorbei.

Er ist einmal ein fescher Mann gewesen, das sieht man ihm auch heute noch an. Gerade Nase, dichte geschwungene Augenbrauen, kantiges Gesicht, drahtige Figur. Nur der lange weiße Bart mit der bunten Schleife will nicht so recht ins Bild passen, über den haben schon viele den Kopf geschüttelt, aber die wissen ja auch nicht, dass es sich bei Kurts Bart um ein Andenken handelt. Elf Jahre Indien, samt Kloster und fehlgeschlagenem Resozialisierungsprojekt. Den Unberührbaren hat Kurt nicht helfen können, also ist er nach Österreich zurückgekommen und hat bei der Post begonnen. Seinen Bart und den buddhistischen Glauben hat er behalten. Durch und durch sanft, von den Zehennägeln bis zu den Haarwurzeln. Nur die

Politiker kann er nicht leiden, denen wünscht er das Allerschlimmste.

»Politiker sind wie Obstfliegen«, sagt der rundliche Palicini und gießt den Palatschinkenteig in die Pfanne. »Erschlägst du eine, kommen zehn neue nach.«

Da hat er recht, denkt Kurt, als Mistkäfer werden sie sterben, als Mistkäfer sollen sie wiedergeboren werden. Er reibt sich mit Daumen und Zeigefinger die Augen, faltet die Zeitung zusammen und schaut Palicini zu, wie er die Pfanne vom Herd nimmt und dabei die Flamme kleiner dreht.

»Sag, wie geht's eigentlich dem Joe?«, fragt Kurt. »Den hab ich auch schon eine Weile nicht mehr gesehen.«

Ergriffen hält Palicini in der Bewegung inne, die Pfanne noch immer zehn Zentimeter über dem Herd.

»Hast du nix gehört? Joe ist von Bricke gehupft!«

»Nicht wahr!« Dem Achselzucken Kurts folgt der obligatorische Griff zur Zigarette. »Was willst schon machen, wenn einer nicht mehr leben mag.«

Wien, gelobte Stadt des Theaters, die du wahrhafte Talente gebierst, nichts, das einen Wiener nicht anrührt, möge er auch noch so teilnahmslos wirken auf jeden, den sich diese Stadt nicht von Geburt an einverleibt hat.

Ein Klackern lässt Palicini zusammenzucken, geräuschvoll landet die Pfanne auf der Herdplatte. Die Luft wird von einem Zischen erfüllt – nicht etwa vom Öl, sondern vom Großmeister der Palatschinken selbst.

»Was ist denn jetzt schon wieder?«

»Chefe, da will einer Tunke zu Schnitzel«, schiebt sich das Gesicht des pakistanischen Kellners durch die Holzperlen des Vorhangs.

»Was soll das sein, Tunke?«, keppelt Palicini. »Wenn Idiot unser Essen nicht passt, soll er gehen! Ich sag dir, Kurti, irgendwann lass ich die nicht mehr herein. Dann gibt es nur noch das, was gut ist. Schnitzel, pfff!«

Mit einem kunstvollen Schwenker aus dem Handgelenk wirft Palicini die Palatschinke in die Höhe. »Wiener Schnitzel, dass ich nicht lache. Weißt du, woher Schnitzel kommt? Aus China. Hab ich gelesen in so eine Internetseite.«

Kurt hat andere Sorgen als Schnitzel, Kurt denkt an Joe. Ein kleiner Rotzbub ist er gewesen, ein ausgefuchster Kerl, aber Kurt hat ihn gern gehabt. Verdammt schade um ihn. Als Palicini ihm den Teller mit der Powidlpalatschinke hinstellt und hinter einer kleinen Holztür verschwindet, dämpft Kurt die Zigarette aus. Bis er jedoch dazu kommen wird, die Palatschinke zu essen, wird sie kalt sein. Aber dann wird er ohnehin keinen Appetit mehr haben. Denn gerade als Kurt mit der Gabel in den weichen Teig stechen will, nimmt Palicini ihm gegenüber Platz und legt ein Kuvert neben Kurts Teller.

»Kannst du Geheimnis behalten? Joe hat mir etwas aufgetragen. Steht alles da drin.«

Die Finger an der Serviette abwischend, zieht Kurt die gefalteten Blätter aus dem Kuvert, stellt den Teller mit der Palatschinke mit einem wehmütigen Blick beiseite und fischt in seiner Brusttasche nach der Lesebrille.

»Was soll das sein?«

»Lies, Kurti, lies!«

Ein wenig stolz ist Palicini ja schon, um nicht zu sagen: mächtig stolz. Dass Joe ausgerechnet ihn auserwählt hat, um die Sache einzufädeln. Pavel Palicini als Testamentsvollstrecker. Auch wenn es komplett verrückt ist, was Joe da von ihm verlangt. So ganz durchschaut hat Palicini das Ganze ja bis heute noch nicht.

»Weißt du?«, hat Joe Palicini gestanden, als er drei Tage vor seinem finalen Sprung in den Donaukanal im Hinterzimmer

des Gasthauses gesessen ist und Palatschinken in sich hinein-
geschaufelt hat, hungrig wie immer, ganz und gar nicht wie einer, der seinen Tod schon bis in alle Einzelheiten geplant hat.
»Es war alles falsch. Ich bin gestrandet. Endgültig.« Palicini hat
sich nicht viel dabei gedacht, Joe ist ja immer schon ein melan-
cholischer Typ gewesen. Wiener eben. Doch dann hat ihm Joe
dieses Kuvert überreicht und gesagt: »Falls mir etwas zustößt.«
An alle möglichen Dinge hat Palicini gedacht, an Pokerschul-
den und Finger brechende Drogendealer, da ist seine sizilianische Vorstellungskraft eben mit ihm durchgegangen. Aber
Selbstmord?

»Erste Wiener Hochschaubahn. Der ist ja komplett verrückt!«, stößt Kurt aus, gerade in dem Moment, als der Perlen-
vorhang erneut klackert.

»Chefe, der will sich jetzt beschweren!« Panik im Gesicht
des Kellners.

»Was will er sich beschweren?«, fuchtelt Palicini mit den
Händen. »Tunke, Tunke! Wird Panier ganz aufgeweicht, das
gibt's nicht bei Palicini! Schlimm genug, dass wir diese Ge-
stank haben, soll er froh sein, dass er Schnitzel bekommt. Sag
ihm: Echte Wiener Schnitzel, dazu gibt es keine Tunke. Wenn
er Saft will, soll er Gulasch essen! Und jetzt geh, wir haben was
zu besprechen.«

Schulterzuckend schiebt sich das zerknitterte Gesicht des
Kellners zurück, gefolgt vom abermaligen Klacken der Perlen.

»Willst du eine Mokka? Oder eine Grappa?«

Gar nicht gut sieht er aus, der Kurt, wie er so dasitzt mit den
Zetteln in der Hand. Richtig bleich ist er. Der wird mir doch
nicht umkippen?, denkt Palicini.

»Was soll ich mit einem Mokka?«, sagt Kurt.

Palicini manövriert seinen böhmisch-mafiösen Hintern an
Herd und Gewürzregal vorbei und kommt mit einer schlanken

Flasche wieder. Er schenkt zwei Grappagläser randvoll, stürzt den Inhalt des seinen hinunter, spürt das Brennen, dann die Wärme, träge und zäh wie ein Lavastrom fließt sie durch seine Eingeweide.

Ausgerechnet den Prater hat sich Joe ausgesucht. Das ist etwas, das Palicini nie verstehen wird. Diese Hans-Moser-Mentalität, diese Lächerlichkeit selbst noch im Sterben. Gery, denkt er, ist verrückt genug, um mitzuspielen, allein schon wegen Joe. Und auch wegen Marie. Denn dass Gery Joes Freundin schon immer gemocht hat, weiß jeder im Palatschinkenpfandl. Aber Marie? Warum sollte Marie sich darauf einlassen?

»Was wirst du tun?«, fragt Kurt und hält dem Wirt das leere Schnapsglas unter die Flasche.

Palicini schenkt nach, stellt die Flasche auf den Tisch, faltet die Blätter wieder zusammen und stemmt sich an der Tischkante hoch.

»Was soll ich schon machen? Letzte Wille muss man ehren.«

14 Die ideale Kraftnahrung sind Menüs von McDonald's, alles echt aus Österreich, das Rindfleisch und auch die Kartoffeln, sogar die Äpfel in der Apfeltasche sind saftig und steirisch. Nur das Frische merkt man ihnen nicht mehr so an. Jakob schwingt durch die Tür, die Tür schwingt zurück und landet auf der Nase eines Teenagers, doch davon bekommt Jakob nichts mit, denn er sieht in eine andere Richtung. Diese brünetten Haare, die sich wie ein Kätzchen in die rote Jacke des Athleten schmiegen, die kennt er doch!

Da steht sie. Seine Exfreundin, *seine* Sonja, mitten in der McDonald's-Schlange, neben einem Typen Marke Skilehrer, braun gebrannt und vital. Den hat sie sich bestimmt beim Joggen aufgerissen, denkt Jakob, um sechs Uhr morgens im

Auer-Welsbach-Park, sie im gelben Reebok-Laufgewand, er in blauer Adidas-Montur, einen schwarzen Langhaarschäfer an der Leine. Jakob stellt sich vor, wie die beiden einander die verschwitzten Laufdressen vom Leib schälen, komm schon, eine Nummer geht noch, bevor du in dein graues Kostüm steigst, und schon wirft der Sportfanatiker Sonja auf die gelbe Designercouch, aber nicht doch, nicht hier, du machst noch Flecken auf den Teppich!

Was findet sie bloß an so einem, der sitzt bestimmt das ganze Wochenende vor ihrem Flachbildschirm. Man kennt diese Typen. Holen sich ihre Muskeln im Fitnesscenter und die Bräune im Solarium, denkt Jakob trotzig. Da wird Sonja aber schauen, wieder nichts mit Wienerwald, in der Tür wird sie stehen und sagen: Komm, das Wetter ist so schön, schau, wie die Sonne scheint, doch er wird sich nur an den Eiern kratzen und beim Schispringen zusehen. Nimm doch den Hund mit, wird er sagen, der freut sich bestimmt, und er wird sich auch freuen, denn jetzt hat er eine Dumme gefunden, die seinen Nero Gassi führt.

Und er hat sich ein schlechtes Gewissen gemacht. Nun ja, nicht wirklich lange, aber doch ein wenig. Keine drei Monate ist es her, dass er Sonja den Schlüssel auf den Tisch gelegt hat, und schon schmiegt sie sich an einen anderen. Aber was regt er sich auf, soll sie doch ins Bett gehen, mit wem sie will, er hat ja Marie, seine wunderbare Marie, seine duftende, lachende Marie, seinen Sonnenschein, sein Freudental, seine große Liebe, Marie, Marie, Marie! Selig die Verliebten, denn ihnen gehört das Himmelreich. Und schon schwankt und torkelt Jakob ins Glück und zum zweiten Mal in den Teenager, der umfällt und sich denkt: Vielleicht hat die Mama ja doch recht, vielleicht ist dieses Fast Food wirklich nicht gesund, hier ist tatsächlich alles ein wenig zu *fast*, die Türen und auch die Gäste. Und so verliert McDonald's einen treuen Gast an die Kette *Biofood*, und der Teenager seine Pickel und Fettschwarten – das Schicksal ist eben doch manchmal gnädig. Jakob hält ihm die Hand hin, zieht ihn mit einem entschuldigenden Grinsen hoch und taumelt weiter zum nächsten Imbissstand.

Sonja bekommt von alledem nichts mit (so leise fällt der Teenager), auch taumelt und torkelt sie nicht, denn weder ist sie verliebt, noch wird sie geliebt. Jakobs lächerlicher Anflug von Eifersucht wäre also nicht nötig gewesen. Walter, der braun gebrannte Athlet, ist nun schon der Dritte aus dem Internet. Sonja trifft sich mit potentiellen Vätern und übt mit ihnen den Zeugungsakt. Nach dem Bürstenhaarschnitt aus der Innenstadtbar kamen Alexander und Markus – und jetzt ist es eben Walter. Auch er wird es in Sonjas schöne Wohnung schaffen und wieder aus ihr hinaus. Danach wird sie auf seinen Anruf warten, eine ganze Woche lang, ein bisschen weinen und es schließlich aufs Neue probieren.

Das World Wide Web ist ein riesiges Kukuruzfeld, in dem sich viele Hasen und andere Nager tummeln, Hamster zum Beispiel. Walter hamstert auch, ganz aufgebläht sind seine Backen von den vielen Geschichten, die er bei der nächsten Firmenfeier erzählen wird. Die Firma feiert die Feste, wie sie fallen, und Walter ist immer vorne dabei.

Sonja hat Walter vorhin von der Firma abgeholt, die McDonald's-Filiale liegt schräg gegenüber. In zwei Wochen wird eine andere Walter abholen, und die Kollegen werden ihm auf die Schulter klopfen und mit neidischem Blick fragen, wie er es anstellt, dass ihm die Frauen in Scharen nachrennen, worauf Walter geheimnisvoll lächeln wird.

Das kann Jakob freilich nicht wissen. Sonja kann es auch nicht wissen, aber ahnen könnte sie es. Vor allem könnte sie endlich damit aufhören, jedes Mal vor dem Handy zu sitzen und auf einen Anruf zu warten. Aber so ein eingebildeter Liebeskummer lenkt eben vom eigentlichen, wirklichen Kummer des Verlassenwordenseins ab, nicht umsonst drückt man einem Kind eine Babykatze in den Arm, wenn die alte vom Auto überfahren worden ist. Also scrollt sich Sonja durchs Internet, das zumindest einen Vorteil hat: Hier muss man sich nicht wie ein Auktionstier auf den Fleischmarkt stellen, vor dem Laptop reicht der Jogginganzug. Sonja hilft der Phantasie der Männer auf die Sprünge, indem sie ein Porträt von sich hochlädt. Herauszufinden, was sich unterhalb ihres Gesichts verbirgt, ist Aufgabe des anderen, hängt ganz von der jeweiligen Vorstellungskraft ab. Sonja klickt sich durch die Profile und Zukunftsvorstellungen der männlichen Singles, selektiert und dividiert, bis am Schluss noch immer eine Handvoll übrig bleibt. Walter ist einer von ihnen, denn Walters Zukunftsvorstellung heißt Familie. Dass diese Vision in Walters ferner Zukunft liegt, kann Sonja nicht wissen, immerhin ist Walter zweiundvierzig und somit nicht mehr der Jüngste, wenn auch jung geblieben und sportlich. Walter hat einen Titel, ist ganz und gar nicht Skilehrer, sondern Informatiker und Angestellter einer großen Computerfirma. Dass er auch noch gerne Papa sein möchte, ist für Sonja Grund genug, ihn kennenzulernen. Also wagt sie sich vor, indem sie von seinem Big Mäc abbeißt.

Jakob steht zu dieser Zeit schon beim Imbissstand ums Eck. Die Pizzaschnitte ist trocken, der Schinken hat die Konsistenz von altem Leder und schmeckt auch so. Jakob beißt dreimal ab, dann wirft er den Rest in den nächsten Mistkübel und geht zurück zum Labor, wo er sich auf den alten Holzsessel setzt, um sich die Erkenntnisse Horst Holsteins einzuverleiben. Holsteins Arbeit ist wie sein Name: eingebildet, künstlich und ohne relevanten Kern. Wie die Photonen durch den Kristall, zischen Holsteins Ausführungen durch Jakobs Kopf, vorne hinein, links und rechts wieder hinaus. Aber so ist das, wenn man sich für eine wissenschaftliche Karriere entscheidet, sieben Zehntel der Zeit verbringt man damit, das zu lesen, was andere erforscht haben. In Holsteins Fall ist es ein großes Nichts, ein Nichts, das Jakob obendrein nicht neu ist.

Er lehnt sich zurück und legt die Füße auf den Labortisch. Dafür muss er den kleinen Kristall ein wenig zur Seite rücken. Er sieht auf die Zeitanzeige am Computer. Ob Marie gerade Hausübungen verbessert? Oder die nächste Französischstunde vorbereitet? Vielleicht auch den Philosophietest für die Sieben B, von dem sie ihm gestern erzählt hat. »Die werden keine Ahnung haben, die sind ja nie da!«, hat sie gewettert. »Freitag sechste Stunde Philosophie, wer sich den Stundenplan ausgedacht hat, der gehört ja verprügelt! «

Er mag es, wenn sie sich aufregt. Sie bekommt dann diese roten Flecken unter ihren Sommersprossen. Ihr Grübchen tanzt auf und ab, und ihre Haare fangen an, nach allen Richtungen abzustehen, als würden sie sich mitärgern, und ihre Hände schwirren wie die Obstfliegen durch die Luft. Das muss am sizilianischen Blut liegen, denkt Jakob. Manchmal nimmt er ihre Hände in seine, fängt sie mitten im Flug auf und zieht sie an sich heran, zuerst nur die Hände, dann die ganze Marie. »Sind doch nur dumme Schüler«, sagt er dann, »kein Grund, sich zu ärgern.« Und während sie noch schmollt, lacht sie schon wieder, drückt sich an ihn und küsst seinen Hals. Wie leicht es ist, sie zum Lachen zu bringen!

Jakob fischt nach seinem Handy und wählt. Hört es dreimal tüten, dann Maries Stimme. Sie klingt ein wenig verschlafen. Ob er sie aufgeweckt hat?

»Heute werde ich dir das beste Tiramisu der Welt zaubern«,

flüstert er ihr ins Ohr, begeistert von seiner eigenen Idee. »Könntest du inzwischen schon mal Mascarpone kaufen? Und Biskotten!«

Marie lacht ins Telefon. »Du kochst für mich und hast die Zutaten nicht besorgt?«

Wie süß sie doch ist, denkt Jakob.

Aber was hat es mit Maries süßem Lachen tatsächlich auf sich?

Gerade ist sie gemütlich am Sofa gelegen, hat endlich alles fertig gehabt, die Stundenvorbereitungen und Korrekturen, und jetzt soll sie wieder hinaus, nur damit Jakob Tiramisu zubereiten kann. Marie ärgert sich über Jakobs Arbeitszeiten, die er sich selbst einteilt. Er hätte ja fünf Minuten Pause machen können, was ist das für eine Überraschung, wenn sie alles selbst besorgen muss?

Im Diskontladen kämpft sie sich durch die abendliche Masse. Schweiß hängt über dem Gemüseregal, Schweiß vor dem Milchkühlschrank, Schweiß an der Kasse. Das Förderband läuft ohne Pause, mit flinken Händen ziehen die Kassiererinnen die Billigware über die piepende Plexiglasscheibe. Beinahe fällt Marie der Becher Mascarpone auf den Boden. Ein etwa Vierzigjähriger ist schneller, rasch greift er danach. Sieht ein bisschen aus wie Richard Gere, denkt Marie, aber vielleicht ist das auch nur Wunschdenken. Sie bedankt sich und verlässt die Einkaufshölle. Draußen ist es noch immer warm, viel zu warm für Ende Oktober. Es wäre besser, wenn es ein wenig kälter wäre, dann würde Wien endlich seinen Schweißgeruch verlieren.

Es wird nicht zum Tiramisuessen kommen.

Gerade, als Jakob die Biskotten in den Kaffee tunkt und nichts ahnend vor sich hin pfeift, Bilder im Kopf (von Maries

Finger in seiner Mundhöhle und Maries Zunge in seinem Bauchnabel), läutet ihr Handy. Vier Minuten später steht sie in der Tür, sieht auf seine klebrigen Finger, kreidebleich im Gesicht. »Ich muss sofort zum Bahnhof«, sagt sie. »Glaubst du, es fährt noch ein Zug nach Graz?«

Teil 2

Interferenz

Die Freude wollte er ins Haus holen, darum nannte er sie Laetitia. Wenn schon ihre Mutter nichts Fröhliches, nichts Ausgelassenes mehr besaß. Ganz und gar verdorrt war sie, die Gier nach dem Leben auf einen halben Quadratmillimeter zusammengeschrumpft, und sogar der saß ganz weit hinten im Gehirn. Vielleicht hätte er sie damals nicht mit ihm fahren lassen sollen, vielleicht fehlten ihr der Lärm und der Dreck, aus dem er sie herausgerissen hatte, und so wurde auch sie leise, sauber und stumm, wie eine frisch renovierte Altbauwohnung mit schalldichten Fenstern und einer zwanzig Zentimeter dicken Styropordecke.

In Palermo hatte er sie kennengelernt. Sofia mit den rabenschwarzen Füßen und dem ausgewaschenen Blumenkleidchen, gerade einmal siebzehn Jahre alt, und er damals schon ein im Leben festgefahrener Professor für Geschichte und Latein. Eines Sommertages war sie ihm in den Weg gesprungen und hatte ihr Lachen über seine Zehen springen lassen. Dass sie ihm Palermo zeigen wolle, sagte sie, und schon zerrte sie ihn am Arm. Er wollte ihr Geld geben, doch sie lachte ihn nur aus, führte ihn stattdessen durch die verwinkelten Gassen und sagte: »Steck deinen Fotoapparat weg, Palermo muss man zwischen den Zehen spüren!« Dabei zeigte sie auf ihre schwarzen Fußsohlen und zwang Hugo, Schuhe und Socken von den Füßen zu streifen. Sie erinnerte ihn an ein Kind. Dennoch tat er, wie sie ihn hieß, und ließ sich von ihr zum Meer führen, wo er sich einen Glassplitter eintrat und auf ihre Schulter gestützt weiterhumpeln musste. Tags darauf fuhr er mit dem Taxi ins Krankenhaus, denn die Wunde hatte sich entzündet. Der Arzt meinte, dass es keine gute Idee sei, barfuß durch die Stadt zu laufen, und verschrieb Hugo rosafarbene Tabletten sowie eine übel riechende Salbe. Am Abend saß Hugo schon wieder mit Sofia am Hafen.

Als die Entzündung abgeklungen war, fuhren sie an den Strand von Campofelice. Sofia tauchte unter Hugos Beinen durch, schlang ihre Arme um seinen Hals und küsste ihn. Am Ende seines Urlaubs kam sie mit ihm. Die Mutter, Grazia Anna, stand weinend am Bahnhof und flehte, Sofia möge es sich noch einmal überlegen, doch Sofia war nicht umzustimmen. Wenn ein siebzehnjähriges Mädchen bis über beide Ohren verliebt ist, was soll da eine Mutter schon ausrichten? Und Sofia war verliebt, nicht nur in Hugo, sondern auch in die Idee, Palermo zu verlassen. Also stieg sie in den Zug, mit nichts anderem als einer alten Ledertasche, zwei Kleidern, ein paar Unterhosen und einem Nachthemd. Bis zur Grenze schlug Hugo immer wieder die Augen auf, um nachzusehen, ob es wirklich wahr war, dass sie auf der Liege über ihm lag. Allein schon ihr leises Schnarchen kam ihm vor wie ein Wunder. Sechs Wochen zuvor war er allein nach Sizilien aufgebrochen, jetzt kam er mit einem Engel nach Graz zurück.

Doch die Zollbeamten beschlagnahmten Sofias Lachen, ließen es nicht einreisen.

So ist das mit dem Glück. Da wünscht man sich etwas ganz fest, und kaum hat man es, möchte man es am liebsten wieder hergeben. Sobald Sofia Palermo verlassen hatte, sehnte sie sich auch schon wieder zurück, zur Familie, zu den Freunden, zu den engen Gassen und der Meeresluft. Die Liebe zu Hugo war trotzdem stärker, Sofia blieb.

Nach zwei Jahren kam das Kind, Laetitia Maria, die Freude, die Fröhlichkeit. Stolz hielt der Vater das Bündel im Arm. »Schau!«, sagte er, »so schau doch nur!«, doch Sofia wollte nicht schauen. Sie klappte die Lider wie Rollläden nach unten und ließ ihn mit der Tochter im Arm stehen, inmitten von Blumen und Teddybären.

»Sofia hab ich wirklich geliebt«, sagt Hugo Steinwedel und legt die Handflächen um das Bierglas. Die geröteten Augen, die an der Tischplatte haften, erwarten keine Antwort.

»Vergiss die Vergangenheit, jetzt hast du ja die Helga«, tätschelt Franz Hugos Unterarm. »Die ist doch ein Vollblutweib, was willst denn mehr in deinem Alter?«

»Vergessen«, schnaubt Hugo. »Das sagt die Laetitia auch immer. Manchmal hab ich fast das Gefühl, sie verachtet mich, weil ich ihre Mutter nicht vergessen kann.«

»Und recht hat sie«, zieht Franz den Arm zurück. »Man kann doch nicht ewig der Vergangenheit nachweinen. Nimm mich, dreimal geschieden, was soll ich denn sagen? Aber beschwer ich mich? Nein. Und wenn du die Helga nicht willst, dann nehm ich sie. So ohne Frau ist das nämlich nichts, das sag ich dir. Wenn du nach Hause kommst und keiner wartet auf dich.«

»Von mir aus kannst sie haben, die Helga«, brummt Hugo. »Nimm sie nur, ich mag sie eh nicht, sie geht mir auf den Nerv. Ständig klopft sie an meine Tür. Ich mag das nicht, die soll mich in Ruhe lassen.«

Ja, Sofia hat er geliebt. Sofia mit dem Geruch nach frisch gebackenen Cantuccini, nach Mandeln und Honig, nach Süße und Leichtigkeit. Gleich wird er zu ihrem Blumenkleid gehen. Gestern hat er es wieder zwischen die Cantuccini-Packungen gelegt, denn von Susis Duft ist schon lange nichts mehr übrig gewesen.

Susi. Auch sie hat nach Mandeln gerochen. Ihr hat er das Kleid übergezogen, ganze drei Tage lang hat sie es für ihn tra-

67

gen müssen. »Was soll ich denn mit diesem alten Fetzen?«, hat sie gejammert. »Kauf mir doch etwas Schönes, in so etwas kann ich mich doch nicht anschau'n lassen!« Also hat er versprochen, ihr etwas Schönes zu kaufen. »Alles, was du willst«, hat er gesagt, »aber erst einmal trägst du dieses Kleid.« Und Susi hat es getragen, nicht weil sie das Kleid schön gefunden hat, aber weil sie es schön gefunden hat, dass Hugo ihren Duft einfangen wollte. Der muss mich aber lieb haben, hat sie gedacht, dabei hat er sie nicht anschauen können, die dürre Susi mit den blonden Strähnen. Billig hat sie ausgesehen, billig und verlebt. Nach drei Tagen hat er ihr das Kleid wieder weggenommen und sie aus seiner Wohnung geschmissen. In der Tür hat er ihr noch einen Hunderter hingehalten und gesagt: »Hier, kauf dir was Schönes, aber lass mich in Ruh!«

Und auch er hat sich etwas Schönes gekauft: Eine Gummi-Sofia, im Sexshop am anderen Ende von Graz. Dann hat er ihr das Kleid angezogen, seinen Kopf zwischen ihren duftenden Brüsten vergraben, und endlich hat er wieder eine Nacht durchschlafen können.

Als auch der Susiduft verflogen war, ist er auf die Idee mit den Keksen gekommen. Man muss das Kleid nur mit den Cantuccini in einen Plastiksack legen, dann riecht es am Abend wieder nach Sofia. Dann kann er sein Ohr an ihr stilles Herz legen und von ihr träumen. Ein wenig bröselig ist sie zwar, seine Sofia Zwei, aber besser als Helga allemal.

Und so vergräbt Hugo auch in dieser Nacht wieder seinen Kopf im Busen seiner Gummisofia, als es plötzlich an der Haustür klingelt.

Hugo steht auf und geht zur Tür. Und wer steht da? Niemand anders als Sofia selbst, das Original, die Honigundmandelsofia, gerade einmal siebzehn Jahre alt.

»Komm!«, sagt sie und nimmt ihn bei der Hand.

2 Wenn ein sechzehnjähriges Mädchen mit blassem Gesicht und Untergewicht dreimal binnen zwei Wochen in Ohnmacht fällt, muss man als Lehrer handeln. Man ruft die Rettung, die Schülerin wird durchgecheckt, im Idealfall findet man eine Ursache, die durch Kochsalzlösungen und Kreislauftropfen bekämpft werden kann. Im schlimmeren Fall findet man Lymphknötchen, die auf die Lunge drücken. In Maries Fall fanden die Ärzte nichts. Eine Assistenzärztin tippte auf Magersucht, doch obwohl Marie eindeutig zu dünn war, aß sie im Spital mit großem Appetit. Die Untersuchungen dauerten drei Tage, danach schickte man sie wieder nach Hause.

Eine Woche später fiel sie abermals um. Hugo Steinwedel holte seine Tochter mit ratlosem Gesicht ab. Zu Hause steckte er sie ins Bett und stellte Teewasser auf, weil er nicht wusste, was er sonst hätte tun können. Er nahm sich Pflegeurlaub und umsorgte seine Tochter liebevoll, ließ die Tür zwischen Wohnzimmer und Kinderzimmer angelehnt und horchte angespannt, wenn Marie zu lange auf der Toilette blieb.

Marie schlief viel, stand nur auf, wenn der Vater ihr Suppe und belegte Brote brachte oder wenn sie auf die Toilette musste. Als sie nach einer Woche wieder zur Schule ging, schien alles in Ordnung zu sein, und Hugo atmete erleichtert auf. Teenagermädchen fallen nun einmal öfter um, das kannte er als Lehrer am Gymnasium nur allzu gut, da musste man sich nicht gleich Sorgen machen.

Zwei Wochen später erhielt er einen Anruf vom Klassenvorstand. Da hatte Marie bereits vier Sitzungen mit der Schulpsychologin hinter sich.

Die Psychologin behandelte Marie wie ein kleines Kind, befragte sie mit sanfter Stimme über den Tod der Mutter, strich ihr über den Arm und sagte Sätze wie: »Du musst ganz schön traurig gewesen sein.« Marie kam sich vor wie ein vierjähriges

Mädchen, dem man die Puppe gestohlen hatte. Sie mochte die Psychologin nicht, doch war sie es gewohnt, höflich zu antworten, wenn man ihr Fragen stellte, also sagte sie, dass nicht sie es sei, die unter dem Tod der Mutter leide, sondern der Vater. Dass er bis vor kurzem zu ihr ins Bett gestiegen und sich wie ein kleines Kind hatte umarmen lassen, erwähnte sie sicherheitshalber nicht. Aber dass er traurig war, dass er ihr leid tat, dass sie manchmal nicht mehr wisse, was sie noch tun sollte, das konnte sie ruhig zugeben. Und wer weiß, dachte Marie, vielleicht kann die Psychologin mir ja einen Rat geben, immerhin hat sie gelernt, wie man mit traurigen Menschen umgeht.

Bei der dritten Sitzung tauschte die Schulpsychologin die zuckersüße Stimme gegen die einer erwachsenen Frau ein, hörte Marie mit besorgter Miene zu, nickte mit dem Kopf, stellte Fragen und schrieb Notizen auf einen Block, die Marie nicht entziffern konnte. Marie fing an, sich beobachtet zu fühlen. Als sähen alle Lehrer und Mitschüler nur noch auf sie. Also versuchte sie, so unbeschwert wie möglich zu wirken. Trug sich in den Pausen ein Lächeln mit Lipgloss auf und tat so, als ginge es ihr gut. Nur nicht auffallen, sagte sie sich, wenn sie das Klassenzimmer betrat.

Vielleicht fiel sie gerade deswegen auf. Vielleicht lag es aber auch daran, dass, wenn die Mühlen einer Schule einmal in Gang gesetzt worden sind, es kein Zurück mehr gibt. Der Klassenvorstand hatte die Psychologin eingeschaltet, jetzt blieb ihnen nichts anderes übrig, als den Weg zu Ende zu gehen.

Als Marie das kleine Teezimmer, in dem sie sich üblicherweise mit der Schulpsychologin traf, betrat, stellte sie erstaunt fest, dass sowohl der Klassenvorstand und die Direktorin als auch ihr Vater anwesend waren. Letzterer saß mit gesenktem Kopf auf dem Besuchersessel und fuhr sich abwechselnd mit der Hand über die Augen und seinen Dreitagebart. Marie lächelte ihr Lächeln und setzte sich auf den leeren Stuhl. Stellte sich vor, wie es wäre, das zwinkernde Auge der Schulpsychologin mit den Stecknadeln, die in einer Korkwand hinter dem Direktorinnenkopf steckten, zu durchbohren.

Es war der Klassenvorstand, der ihr schließlich den Vorschlag unterbreitete. Sie solle ein wenig zur Ruhe kommen, die Chance haben, alles zu verarbeiten. Mit *alles* meinte die Lehrkraft den Selbstmord der Mutter, der zu diesem Zeitpunkt bereits sieben Jahre zurücklag. Marie saß stumm neben dem Vater und sah hilfesuchend zu ihm auf. »Aber die Schularbeiten«, wandte sie ein, doch der Klassenvorstand winkte ab, ein Monat sei nicht so lange, sie sei doch eine intelligente Schülerin, außerdem seien in einer Woche sowieso Osterferien, da würde sie nicht viel versäumen. Der Vater starrte auf sein Taschentuch und schwieg.

Zu Hause setzte er sich aufs Sofa, zündete sich eine Zigarette an und sagte: »Dein Klassenvorstand hat recht, ich hab dir zu viel zugemutet.«

Also packte Marie Schulbücher, Hefte und Gewand in eine Sporttasche und redete sich ein, zu verreisen. Danach schrieb sie der Großmutter einen Brief, in dem sie ihr erklärte, warum sie in den Osterferien nicht kommen würde.

Als sie sich schließlich vor der Glastür des Krankenhauses vom Vater verabschiedete, fühlte sie sich zu ihrer eigenen Verwunderung um zehn Kilo leichter.

3 Walpurga Schindelböck hält das beigefarbene Handtäschchen fest umklammert und lässt die goldblonden Dauerwellen hüpfen. Sie habe, stottert sie und zeigt dabei zwei lange Schneidezähne, sie habe ja keine Ahnung gehabt, mit einer Gummipuppe, das gibt es doch nicht, er sei doch sonst im-

mer ganz normal gewesen, ein einsamer Witwer eben, aber dass er seine verstorbene Frau in dieser Puppe gesehen habe, daran denke doch wirklich niemand. »Das ist, weil er immer so viel allein ist«, wirft sie ihren vorwurfsvollen Blick auf Marie.

»Aber das stimmt doch gar nicht!«, mischt sich eine Frau mit mehlblassem Gesicht und Spargelhaaren ein. »Er hat doch mich!«

Helga Deixelberger versteht die Welt nicht mehr. Ihr armer Hugo, warum hat er denn nichts gesagt, sie wäre doch sofort angerannt gekommen und hätte ihn gestreichelt. Helga kennt sich aus mit traurigen Männern, ihr Gustl ist auch immer so traurig gewesen, aber sie hat ihn gesund gepflegt, die Depressionen hat sie ihm weggelacht, ganz lustig ist er da geworden, doch dann hat er sich in seiner Lust eine andere genommen.

Laetitia, die Fröhliche, Laetitia, die Tochter, will sich den Unsinn der beiden nicht länger anhören. Sie hat den Vater vorhin gesehen. »Papa!«, hat sie gerufen, doch Hugo hat mit einem breiten Lächeln auf dem Gesicht durch sie hindurchgeschaut.

»Er glaubt, er ist in Palermo«, hat der dünne Pfleger mit dem Pferdeschwanz freundlich lächelnd gesagt. Der Psychiater hat seine Worte bestätigt, der Patient sei in eine Straßenbahn gelaufen, mit einer Gummipuppe im Arm, ein wenig wie Kokoschka, nur dass jener gewusst habe, dass es sich bei seiner Alma um Plüsch handelte. Passiert sei dem Vater dennoch nichts, zumindest was seinen Körper betraf, die Straßenbahn habe rechtzeitig bremsen können, der Fahrer habe die Polizei verständigt, die wiederum das Krankenhaus benachrichtigt habe. Der Mann sei eindeutig verwirrt, habe man noch vor Ort festgestellt, denn erst, nachdem Hugo Steinwedel versprochen worden war, ihn und seine Frau nach Palermo zu fahren, habe er sich mitnehmen lassen.

»Ich glaub, er ist glücklich dort, wo er ist«, sagt Marie zu den beiden Frauen. »Das war es doch, was er immer wollte, oder etwa nicht?«

Walpurga Schindelböck sieht ihre Nichte aus großen Augen an, und auch Helga Deixelberger verstummt. Marie lässt die beiden stehen, wendet sich der Glastür zu und geht hinaus in den orangegelben Nachmittag. »Laetitia!«, schreit ihr die Tante nach, doch Laetitia gibt es nicht mehr, Laetitia wird nicht mehr gebraucht. Der Vater hat zu der zurückgefunden, zu der es ihn immer gezogen hat, und Marie hat nun keine Eltern mehr.

Im Stadtpark liegen Scherben von zerbrochenen Bierflaschen. Die Sonne schummelt sich durch goldglänzende Blätter und kitzelt Marie in der Nase. Am Ententeich sitzt eine junge Frau und liest in einem Buch, ihre Hand spielt mit einer Haarsträhne, dreht sie ein, wickelt sie um den Finger und lässt sie wieder frei.

Vielleicht ist der Vater jetzt wirklich glücklich, denkt Marie.

Sie versucht, sich an die Mutter zu erinnern, an ihr Haar, das bei jeder Umarmung in der Nase kitzelte, ein Kitzeln wie das der Herbstsonne.

Eine Kastanie trifft sie am linken Schulterblatt. Als sie sich umdreht, sieht sie zwei Buben kichernd hinter einem Baumstamm verschwinden. Sie erinnert sich, wie sie als Kind die Großmutter mit einer Kastanie traf. Die Großmutter hatte sich gebückt und Marie traf sie mitten auf die Nase, woraufhin der Großmutter mächtige rote Blasen aus den Nasenlöchern wuchsen.

Wenn sie nur nie nach Wien gezogen wären. Aber der Vater hielt es in Graz nicht mehr aus. Alles in dieser Stadt erinnerte ihn an seine verstorbene Frau. Ein Tapetenwechsel sei das Beste, sagte er deswegen eines Abends zur Großmutter. Nicht

73

nur für ihn, auch für das Kind. Vor allem für das Kind. In Wien könne man neu anfangen, und Laetitia sei ja noch klein, gerade einmal neun Jahre alt, sie würde mit der Zeit vergessen.

Die Großmutter flüsterte: »In Wien hast du niemanden. In Wien bist du ganz allein, und ein Kind braucht doch jemanden, der es lieb hat!«

Marie stand hinter der angelehnten Küchentür und verstand den Sinn der Sätze nicht.

Und jetzt gibt es nur noch mich, denkt sie. Jetzt muss ich mich nicht mehr um den Vater kümmern, jetzt ist er endlich dort, wo er immer sein wollte.

4 Seit Hedi Brunner das Essen auf Rädern bekommt, ist ihr Klo noch dreckiger als sonst. Dieses Essen muss einen weichen Stuhl machen, denkt Traude Stierschneider, woher sonst kämen die braunen Streifen auf dem Porzellan? Dass die Mutter die Tochter damit vertreiben möchte, darauf kommt die pflichtbewusste Traude nicht. Wer denkt auch an so etwas? Also rümpft sie die Nase, hält die Luft an und versprüht Fliederduft aus der Dose. Der Fliederduft erinnert Hedi Brunner an den Tag, an dem sie der fremden Agathe Stein ihren kleinen Wassily in die Arme gelegt hat. Kein Wunder also, dass sie Fliedergeruch hasst.

»Das stinkt, das Zeugs, das kannst gleich wieder mitnehmen«, ruft sie ihrer Tochter zu.

Traude, die nichts vom weggegebenen Halbbruder weiß, sprüht weiter und überlegt, was sie mit der Mutter machen soll, wenn sich der Alzheimer weiter im Mutterhirn ausbreitet. Zu sich nach Hause nehmen kann sie sie nicht, das würde Norbert nicht erlauben. Wo er die Mutter ohnehin nicht ausstehen kann. Daran ist die Mutter auch selbst schuld, nie hat sie ein nettes Wort für ihn gefunden, damals nicht und heute auch nicht. Immer muss sie betonen, wie gut Traude im Studium gewesen sei. Als ob das nicht Schnee von gestern wäre. Dabei hat Traude nicht Richterin, Traude hat Mutter sein wollen. Aber das wird ihre Mutter nie verstehen, wie auch, wo sie doch selbst nie gewusst hat, wie man eine Mutter ist. Traude hat den Fehler ihrer Mutter nicht wiederholt, sie ist da gewesen für den Buben, hat ihn umsorgt, ihn getröstet und sich mit ihm gefreut. Nicht wie die eigene Mutter, die an ihr und der Schwester immer etwas auszusetzen gehabt hat. Nie hat man es ihr recht machen können, und so ist es auch jetzt mit dem Klospray. Der Fliederduft stört die Mutter doch nur, weil er von ihr ist. Alles, was von ihr kommt, stört die Mutter. Nur Jakob hat sie akzeptiert. Aber das wäre ja noch schöner gewesen, wenn sie nicht einmal den Buben akzeptiert hätte, er kann schließlich nichts dafür, dass seine Großmutter mit seiner Mutter nicht zufrieden ist, dass sie sich so aufgeregt hat über die Schwangerschaft damals.

Vielleicht sollte ich eine Putzfrau engagieren, denkt Traude. Dann müsste ich nicht jede Woche das Mutterklo schrubben. Traude wünscht sich nichts sehnlicher als eine Putzfrau für die Mutter. Eine Putzfrau, eine Köchin und eine, die mit der Mutter spazieren geht. Aber sie könnte das nicht, die eigene Mutter so abschieben, ganz abgesehen vom Norbertgeld, das sie dafür ausgeben müsste. Also scheuert sie die vollgekackte Kloschüssel und sprüht fleißig Fliederduft, um ihre Magennerven zu beruhigen.

Wenn wenigstens die Anna ein wenig helfen würde, denkt sie. Immerhin bin ich nicht die einzige Tochter. Ein wenig könnte sie mir schon abnehmen, die Anna, wo sie doch jetzt zu Hause ist und vom Arbeitslosengeld lebt.

Was Traude Stierschneider nicht wissen kann, ist, dass Anna anderweitig beschäftigt ist. Anna Brunner bereitet dem Vergnügen, den Traude vernachlässigt. So ist das in einer guten Familie, da kümmert sich jeder um jeden.

Zweimal pro Woche kommt Norbert Stierschneider zu seiner Schwägerin in die kleine Wohnung mit der Duschkabine neben der Küchenzeile. Alles in allem dauert es nie lange, man plaudert ein wenig (»Wie geht's?« – »Danke, gut« – »Wie geht's der Traude so?« – »Ach, lass mich mit der in Ruh«), und schon wird aufgeknöpft und heruntergeschält. Das ist Annas Rache an der perfekten Schwester. Der alternde Professor schiebt sein Rohr volle Kraft voraus in den Annaabguss, und tatsächlich fließt es aus Anna heraus, rinnt ihre Schenkel hinunter und tropft aufs fleckige Linoleum. Norbert Stierschneider fährt mit der linken Hand darüber, während seine rechte die Hose hinaufschiebt. Danach trinken sie noch ein Glas Wein, viel zu sagen haben sie einander ohnehin nicht, und das ist Anna auch recht so. Gefühlsduseleien hat sie noch nie leiden können. Da hat sie es lieber, wenn gar nicht geredet wird. Die Männer sind immer gekommen und gegangen, hinein in ihr Leben und aus ihrem Leben heraus, und eigentlich war ihr das auch recht so. Wenn ihr sonst schon nichts vergönnt gewesen ist, wenigstens das hat sie sich selbst gegönnt. In einem Alter, in dem andere erst aufgewacht sind, hat sie bereits ein Kind gehabt, und danach ist sie verwelkt gewesen und hat mit den Männern nichts mehr anzufangen gewusst. Alle haben sie eine Vergangenheit gehabt, alle haben sie über ihr Leben gejammert. Da hat sie sich lieber die Verheirateten in die Wohnung geholt, die haben keine großen Ansprüche gestellt, die sie ohnehin nicht hätte erfüllen können. Denn das Lieben, das hat Anna nie gelernt.

Vor einem halben Jahr, als schon länger keiner mehr zu Besuch gekommen war, ist sie schließlich Norbert begegnet. Gerade frisch vom Frisör, mit der neuen Mèche, ist Anna ums Eck und fast in Norbert hinein, der an einem Brötchenstand ein Thunfischsandwich gekaut hat. Da schau her, hat sie sich gedacht, so einen Hunger hat der, wenn das die Traude wüsst!

Sie haben sich unterhalten, und bald schon hat eines zum anderen geführt. Seitdem kommt er regelmäßig zu ihr. Jetzt, da es nichts mehr hineinzupflanzen gibt in jugendliche Köpfe, weiß er nichts mehr anzufangen mit seiner Zeit, wird ihm öfter langweilig. Und wenn einer das Hineinpflanzen einmal gewohnt ist, kann er so schnell nicht davon lassen. Also pflanzt Norbert Stierschneider neuerdings etwas anderes hinein, und zwar in Anna.

Ein Lächeln huscht über Annas Gesicht. Was die Traude jetzt wohl macht?

In letzter Zeit ruft sie wieder öfter an. Als ob das immer so gewesen wäre, als ob sie sich die letzten Jahrzehnte für die Schwester interessiert hätte. Der Mutter gehe es nicht gut, jammert Traude, Alzheimer habe sie, die ganze Kloschüssel sei verdreckt, und umgefallen sei sie auch, man könne nie wissen, ob sie nicht wieder gestürzt sei, gerade hilflos in der Wohnung liege, am Ende gar schon tot sei. Und Anna könne sich doch auch einmal um sie kümmern, sie hätte doch auch Tochterpflichten, sie, Traude, könne doch nicht alles allein machen, und überhaupt, wo doch die Mutter so viel getan habe für Anna und das Kind damals, ob sie das denn schon vergessen habe.

Daran denkt Anna, während Norbert über ihren Schenkel streicht und stolz den Männlichkeitsbeweis ertastet. Erst vor drei Tagen hat Traude wieder angerufen, als ob sie etwas ahnen würde, als ob es gar nicht um die Mutter ginge.

»Wenn du mich brauchst, um die Mama entmündigen zu lassen, dann sag's gleich«, hat Anna gesagt. »Aber ihr Klo putz

ich nicht!« Dann hat sie mitten im Traudeschwall aus Vorwür-
fen den Hörer auf die Gabel gelegt und die Schwester allein gelassen am anderen Ende der Festnetzleitung. Allein mit dem
Mutterklo und allein mit dem Essen, zu dem der Norbert wieder zu spät gekommen ist.

Als ob die Mutter jemals für mich da gewesen wäre, denkt
Anna weiter, nachdem Norbert gegangen ist. Sie sitzt am Sofa
gegenüber vom Herd und schenkt sich den Rest vom Rotwein
ein. Der Mutter bin ich doch immer zu dumm gewesen. Blöde
Anna. Wenn ich wenigstens nur halb so klug gewesen wäre wie
die Traude. Aber die hat sich in ihrer Klugheit dann auch ein
Kind in den Bauch pflanzen lassen, und das knapp vor dem
Diplom. Das hat der Mutter damals den Rest gegeben, wo sie
doch die Traude schon als Richterin gesehen hat. »Ohne ferti-
ges Studium bist ein Leben lang von einem Mann abhängig«,
hat sie gewettert.

Aber für mich hätte sie sich schon so einen zukünftigen Professor wie den Norbert gewünscht, denkt Anna, wie ich so allein dagestanden bin mit dem Kind und ohne Schulabschluss.
Und das, als der Vater endlich tot gewesen ist und wir Kinder
mehr oder weniger erwachsen waren, als die Mutter endlich
für sich hätte leben können.

Wann, bitteschön, fährt Anna mit dem Zeigefinger über den
Glasrand, ist die Mutter schon da gewesen für mich? Die hat
doch nie etwas mit mir anfangen können. Mit mir nicht, und
auch mit der Traude nicht. Nur die Vera hat sie ein bisserl gern
gehabt. Das hat Anna vor drei Tagen auch zu ihrer Schwester gesagt. »Nur die Vera hat sie ein bisserl gern gehabt.« Doch
Traude hat nicht hingehört. Traude ist eben immer schon anders gewesen, ein besserer Mensch, eine, die sich um die Familie sorgt, eine, die nicht liebt, um zurückgeliebt zu werden.
Und jetzt, wo ihr Bub erwachsen ist, putzt sie eben das Mutter-

78

klo, während sich Anna den Schwanz ihres Mannes von hinten hineinschieben lässt.

Anna lacht gurgelnd und denkt an den Tag vor zweiunddreißig Jahren, an dem sie in der Tür der Schwester gestanden ist, in der einen Hand das Kind, in der anderen die kleine Tasche, das Gesicht verheult, weil sie die Mutter nicht mehr ausgehalten hat, weil sie sich ständig in die Erziehung eingemischt hat.

Ich bin für den Norbert immer schon attraktiv gewesen, denkt sie. Sonst wäre er damals nicht zu mir in das kleine Zimmer gekommen, zwei Tage vor der Hochzeit, als die Traude aus gewesen ist, um zu poltern.

Es ist noch immer der gleiche Herd, gegen den Norbert heute ihre Scham presst und antaucht. Und es ist immer noch die gleiche Badewanne, über der er seinen Schwanz mit einem Waschlappen abwischt. Nachdem das junge Ehepaar aus der kleinen Wohnung ausgezogen war, hat Anna bleiben dürfen. Damit haben sie ihr schlechtes Gewissen beruhigt, Norbert, weil er sie gefickt hat, und Traude, weil sie geheiratet und die jüngere Schwester mittellos und alleinerziehend zurückgelassen hat.

Wie oft ist Anna an diesem Wannenrand gesessen und hat die kleine Vera gewaschen, hat sich gewünscht, nie auf das Moped des schüchternen Willi Blasbichler mit den ausgestellten Cordhosen und der blauen Windjacke gestiegen zu sein. Aber mit dreizehn ist man eben noch leicht zu beeindrucken, und wenn sich dann auch noch ein fünfundzwanzigjähriger Student für dich interessiert, nur für dich, dann ist das schon etwas. Von Verhütung hat Anna damals keinen blassen Schimmer gehabt, und hätte sie einen gehabt, sie hätte es trotzdem nicht getan. Der Willi war ihre große Liebe, mit dreizehn denkt man noch in anderen Kategorien.

Als dann das Kind unterwegs gewesen ist, ist es mit der Liebe schnell vorbei gewesen. Statt auf Willis Moped hat Anna sich auf eine Schüssel heißes Wasser setzen dürfen, die ihr die Mutter auf den Küchenboden gestellt hat. Aber die kleine Vera war zäh, die hat sich nicht so leicht aus dem Annakörper vertreiben lassen. Und jetzt lebt sie in Australien, am anderen Ende der Weltkugel, dort, wo alle auf dem Kopf stehen. Ihre Enkelkinder kennt Anna nur von Fotos. Aber gut sehen sie aus, die haben ein schönes Leben, mit einem großen Haus und einem weißen Zaun. Das ist mehr, als Anna sich für ihre Tochter hat wünschen können.

So hat mein Leben vielleicht doch noch einen Sinn gehabt, denkt sie, auch wenn es die Vera in ihrer Kindheit nicht leicht gehabt hat.

Anna leert den restlichen Inhalt des Rotweinglases in die Abwasch und schaltet den kleinen Fernseher ein. Jetzt sitzt der Norbert bestimmt schon beim Essen, denkt sie. Heute hat er sich ausnahmsweise pünktlich auf den Weg gemacht.

5 Milchig weiß lehnt sich der Novembernebel gegen die Fensterscheiben und konserviert Gedanken zwischen Stahlbetonwänden. Alles friert ein und steht still. Gery sitzt am Sofa, die Heizung im Rücken auf die höchste Stufe gedreht, und beugt sich über den niedrigen Sofatisch. Mit einer rosa Bipa-Bonuscard teilt er das weiße Pulver in zwei Linien, daneben leuchtet der Bildschirm des Laptops. Mit einem kräftigen Schniefen zieht er das Pulver hoch, legt den Kopf in den Nacken und fragt sich, was er dieser Sonja, deren Antwort vor seinen Augen leuchtet, geschrieben haben mag, nachdem er gegen fünf Uhr morgens mit hängendem Schwanz von den Pornoseiten zu den Kontaktanzeigen gewechselt ist.

Er klickt auf den Link am Ende der Mail und sieht sich Sonjas Singleprofil nochmals an. Jetzt kann er sich wieder an ihr streng zurückgekämmtes Haar und die enge weiße Bluse erinnern, die so gar nicht zu ihrem großen braunen Augenaufschlag passen. Er legt sich auf die Couch und dreht sich eine Zigarette. Tabak bröselt auf seine Brust, wie Marienkäfer auf einer Sommerwiese krabbeln die goldbraunen Krümel zwischen seinen Brusthaaren. Gery leckt über die Naht und steckt sich die Zigarette zwischen die Lippen. Dann nimmt er ein Streichholz und reibt den roten Kopf am Feuerstreifen. Sieht der Flamme zu lange zu, verbrennt sich dabei die Fingerkuppen und lässt das Zündholz fallen. Die Flamme erlischt, bevor das Streichholz auf den Boden fällt.

Plötzlich muss er an Hedi denken. An ihren Satz bei seinem ersten Besuch. »Du solltest dir ein nettes Mädchen suchen und deine Zeit nicht mit einer alten Frau wie mir verplempern.«

Seitdem Gery nicht mehr schlafen kann, und das sind jetzt bald vier Monate, hat er viele kennengelernt. Die Bezeichnung Mädchen hat zu keiner von ihnen gepasst. Frauen, die mit ihm kamen, weil es ihnen ging wie ihm, die seine Wohnung noch vor dem Morgen wieder verließen, und an deren Namen er sich schon am Nachmittag nicht mehr erinnern konnte.

Vor zwei Wochen hat er es mit Schlaftabletten versucht. Das Resultat war, dass er zwanzig Minuten vor dem Weckerläuten eingeschlafen ist und den ganzen darauffolgenden Tag das Gefühl gehabt hat, demnächst auf dem Teppich eines Kunden zusammenzubrechen. Als dann ein paar Tage darauf der Typ mit dem Säckchen Kokain am Pokertisch aufgetaucht ist, hat Gery kurzerhand seinen Gewinn eingetauscht und beschlossen, in einem Monat wieder damit aufzuhören. Das Koks, das sich seitdem in seinem verklumpten Rotz verfängt, macht ihm

Angst. Aber solange die Angst noch da ist, ist wenigstens noch nicht alles aus ihm ausgelaufen, was ihn am Leben hält.

Gery lehnt sich zurück und sieht auf die Uhr. Die Stunden nach den Essenauslieferungen sind die einzigen, in denen er ein wenig zur Ruhe kommt. Danach fährt er manchmal zu der alten Frau. Hedi Brunner ist die vierte auf dem Lieferplan. Vor sechs Wochen ist er das erste Mal außerhalb der Lieferzeiten vor ihrer Tür gestanden. Bei ihr kommen seine Gedanken zur Ruhe. Während sie in ihrem Schaukelstuhl sitzt, lehnt er sich gegen die geblümten Polster ihres Sofas und schluckt Kuchen und Kaffee hinunter. Die alte Frau mit den Porzellanfigürchen und den alten Fotos im Glasschrank macht ihn auf eine sonderbare Weise glücklich. Wenn er ihr zuhört, ziehen schwarz-weiße Bilder vor seinen Augen vorbei, dann muss er innerlich lachen, weil er sich nicht erklären kann, warum er sich ihre Vergangenheit immer als farblosen Film vorstellt. Er würde so gerne einen Film über sie drehen. Aber als er ihr von seiner Idee erzählt, schüttelt sie nur den Kopf. »Was willst denn über mich schon erzählen?«

Gegen acht Uhr fährt er mit der Straßenbahn von Hedis Wohnung zum Gürtel und mit der U6 in den fünfzehnten Bezirk. Klappert alle Lokale ab, in denen er mit Joe gewesen ist. Manchmal legt er sich danach noch ein wenig aufs Bett, meist, wenn ihm das Geld ausgegangen ist. Aus Vorsicht geht er ohne Bankomatkarte, mit höchstens fünfzig Euro Bargeld außer Haus. Manchmal reicht das Geld, bis es draußen hell wird, dann geht er direkt vom letzten Lokal zur Zentrale und setzt sich neben den Fahrer in den Lieferwagen.

Gestern ist ihm das Geld schon kurz nach Mitternacht ausgegangen. Er ist allein nach Hause gegangen, hat eine halbe Stunde versucht, einzuschlafen, und gehofft, es würde leichter gehen, nachdem er sich einen runtergeholt hat. Als auch das

nicht geklappt hat, hat er sich bei einer Partnervermittlungs-
seite registriert und wahllos zehn Frauen angeschrieben. Sonja
mit den weit aufgerissenen Kuhaugen ist die einzige, die ihm
geantwortet hat, deswegen schreibt er ihr jetzt zurück. Danach
lässt er den Oberkörper zur Seite kippen, legt die Füße hoch
und denkt an Marie. Immer wieder hört er ihr leises Glucksen
am Tag von Joes Beerdigung. Als er sich danach umgedreht
hat, hat er sie gerade noch hinter eine Hecke springen sehen.
Seitdem begegnet er ihr in den Stunden zwischen zwei und
drei Uhr nachmittags, wenn er sich mit brennenden Augen
aufs Sofa fallen lässt. Dann erscheint sie ihm als flackerndes
Bild, ein Lachen trennt die obere von der unteren Hälfte ihres Gesichts und saugt sich an der Innenseite seiner Lider fest.

Darf man sich die große Liebe des verstorbenen Freundes
(»meine zweite Apfelhälfte«, wie Joe sie immer genannt hat)
in seine Träume hineindenken? Wie oft hat Gery sie gesehen?
Fünf Mal? Sechs Mal?

Marie, kleine Laetitia Marie, mit dem zarten Körper und
den ernsten Augen über dem stetigen Lächeln. Manchmal
hätte er ihr gerne über die Wange gestreichelt. Hat sich zurück-
halten müssen, nicht den Arm nach ihr auszustrecken und die
Handfläche auf ihre Haut zu legen.

Gery vergräbt den Kopf in den Polster. Formt einen Feder-
wulst im Nacken, um die Kopfschmerzen zu verjagen. Ein
wenig Schlaf nur. Mit Maries Bild hinter den geschlossenen
Lidern einschlafen. Zusehen, wie sie auf die Rossauer Brücke
gelaufen kommt, Joe umarmt und ihn, Gery, ansieht, ihm die
Hand entgegenstreckt, höflich, scheu. Dann sagt: »Kommt, ich
zeig euch was!«

Sie läuft voraus, ans andere Ende der Brücke, um die U4-
Station herum und auf den Siemens-Nixdorf-Steg. Es ist Nacht
und die Flutlichter strahlen auf den Fahrradweg. Marie setzt

sich auf den noch warmen Asphalt. Zeigt dann auf die Netze zwischen den Eisenstreben. »Sind die nicht ekelig?«

Gery steht ganz dicht hinter ihr. Als sich die Spinne bewegt, kann er sehen, wie sich die feinen Härchen in Maries Nacken aufstellen.

»Sie spannen ihre Netze untertags hier auf. Genau im richtigen Abstand. Ganz so, als wüssten sie schon am Nachmittag, wohin die Lichter am Abend strahlen werden. »

Nie hat Gery jemanden gesehen, der so fasziniert vor einem Spinnennetz gesessen ist. Er ist so versunken in die zarten Bewegungen ihrer Nackenhaare, dass er gar nicht bemerkt, wie Joe auf das Spinnennetz zugeht und es mit dem Zeigefinger berührt.

»Nicht kaputt machen! Dafür hat sie den ganzen Tag gebraucht.« Es ist ein beinahe ehrfurchtsvolles Flüstern, das von Maries Lippen kommt.

Joe zieht den Zeigefinger zurück, und die Spinne beginnt, wie verrückt in die Mitte des Netzes zu krabbeln, doch da ist Marie schon aufgesprungen und läuft die engen Wendeltreppen zum Ufer hinunter, wo sie sich ins Gras fallen lässt und eine der Oliven, die Joe in einer kleinen Dose bei sich trägt, in den Mund steckt. Sie lutscht so lange daran, bis nur noch der Kern übrig ist, dann zieht sie Joes Kopf an den Haaren zu sich, schiebt ihm ihre Zunge mitsamt dem Olivenkern in die Mundhöhle und wischt sich kichernd über die Lippen.

»Wieso regt es dich so auf, wenn jemand ein Spinnennetz zerstört, wo du die Viecher doch so hasst?«, fragt Gery, als Marie Joe wieder loslässt und sich eine neue Olive in den Mund schiebt. Und sie antwortet ganz ernst: »Was kann denn die arme Spinne für meine Phobie?«

In der Ecke des Zimmers tickt die Uhr ungewöhnlich laut. Den Arm um den Polster gelegt, wartet Gery auf den Schlaf. In seinem Brustkorb hämmert es von den Zigaretten und dem Koks. Er fragt sich, wie lange ein Körper so etwas aushält. Eines Tages werde ich in der Altbauwohnung eines unserer Kunden zusammenbrechen und unter einer Ladung von Saftfleisch mit Erbsenreis mein Leben aushauchen, denkt er. Vielleicht wäre das nicht einmal der schlechteste Tod.

Der Vater riecht nicht mehr nach kaltem Rauch und Schlosskäse, sondern nach Seife und frischer Wäsche. Marie mag es, ihn dabei zu beobachten, wie er lächelnd aus dem Fenster sieht, ganz so, als sehe er dahinter etwas, das ihren Augen verborgen bleibt. Man hat seinen Sessel vor das Fenster geschoben und lässt ihn sein, wie er ist. Die täglichen Tabletten tun das Übrige. Die Hände des Vaters sind warm, ganz und gar nicht feuchtkalt, wie man sich das vielleicht vorstellen mag.

In den Gemäuern der Sigmund-Freud-Klinik herrscht eine Stille, die es sonst nicht gibt auf dieser Welt. Hier herein dringt keine Hektik, nicht, wenn man zu den Patienten gehört, und schon gar nicht, wenn man zu jenen gehört, denen ohnehin nicht zu helfen ist. Und zu denen gehört Hugo Steinwedel, zumindest nach Ansicht der Ärzte und Pfleger, deswegen hat man ihn auch vor das Fenster geschoben. Wie soll man einem schon helfen, der sich nicht mehr rührt, der zwar isst und trinkt, der sich sogar führen lässt, vom Bett zum Fenster, vom Fenster zum Tisch, wo das Essen steht, vom Tisch wieder zurück zum Fenster, aber sonst keinerlei Reaktion zeigt? Also stellt man ihn ab, wie den Staubsauger oder den Wagen mit der Bettwäsche. Der Psychiater steht vor einem Rätsel, doch für Rätsel hat man hier keine Zeit. »Lasst ihn einfach in Ruhe, er schaut doch ganz glücklich aus«, sagt er und geht zum nächsten Patienten.

Pfleger Hans, ein schlaksiger junger Mann mit Pferdeschwanz und einer solchen Ruhe, dass die Schwestern davon ganz unruhig werden, gibt dem Psychiater recht. »Der Hugo ist in Palermo, dem geht's besser als uns allen«, wird er nicht müde zu behaupten. Ein Satz, der, an der Kaffeemaschine weitergegeben, die zum Lachen bringt, die sonst nicht viel zu lachen haben. Wie Schwester Sylvia zum Beispiel. Die Arbeit in der Klinik ist der angenehmere Teil in ihrem Leben, die Patienten weniger Sorgenkinder als ihre eigenen drei.

Sylvia ist diejenige, die Hugo den Löffel in die Hand drückt und sich neben ihn setzt, um das Mittagessen zu überwachen. Manchmal muss sie ihn ein wenig am Oberarm stupsen, damit er weiterisst, doch nur selten ist sein Teller am Ende nicht leer.

»Na, was gibt es denn heute? Piccata Milanese oder Saltimbocca alla Romana?«

Seitdem Hans seine Theorie vom Palermoaufenthalt des Hugo Steinwedel verbreitet, wird jedes fasrige Rindsschnitzel zum Filetto di Manzo, der Freitagsfisch zum Branzino und der Linsen-Karotten-Eintopf zum Stufato Grusico. Sylvia lächelt Hugo an und stupst ihn mit dem Zeigefinger am Oberarm, wenn seine Hand auf halbem Weg zum Mund stecken bleibt.

So vergehen Hugo Steinwedels Tage. Sitzen, aus dem Fenster schauen und angestupst werden. Der Psychiater zuckt mit den Schultern, er hat andere Sorgen. Auf Station Vier geht es nicht mehr um ein bisserl Sucht, dort schlurfen jene durch die Gänge, denen die Psychiatrie zur Heimat geworden ist. So unrecht hat Hans also nicht, wenn er meint, dass Hugo glücklich ist. Wenn einer gar nichts mehr spürt, dann kann das manchmal auch ein Glück sein.

Marie kommt jedes zweite Wochenende. Jakob hat ohnehin keine Zeit, und Marie hat es aufgegeben, verstehen zu wollen, wie man Quantenzustände teleportiert, um Daten sicher zu verschlüsseln.

Hinter den Fensterscheiben der Sigmund-Freud-Klinik fällt das letzte Laub von den Bäumen. Der Nebel hinter den Fenstern unterstreicht die heimelige Stille. Marie mag die Ruhe hier. Sie sitzt neben dem Vater, sieht hinaus in den Garten, und manchmal spricht sie, ganz leise nur, denn wenn man keine Antwort bekommt, werden die Sätze gleich nackt, bekommen etwas Exhibitionistisches.

»Weißt du«, sagt sie, »vielleicht sind wir uns gar nicht so unähnlich. Wo ich doch selbst andauernd an Joe denken muss. Vielleicht hänge ich auch zu sehr an den Toten.«

Hugo bekommt von Maries Sätzen nichts mit, seine Hand liegt in der Sofias, und die ist klebrig vom Saft der Orangen, der ihr aus dem Lachmund quillt. Sie sitzen am Hafen, Hugo schält Orangen und steckt seiner jungen Frau die Spalten in den Mund. Wie mit einer Pfauenfeder kitzelt ihn die Sonne auf der Nasenspitze, bringt ihn zum Niesen und Sofia zum Kichern. Hugo lässt seine Hand in der Sofias zucken, die Bewegung pflanzt sich fort, bis zur Hand der Tochter, die nun wiederum die Hand des Vaters drückt und ihren Kopf an seine Schulter lehnt, als würde jeder von der Anwesenheit des anderen wissen, als wären sie eine kleine glückliche Familie, Vater, Mutter, Kind.

Am Abend steigt Marie wieder in den Zug und fragt sich, wann sie es endlich schaffen wird, die Großmutterwohnung zu betreten. Nächstes Mal, sagt sie sich immer und immer wieder, und versucht, die Gedanken an verschimmelte Lebensmittel aus dem Kopf zu bekommen. Was, wenn der Vater nicht mehr aufwacht? Wie viele Jahre kann man reglos in einem Rollstuhl sitzen und vor sich hin starren?

In Wien streicht ihr Jakob übers Haar. Er, der alles über sie wissen sollte, weiß nur wenig von Hugo Steinwedel. Schon gar nichts weiß er von dessen unauslöschlicher Liebe zu seiner toten Frau Sofia. Jakob stellt sich die Psychiatrie als den schlimmsten Ort vor, den man sich ausmalen kann. »Unvorstellbar, dass sich manche freiwillig dort hineinbegeben«, sagt er. »Ich hab einmal eine Studienkollegin gehabt, die hat sich selbst eingewiesen, angeblich weil sie depressiv war. Dabei sind Depressionen hausgemacht«, ereifert er sich, »die Leute wissen sich bloß nicht zu beschäftigen. Man braucht nur eine Aufgabe, dann verschwinden die Depressionen ganz von allein.«

Das mit dem Vater sei natürlich etwas anderes, streicht er Marie ein wenig schneller über den Kopf, dagegen könne man nichts tun, auch als Tochter nicht, das sei Schicksal, und gegen das Schicksal sei man machtlos.

Marie sieht die Mutter vor sich, die immer am Fenster gestanden ist, den halben Tag lang, so wie der Vater jetzt am Fenster sitzt. Dabei hätte Sofia eine Aufgabe gehabt, denn Sofia hatte eine kleine Tochter. Aber was weiß Jakob schon von solchen Dingen? »Die Mutter hatte einen Unfall beim Fensterputzen«, hat sie ihm erklärt, und er hat nicht weiter nachgefragt.

7 Sonja wischt den Lidstrich wieder weg und flucht. Dass sie hier vor dem Spiegel steht und sich für einen Fremden hübsch macht, hat sie ganz allein Jakob zu verdanken. Hätte er sie nicht verlassen, würde sie jetzt gemütlich vor dem Fernseher sitzen. Stattdessen trifft sie sich mit einem Hobbyfilmer aus dem Internet. Einer, der seinen Abschluss an der Filmschule in Köln gemacht hat und jetzt beim Roten Kreuz arbeitet. Wie soll so einer ihre Zukunft sichern? Ich werde hingehen, und

danach werde ich wieder nach Hause fahren, und das war's dann. Sonja zieht den Lidstrich neu, tuscht sich die Wimpern und fährt mit dem Konturenstift die Lippenränder entlang. Danach begutachtet sie ihre Haare. Einzeln hebt sie Strähne für Strähne hoch und hält sie gegen den Spot am Badezimmerspiegel. Erst gestern hat sie ein paar weiße Haare entdeckt, da ist sie gleich in die Drogerie gelaufen, um sich Farbe zu besorgen. Es lebe Natriumhydroxyd, es lebe Wasserstoffperoxyd! Jetzt leuchten ihre Haare rötlich. Wenn das noch lange so weitergeht, bin ich bald weiß und runzlig, denkt Sonja. »Schau, dass du nicht übrig bleibst«, hat ihr Vater erst vor einer Woche zu ihr gesagt. Und: »I hab eh erst neulich zur Mama g'sagt, dass das mit dem Enkerl wohl nix mehr wird.«

Sonja grimassiert vor dem Spiegel. Alt wirst sein. Alt, hässlich und allein. Sie streckt die Zunge heraus. Dann sprüht sie sich Parfüm ins Haar und stellt sich vor den Kleiderschrank.

Eine knappe Stunde später schlendert Gery die Stufen der U4-Station Ober St. Veit hinunter. Er erkennt Sonja sofort. Sie sieht sexy aus in den violetten Strümpfen, dem kurzen Rock und der tailliert geschnittenen Lederjacke. In Gedanken nimmt er die Objektivklappe ab und stellt die Brennweite ein. Diese Strümpfe will er heute noch zerreißen. Mit seinem Zeigefinger wird er ein Loch in den dünnen Nylonstoff bohren und dabei zusehen, wie ihr die Leitern über die Beine klettern.

Sie stellen einander vor, küssen sich auf die Wangen und gehen die Stufen hinauf. »Grauslich ist es heute«, sagt Sonja und spannt den Schirm auf. Gery schlägt vor, ins nächste Kaffeehaus zu gehen, er kenne eines gleich ums Eck, und Sonja nickt, hält den Schirm hoch und lässt sich die Gasse hinaufführen, mit leichtem Druck gegen den Oberarm nach links dirigieren. An der Ecke stoßen sie fast mit einer Frau zusammen, mausgrauer Zopf, orange Fleeceweste, schwarz-weiß gepunkteter Rock. Pinkfarbene Socken und Korksandalen. In der Hand hält sie einen grauen Leinensack, oben schauen Flaschenhälse heraus.

»Dass der nicht kalt ist im Regen«, sagt Sonja und zieht die Nase hoch, nur auf einer Seite, sodass ihr Gesicht etwas Schiefes bekommt.

Gery dirigiert sie am Ellbogen, umrundet sie, hält die Tür zu einem kleinen Kaffeehaus auf. Sonja starrt auf das Riesengemälde, das man hier an die Wand gepinselt hat: ein Mann auf einer Leiter, gegen eine Laterne gelehnt, eine Frau vor einer Staffelei, ein Mopedfahrer, eine Spaziergängerin mit Hund. Davor Tische mit abgeschlagenen Marmorplatten. Sonjas Stiefel tackern auf dem Kopfsteinpflaster, das man anstelle eines Fliesenbodens verlegt hat. Ein Stuhlbein bleibt in einer Rille stecken, Sonja gerät ins Wanken, steht auf, adjustiert den Stuhl neu, jedes der vier Beine auf einen Pflasterstein.

»Ist das nicht seltsam, dass wir jetzt hier sind?«, fragt Gery.

»Was soll daran seltsam sein, wir haben uns dieses Treffen doch ausgemacht«, sagt Sonja. Ihr Gesicht ist eine starre Maske, nur die hohe Stirn legt sich in Falten vor Konzentration, nicht umzukippen.

Gery erzählt von Hedi. »Vielleicht mein nächstes Filmprojekt«, sagt er und: »Du kannst dir gar nicht vorstellen, wie interessant das ist, wenn sie erzählt, von früher, der Nachkriegszeit und der Zeit danach. Weißt du, sie hat eigentlich nie Kinder haben wollen.«

»Ich wünsche mir schon Kinder.«

Sonja wippt mit der Stiefelspitze. Überhaupt wippt sie ständig, ganz nervös macht sie ihn mit ihrem Wippen, das beginnt bei der Stiefelspitze und pflanzt sich fort, auf ihre Unterschenkel, ihre Oberschenkel, den Rumpf. Gery würde gerne wissen, was sie denkt, bestimmt ist sie auf der Suche nach einem, mit dem sie ihre Kinder großziehen kann, denkt er, so wie alle Frauen auf der Suche nach einem potentiellen Vater sind, sobald sie dreißig werden. Er stößt mit seinem Knie gegen das ihre und zieht es wieder zurück. Sonjas Wippen steht still, verharrt in der Luft, die Stiefelspitze hochgehoben, Zeitausfall, drei Sekunden lang, dann setzt es sich wieder in Bewegung, als wäre nichts geschehen, als hätte es die Berührung nie gegeben.

Kälte geht von ihr aus, Sibirien, arktisches Eis, nur ganz tief in ihr zittert es, ist alles heiß, brodelt. Und er wird die Bohrung vornehmen, wird mit seinem Gerät tief in sie eindringen und mit einem langen Sonjazapfen wieder auftauchen. Davor wird er sie in seine Wohnung führen, einen Film ansehen, *Das große Fressen*, wird sie mit Käse, Kapern und Weintrauben füttern, die er vorhin eingekauft hat.

Er zieht an seiner Zigarette und lehnt sich zurück. Sonjas Augen erinnern tatsächlich an die einer weidenden Kuh, große, mokkafarbene Augen mit langen Wimpern. Er sieht ihr dabei zu, wie sie eine nicht vorhandene Haarsträhne aus dem Gesicht streicht und die Lederjacke auszieht. Zwei Schalen halten ihre Brüste unter der Bluse, quetschen das Fleisch zusammen, wie bei einem Fleischwolf ohne Ausgang, da sammelt sich alles an, quillt über. Gery bläst Rauch aus, Frühnebel im Hochgebirge, da schaut sogar der Stockerlarsch an der Bar, spitzt herüber, Schaum steht ihm im Gesicht und tropft aufs Hemd. Gery erkennt in ihm den Wohnungsnachbarn mit der thailändischen Freundin, die sich immer in den höchsten Tönen entlädt, wie eine Piccoloflöte im atemlosen Staccato, ganze zwei Minuten lang. Dann ist der Zauber vorbei, und die beiden wenden sich wieder wichtigeren Dingen zu, denn Herbert Sichozky aka Burning Herbie will den nächsten Talentwettbewerb im österreichischen Privatfernsehsender gewinnen. *Oh-oh-oh*, dringt es dann durch die porösen Ziegelwände, *oh-oh-oh, so in love.* Gery nickt dem Beschaumten zu, hebt sein Glas, auf den Talentwettbewerb, auf die kleine quietschende Thailänderin, auf die Liebe und das Heute. Als er sich wieder umdreht, sieht er auf eine gerümpfte Nase.

»Wer ist denn das?«

Gery weiß, was sie jetzt denkt. Da muss man sich gleich abgrenzen, sonst geht sie womöglich schnurstracks zur U-Bahn, und das wäre es dann gewesen mit Filmschauen und Blauschimmelkäse. Also dämpft er die Zigarette aus und schlägt einen Lokalwechsel vor. Mit der Zeit wird sie schon noch mitbekommen, dass das Leben auch abseits der Glitzerwelten etwas zu bieten hat. Er wird sie aus ihrer Schale holen, sie befreien, und sich mit dazu, gemeinsam dem Abgrund der Lust entgegen. Vielleicht kann er damit auch endlich Joe und Marie aus seinem Kopf vertreiben.

Herbert Sichozky bleibt am Tresen zurück und sieht den beiden nach. Diese Rothaarige, denkt er, habe ich schon in meinem Lokal gesehen. Herbert kennt Frauen wie sie. Gleich Lassos werfen sie ihre Wimpern über Männerköpfe und glauben, sie könnten sich einen aussuchen, dabei sind sie es, die ausgesucht werden. Wie reife Marillen werden sie eine nach der anderen in die Hand genommen, abgewogen und wieder zurückgelegt. Und dieser Gery, der ist auch so ein Marillenbetatscher, denkt Herbert. Da ist ihm seine Mimi lieber, auch wenn ihn alle auslachen. Thailand, sagen sie und sehen ihn mitleidig an. Wer nach Thailand fährt, gibt zu, verloren zu haben. Dass es Liebe ist, glaubt ihm ohnehin keiner, aber das macht ihm nichts aus, Hauptsache, er selbst glaubt an die Liebe seiner Mimi, und was bedarf es mehr als des Glaubens, selig, der glaubt, glücklich, der nicht zweifelt an der Hingabe des anderen. Ob Mimi nun aus Liebe da ist oder aus einem anderen Grund, wer kann das schon beurteilen, das könnte uns nur Mimi selbst verraten, aber darüber spricht sie nicht, wie sie auch sonst sehr zurückhaltend ist. Und das ist auch gut so, denn das würde nun wirklich den Rahmen sprengen, wenn jetzt auch noch Mimi zu Wort käme.

8 Marie schaltet die Nespressomaschine ein, öffnet eine neue Plastikverpackung und nimmt eine lilafarbene Kaffeekapsel heraus. Ihre Fußsohlen sind kalt. Sie stellt den linken Fuß auf den rechten und legt die Kapsel in die Kaffeemaschine. Die Katze streicht ihr um die Füße und stellt sich dann zur Futterschüssel.

»Schau mal, die Staubtuchfrau!«, ruft Jakob aus dem Wohnzimmer.

Marie sieht zu ihm hinüber, sieht, wie er über der bunten Zeitung sitzt, das Schinkenbrot in der Hand, sieht, wie er sich die fettigen Finger ableckt und dann umblättert, den Blick aus dem Fenster gerichtet, dort hinüber, wo die Staubtuchfrau wohnt, von der sie ihm so oft erzählt hat. Sie sieht ebenfalls aus dem Fenster, auf die gegenüberliegende Häuserfront, zu der Frau, die immer alles aus dem Fenster beutelt, nicht nur die Staubtücher, sondern auch die Wäsche, Herrenhemden, Socken und Unterhosen.

»Was ist das?«, fragt Jakob. »Eine Strumpfhose?«

Eine Weile schauen sie der Frau zu, Jakob mit dem Schinkenbrot in der Hand, Marie vor der Nespressomaschine. Die zwei Uhren wechseln einander ab, das Ticken aus der Küche und das Ticken im Wohnzimmer vermengen sich zu einem Tock-Tick, Tock-Tick. Dazwischen das Knacken des Trockenfutters zwischen den Zähnen der Katze. Dann wird das Fenster gegenüber geschlossen.

»Glaubst du, sie kommt wieder?«, fragt Jakob

»Bestimmt.«

Marie drückt auf den Knopf. Das Surren der Kaffeemaschine überlagert das Ticken und Knacken. Sie nimmt die Tasse, rührt Milch und Zucker in ihren Kaffee und setzt sich wieder zu Jakob.

»Ich versteh nicht, wie du diesen Schund lesen kannst«, sagt sie, den Blick auf die kleinformatige Zeitung geheftet.

»Wieso? Das ist lustig.«

Er blättert weiter, leckt sich dabei den Zeigefinger ab, immer wieder Lecken und Umblättern. Er erinnert Marie an die Großmutter, die hat auch immer den Finger abgeleckt, aber im Gegensatz zum Fingerablecken der Großmutter, das sie nie gestört hat, ekelt sie sich vor Jakobs Fingerablecken, vor dem Fett auf seinen Fingerkuppen und der feuchten Stelle, die ein Finger auf dem Zeitungspapier hinterlässt.

»Schau, jetzt beutelt sie das nächste Stück aus«, sagt sie, obwohl sie keine Lust hat, über die Staubtuchfrau zu reden.

Jakob hebt den Kopf.

»Ist das ein T-Shirt?«

Marie bläst in ihre Kaffeetasse.

»Wieso schüttelt sie ständig alles aus dem Fenster?«

»Ich glaube, sie hängt die Wäsche auf.«

Marie greift nach der anderen Zeitung, der zweiten, etwas größeren, die Jakob jeden Sonntag aus den aufgestellten Plastiktaschen zieht, nimmt einen Schluck Kaffee und sagt: »Meine Großmutter hat die Wäsche auch immer ausgeschüttelt, bevor sie sie aufgehängt hat.«

»Aus dem Fenster?«, fragt Jakob und sieht von seiner Zeitung hoch.

»Doch nicht aus dem Fenster. Aber am Schluss sind immer eine Menge Haare und Fusseln auf dem Parkettboden gelegen. Vielleicht will die Frau das nicht.«

»Trotzdem hat sie einen Tick. Meine Mutter putzt auch den ganzen Tag. Aber sie hat noch nie jedes einzelne Wäschestück aus dem Fenster gebeutelt. Und wenn sie es tut, dann würde sie das Fenster offen lassen, es nicht nach jedem Teil schließen und beim nächsten Teil wieder öffnen … Sag mal, musst du eigentlich schon wieder im Wohnzimmer rauchen?«

Marie, die sich während Jakobs Rede eine Zigarette angezündet hat, nimmt diese in die andere Hand und hält sie unter die Tischkante. »Deine Mutter schüttelt die Wäsche beim Fenster raus?«, fragt sie.

»Was?«

»Na, du hast doch gerade gesagt, dass sie das Fenster dabei offen lässt.«

»Sie beutelt das Staubtuch beim Fenster raus. Oder das Tischtuch. Aber nicht so wie die Frau dort drüben. Die hat doch eine Zwangsneurose. Alles nach einem strikten Plan. Fenster auf, ausbeuteln, Fenster zu, Fenster auf, ausbeuteln …«

»Ich hab sie einmal beim Einkaufen gesehen«, sagt Marie. »Zuerst war ich mir nicht sicher, ob sie es wirklich ist. Sie stand vor mir an der Kasse. Aber dann hat sie sich umgedreht. Sie ist viel jünger, als ich gedacht hab. Mitte vierzig vielleicht. Seitdem tut sie mir irgendwie leid.«

»*Du* machst dich doch immer lustig über sie.«

»Ja eh.«

Marie beginnt, den Tisch abzuräumen. In der Küche schlichtet sie Teller und Tassen in den Geschirrspülautomaten und stellt Marmelade und Butter in den Kühlschrank.

»Musst du heute wieder ins Labor?«

»Ja. Aber nächstes Wochenende kann ich zu Hause bleiben.«

Marie geht zum Küchenfenster und stützt sich aufs Fensterbrett. »Nächstes Wochenende bleib ich über Nacht in Graz«, sagt Marie, den Blick auf das gegenüberliegende Fenster geheftet. Die Staubtuchfrau beutelt einen dunklen Stoff aus, sieht eine Weile auf die Mistkübel im Innenhof und schließt das Fenster wieder.

»Ich muss endlich in die Wohnung. Wer weiß, wie's dort mittlerweile ausschaut. Bestimmt schimmelt schon alles im Kühlschrank.«

Marie muss an die Suppe denken. Wenn der Vater nur keine Suppe gekocht hat.

»Der Gummibaum ist bestimmt auch längst verdorrt«, sagt sie.

Jakob umarmt sie, drückt ihr einen Kuss auf den Nacken.

»Meine Arme. Aber heute Abend machen wir es uns schön. Ich bin gegen fünf wieder zurück. Wenn du willst, könnten wir ins Kino. Du kannst ja schon einmal im Internet schauen, was es heute so spielt.«

Nachdem die Tür ins Schloss gefallen ist, bleibt Marie noch eine Weile am Küchenfenster stehen. Dann hebt sie die Arme hoch, verschränkt die Finger ineinander, streckt die Wirbelsäule. Wenn ich nur nicht so müde wäre. Müde, verspannt und unmotiviert. Das muss der Herbst sein.

Sie muss an den Vater denken. Wie er vor dem Fenster sitzt und in den Garten schaut. Ob er überhaupt mitbekommt, dass sie ihn besucht? Nächste Woche wird sie sich endlich um die Wohnung der Großmutter kümmern. Am Samstag nach Graz fahren, den Vater besuchen, und am Sonntag den ganzen Tag lang putzen. Wie die Staubtuchfrau, denkt sie. Ich könnte auch alles aus dem Fenster beuteln. Oder einfach aus dem Fenster werfen.

9 Die Sonne spritzt ihre Strahlen auf den Asphalt, die Gehsteige bekommen Leopardenflecken, und die letzten Blätter glitzern golden. Sonjas Stiefel stöckeln die Erzbischofgasse entlang, bleiben in einer Rille hängen, da-tock. Fast wäre sie umgekippt. Sie lacht. Dabei hält sie sich den Bauch wie eine Zeichentrickfigur. Schulkinder rasen an ihr vorüber, zwei Mädchen mit rosa Schultaschen, ein Bub mit grauem Rucksack. Die Mädchen drehen sich um, kichern und rennen weiter. Wie ich aussehen muss, denkt Sonja.

Heute knistert ihr Pferdeschwanz nicht, heute riecht ihr Haar wie das einer Wirtshausgeherin, nach kaltem Rauch und Schweiß. Fehlt nur noch der Alkoholgeruch. Sonja hält sich die Hand vor den Mund, atmet aus, zieht die Luft tief in die Lungen, bläht dabei die Nasenflügel. Nein, der Alkoholgeruch ist verflogen, Gerys scharfe Zahnpasta überdeckt alles. Kann man seinen eigenen Mundgeruch überhaupt riechen, oder ist man gegen den immun, weil man sich sonst täglich selbst vergiften würde?

Was für eine dumme Idee, gleich zwei Nächte zu bleiben! Wo doch von Anfang an klar gewesen ist, dass sie einander nichts zu sagen haben, dass sie zwei grundverschiedene Menschen sind. Gery erzählt ihr von Filmen und Büchern, von denen sie keine Ahnung hat. Seine Buchregale sind voll mit Werken, von deren Existenz sie seit der Schulzeit nicht mehr gehört hat, verstaubte Bücher, bei denen sie niesen muss und gar nicht ins Regal greifen möchte.

Sie sahen einen Film, in dem sich die Schauspieler nach der Reihe zu Tode fraßen, dazu aßen sie selbst, lachten und tranken, und noch bevor der Film zu Ende war, verirrte sich Sonjas Hand in Gerys Hosenschlitz. Den ganzen darauf folgenden Sonntag verbrachten sie im Bett, hatten Sex, schliefen und sahen weitere Videos an, und als es draußen dunkel wurde, be-

stellten sie Pizza und Gery sagte: »Bleib doch einfach hier.«
Also blieb sie, und als sie an diesem Morgen um kurz nach halb
sieben versuchte, sich aus seinen Armen zu schälen, hielt er sie
fest und presste sie gegen seinen nackten Körper. Die Augen
noch immer geschlossen, biss er sie in den Nacken. Wie kleine
Tiger rollten sie ineinander verkeilt über die Matratze. »Lass
mich, ich muss mich fertig machen«, lachte sie, doch er fesselte
sie mit seinen Beinen, rutschte in sie hinein, öffnete kurz die
Augen, blinzelte gegen das Licht und strich ihr eine verklebte
Haarsträhne aus dem Gesicht. Dann schloss er die Augen wieder, und als sie endlich unter der Dusche stand, war es eine
Dreiviertelstunde später.

Sonjas Absätze klappern die Stufen zur U4 hinunter. Der
Zug steht schon in der Station, ein letztes Tüüüt, mit einem
schnellen Schritt hüpft sie in den Waggon, bevor sich die Türen schließen. Sie setzt sich in die Bankreihe und sieht dem
Schaukeln der Haltegriffe zu. In Unter St. Veit ist von der mor-
gendlichen Rushhour noch nichts zu spüren, erst in Hietzing
füllt sich der Waggon. Sonja beobachtet die Leute, die sich mit
müden Gesichtern an die Haltegriffe klammern, um nicht um-
zufallen. Alle sind sie für den Arbeitstag herausgeputzt, tragen Röcke oder Krawatten, sehen frisch aus, sauber und ge-
bügelt, nur ihre Gesichter liegen in Falten. Sonja sieht auf die
Uhr. Sie ist spät dran, so spät kommt sie normalerweise nie ins
Büro. Bestimmt werden sich die anderen nach ihr umdrehen,
die Köpfe zusammenstecken. »Sonja verspätet sich? Das gibt's
doch nicht!« Und dann werden sie feststellen, dass sie nach
Zigaretten riecht, nach durchzechter Nacht und vielleicht auch
nach Sex, vielleicht ist ja etwas davon in ihren Haaren kleben
geblieben, die sie nur eilig zum Zopf zusammengebunden hat,
damit man nicht sieht, dass sie nicht frisch gewaschen sind.

Die Frau am Sitz gegenüber sieht Sonja an und senkt den

Blick rasch wieder zu Boden. Vielleicht hält sie mich ja für eine Sozialhilfeempfängerin, denkt Sonja. Aber Sozialhilfeempfängerinnen tragen keine teuren Röcke und auch keine violetten Strumpfhosen. Sie sieht abermals auf die Uhr. Schon viertel vor neun.

Am Karlsplatz steigt sie aus und klappert durch die Passage. Ein Typ mit Bierdose grinst sie an. Sonja geht schneller. Was will der von mir, denkt sie, sehe ich jetzt schon aus wie eine vom Karlsplatz, wo sie alle mit diesem Drogenblick herumhängen, eine Bierflasche in der Hand, einen Joint in der anderen? Sie stellt sich vor, wie es wäre, nicht zur Arbeit zu gehen. Sich stattdessen zu dem Typ zu setzen und ein Bier zu trinken. Nein, lieber hätte sie jetzt einen Kaffee, also noch einmal zurückspulen, einen Kaffee holen, sich mit einem Pappbecher vor eine der Auslagenscheiben setzen und einfach sitzen bleiben. Vorbeieilende Beine, Stöckelschuhe, Kinderwägen. Irgendwann würde ihr langweilig werden. Was macht man einen ganzen Tag lang in einer U-Bahn-Passage? Kein Wunder, dass sie alle trinken und Drogen nehmen, denkt sie, ich würde das auch nicht aushalten, jeden Tag zehn Stunden oder mehr. Dabei sind das hier junge Leute, jünger als sie. Aus der Gesellschaft ausgestiegen. Zumindest hat es der Mann in der Dokumentation so ausgedrückt. In seinem linken Nasenflügel steckte ein Ring, daran eine Kette, quer über die Wange bis zum Ohr. Auf welchem Sender hat sie diese Dokumentation gesehen? Die Frau, die ein Kind erwartete. Sie sei jetzt clean. Furchtbar, denkt Sonja. Wie kann man am Karlsplatz ein Kind bekommen? Und was passiert mit so einem Kind? Nimmt man es der Mutter weg? Weiß man überhaupt etwas von dem Kind? Das Interview hat in einem fensterlosen Raum stattgefunden. Bunte Graffitis an den Wänden, darauf Sprüche in schwarzer Farbe, ein A in einem Kreis. Wo ist dieser Raum? Sonja schaut sich um, doch sie sieht nur Schaufenster, davor Ständer mit Handtaschen und Tüchern. Weiter hinten eine McDonald's-Filiale, gegenüber der Schalter der Wiener Linien. Wo soll es da so einen Raum geben? Vielleicht hinter dem Männerklo? Oder hinter den Mülltonnen? Irgendwo muss es einen Müllraum geben, irgendwohin müssen die Betreiber der Imbissbuden ihre Abfälle bringen. Vielleicht befindet sich der Raum hinter den Mülltonnen, hinter einer kleinen versperrten Tür.

Zwei Polizisten kommen ihr entgegen. Ob sie das Kind suchen? Sonja schüttelt den Kopf. Wie komme ich jetzt auf das Kind dieser Punkerin? Sie war doch eine Punkerin, oder? Zumindest hatte sie grüne Haare. Auf der einen Seite kurz, auf der anderen lang, mit eingeflochtenen Dreadlocks, die ihr über die Schulter hingen. Sie hatte ein hübsches Gesicht. Zart. Zerbrechlich. Ein Gesicht, wie Männer es mögen.

Wieso denke ich die ganze Zeit über diese Dokumentation nach? Vielleicht, weil Gery dieses Poster über dem Bett hängen hat. Ein junger Mann mit Irokesenschnitt, daneben ein Mädchen mit Kapuze und Nasenpiercing. *Love ist Anarchy.*

Dieser Gery ist schon seltsam. Ganz anders als Jakob. Leidenschaftlicher. Verrückter. So einen hat Sonja noch nie kennengelernt. Wollte sie nie kennenlernen. Aber was macht das jetzt noch für einen Unterschied? Jakob hat sie verlassen, und die, die sie in den letzten Monaten kennengelernt hat, waren allesamt ein Reinfall.

Sonja fährt mit der Rolltreppe hinauf. Fast neun. Na und? Kommt sie eben zu spät. Sie ist ohnehin ihr ganzes Leben lang pünktlich gewesen.

10 Zur selben Stunde, in der Hugo Steinwedel unbemerkt
       von den Pflegern der Sigmund-Freud-Klinik nach Cam-
pofelice fährt, weil der Name so schön ist, die Blumen dort
bunter blühen und der Sand weicher ist, im selben Augenblick,
in dem die siebzehnjährige Sofia ihn bei der Hand nimmt und
mit ihm in die Wellen des Tyrrhenischen Meeres läuft, fährt
Marie mit dem Wischmop unter das Bett.

Den ganzen Tag hat sie die Wohnung der Großmutter geputzt, hat gesaugt und gescheuert, Möbel verrückt und Tep-
piche aufgerollt, bis alles wieder so ausgesehen hat wie früher.
Sie hat das am Boden verstreute Gewand des Vaters, seine Pan-
toffeln, den schmutzigen Schlafrock, den vollen Aschenbecher
und die leeren Zigarettenpackungen vom Boden aufgehoben,
hat Wäsche gewaschen und sie in den großen Trockner im
Waschsalon drei Gassen weiter gesteckt. Jetzt, am Ende des
Nachmittages, stehen wieder Usambaraveilchen am Couchtisch, so wir früher bei der Großmutter. In der Küche ist alles
an seinem angestammten Platz, die Käsereste aus dem Kühlschrank sind in einen Müllsack gestopft, und auch der Sack mit
den italienischen Keksen liegt in der großen Mülltonne im
Hinterhof. Am Ende des Tages ist nichts mehr übrig vom traurigen Vater, alles ist verräumt und verdrängt, nur ein leichter
Putzmittelgeruch hängt noch in der Luft.

Als Marie ein letztes Mal mit dem Wischmop unter das Bett
fährt, stößt sie gegen etwas Hartes. Sie sieht unters Bett. Eine
Schachtel? Mit einer Drehbewegung schiebt sie den Gegenstand unter dem Bett hervor. Es ist ein Fotoalbum mit einem
ledernen Schuber. Mit dem Pulloverärmel wischt Marie Staub
und Wasser ab. Dann lehnt sie den Mop gegen den Türrah-
men, setzt sich aufs Bett und schlägt das Album auf. Sieht ihrem jüngeren Ich ins Gesicht. Lachend sitzt sie am Schoß der
Großmutter, auf dem Kopf ein weißer Rüschenhut mit roten

Punkten, darunter dunkle Locken und Babyspeck, eine kleine winkende Hand. Auf einem anderen Bild ist sie am Schoß der Mutter. Die Mutter blinzelt gegen die Sonne und hält sie mit ihren langen zarten Fingern um die Taille gefasst. *Ninna nanna coccolo della mamma.* Marie streicht über ihr Gesicht, blättert um. *Laetitia Maria, 48 cm, 3220 g,* hat der Vater mit schwarzer Füllfeder eingetragen. Darüber ein verrunzeltes Gesicht, dunkle Haut, flaumbehaarter Kopf.

Sie blättert weiter. Dorthin, wo es keine Laetitia Maria mehr gibt, kein lachendes Kindergesicht. Die Großmutter, die Mutter und der Vater stehen vor dem geschmückten Christbaum, der Vater in der Mitte. Man sieht ihm an, dass er gelaufen ist, sich schnell positioniert hat, rechtzeitig, bevor der Selbstauslöser klickt. Dann die Mutter mit weißen Blumen im Haar, der Vater mit glückseligem Blick daneben. Hände schüttelnde Männer, küssende Frauen. Die Nonna und die Großmutter nebeneinander, beide mit feuchten Augen. Blasse, vergilbte Fotos, mit posierenden, lächelnden, sich umarmenden Menschen. Ein Foto vor dem Haus der italienischen Großmutter. Sie stehen auf der kleinen Stiege, die Nonna und die Mutter vorne, der Vater eine Stufe höher. Die Mutter und der Vater strahlen, nur die Nonna steht mit ins Gesicht gezogenen Furchen auf dem Treppenabsatz und blickt streng in die Kamera.

Marie hat ihre sizilianische Großmutter nur dreimal gesehen. Sie erinnert sich, wie die Nonna sie fest an ihren Busen drückte und weinte. Ihre Tränen blieben auf Maries Wange kleben und spannten auf der Haut. Das Weinen der Nonna war ein fröhliches, immer wieder unterbrochen von Gelächter und italienischen Worten. An das Haus kann sich Marie nicht erinnern. Nur den Herd sieht sie vor sich. Die Nonna steht im Morgenmantel davor und rührt im Milchtopf. Lächelt zu ihr hinunter. Sie kochte die beste Trinkschokolade. Dickflüssige, heiße Schokolade, die wie Pudding schmeckte.

Ganz vorne im Album steckt die Trauerpate. Tante Rosalia teilt den Tod ihrer geliebten Schwester (*dell'amata sorella*) Grazia Anna Falletta mit, die am sechsundzwanzigsten August zweitausendundfünf nach kurzer schwerer Krankheit gestorben ist.

Marie fragt sich, wann sie das letzte Mal an die Nonna gedacht hat. Natürlich, wenn sie nach Italien gefahren ist. Das waren die Momente, in denen sie sich gefragt hat, ob die Nonna noch lebt, und ob sie manchmal an sie denkt, so wie sie manchmal an sie alle denkt. An die Nonna, an Tante Rosalia und an ihre Großcousine Angela, die gleich alt war wie sie und mit der sie einen Sommer lang gespielt hat. Aber so schnell, wie die Gedanken aufgetaucht sind, sind sie auch wieder verschwunden. Marie hat nie ernsthaft daran gedacht, nach Palermo zu fahren. Rom, Mailand, Florenz, ja. Aber Sizilien? Als Tourist mit dem Rucksack nach Palermo?

Sie sieht auf die Uhr. Bis zum nächsten Zug hat sie eine Dreiviertelstunde. In ihrer Tasche liegen noch immer sechs unkorrigierte Schularbeitshefte. Sie wird sich im Zug darum kümmern, zweieinhalb Stunden Fahrt sind Zeit genug. Sie packt das Album und die Briefe in die kleine Reisetasche, leert den Aschenbecher ins Klo und spült so lange nach, bis der letzte Filter verschwunden ist. Dann schlüpft sie in die Jacke und schließt das Fenster. Dreht sich noch einmal um, um nachzusehen, ob sie alle Lichter ausgeschaltet hat. Jetzt riecht es wieder nach Zigaretten, denkt sie und ärgert sich über sich selbst. In zwei Wochen, wenn ich das nächste Mal hierherkomme, wird der Geruch verflogen sein. Ich werde Papa an beiden Wochenendtagen besuchen können, und dazwischen werde ich auf den Schlossberg gehen und durch die Herrengasse spazieren. In zwei Wochen haben die Adventsmärkte geöffnet, wird es nach Punsch und Zimt riechen. Danach werde ich mich auf das Sofa der Großmutter setzen und ein Buch lesen. Und vielleicht will Jakob ja auch einmal mitkommen.

Im Zug streift sich Marie die Schuhe von den Füßen und legt die Beine hoch. Wie ein riesiges Kuscheltier lehnt sich die Nacht gegen die Scheiben und zeigt den Fahrgästen die eigenen, in der Scheibe verzerrten Gesichter. Marie denkt an die Nonna, die immer ein wenig nach Dosensardinen gerochen hat. In Bruck an der Mur zieht sie die blau eingebundenen Hefte aus der Sporttasche und verbessert die restlichen Schularbeiten. Als in Wiener Neustadt eine alte Frau zusteigt, ist Marie eingeschlafen. Die Alte stellt ihre Handtasche auf einen der leeren Sitze und betrachtet die Schlafende. Kurz vor Meidling legt sie ihre Hand auf Maries Oberarm. »Wir sind bald da. Vergessen Sie das Foto nicht, das auf dem Boden liegt.«

Verwirrt sieht Marie aus dem Fenster. Draußen ziehen die Lichter der Stadt vorbei: Straßenlaternen, erleuchtete Fenster, Reklametafeln. Die alte Frau verabschiedet sich und verlässt das Abteil. Marie streckt sich. Tatsächlich, auf dem Boden liegt eines der Fotos. Es muss aus dem Album gefallen sein. Als Marie es aufhebt, sieht sie einen etwa vierzigjährigen Mann. Sie hat das Foto beim Durchblättern gesehen, aber nicht weiter beachtet. Die Haare des Mannes sind voll und dunkel und an den Seiten nach hinten gekämmt, nur über die Stirn fällt ihm eine entkommene Strähne. Darunter stehen seine geschwungenen Augenbrauen, wie aufgemalt. Die Augen liegen tief in den Höhlen und blicken scharf in die Kamera. Der schmale Mund ist zu einem freundlichen Lächeln gezogen. Vor dreißig Jahren hat mein Vater wirklich sehr gut ausgesehen, denkt Marie.

Der Advent schillert in leuchtenden Farben und verwandelt den Graben in einen riesigen Ballsaal, von dessen Decken gigantische Luster ihr Licht auf Mützen und Wollhauben spritzen. Wie jedes Jahr rennen die Wiener von Geschäft zu Geschäft, wühlen in Kisten mit knopfäugigen Stofftieren, bestaunen Modelleisenbahnen und streicheln über gelockte Puppenköpfe. In den Küchen wird Teig angerührt, wird geknetet, gerollt und ausgestochen, kleine Kinderhände mit schwarzen Rändern unter den Nägeln bohren ihre Fingerkuppen in die weiche Masse (»Schau, Mama, das sind die Augen vom Lebkuchenmann!« – »Pfui, geh dir erst mal die Hände waschen!«). In der Innenstadt schießen Weihnachtsmärkte aus dem Boden, mit Zuckerwatte und Maroni, mit weißen Hündchen und grünen Würmern mit flauschigem Fell und breitem Sprechmaul, da will man gleich selbst hineinschlüpfen, seine Wange an den weichen Plüsch schmiegen, wieder kleines Mädchen sein, aber wie sähe das aus, so ganz allein, ohne zu beschenkendes Kind, das würde höchstens das eigene Versagen demonstrieren, und wer präsentiert schon gern seine dunklen Seiten in einer Lichterglanzzeit wie Weihnachten? Lieber kuschelt man sich eng an den anderen, denkt ans Zusammenziehen, an den eigenen Christbaum und einen dicken Bauch unter dem Wintermantel.

Weihnachten ist die Zeit der Illusionen, deswegen bäckt Marie Weihnachtskekse. Nichts stellt sie sich schöner vor, als mit Jakob vor dem Adventskranz zu sitzen. Hinter den Kerzen flackert das Verliebtsein wieder auf, erlebt seine Renaissance. Jakob ist genau der Richtige, ist lieb und treu, auch wenn er oft bis spät in die Nacht in dem kleinen Labor sitzt und Lichtteilchen durch Kristalle schickt, spaltet und verschränkt, um ihre Polarisationsrichtung zu teleportieren und die Ergebnisse auszuwerten.

Marie sitzt in eine Decke gekuschelt auf dem Sofa, in der Heizungsluft ein Duft nach Orangen und Vanille. Wie schön ist es doch, zu wissen, dass es jemanden gibt, der einen heute noch in den Arm nehmen wird. Für die brennende, alles verzehrende Liebe gibt es eine Zeit, wie für alles andere auch, aber diese Zeit hat ein Ablaufdatum. Man braucht sich nur Romeo und Julia als Überlebende vorzustellen, Tybalt frisch und munter als Trauzeuge. Fünf Jahre später ist das Lagerfeuer im Bauch dahin, schreien die Kinder und rasen durchs Wohnzimmer, legt der ewig mürrische Romeo die Beine hoch, starrt in die Zeitung und fragt, was es zu essen gibt. Das hat man von der großen Liebe. Wirklich groß bleibt sie nur, wenn sie sich nicht erfüllt. Man muss sich daran gewöhnen, dass die wahre Liebe nicht brennt und flackert. Auf Jakob kann sich Marie verlassen, er wird auch zu Weihnachten noch da sein, wird sich nicht nach der dritten Kerze verabschieden, wie damals Joe, der ihr eine Woche vor Weihnachten gestanden hat, sie betrogen zu haben. Trotzdem hat sie ihm zwei Wochen später verziehen, haben sie gemeinsam Silvester gefeiert, auf der Karlsbrücke in Prag, Hand in Hand, Lagerfeuer im Bauch.

Die Kekse im Backrohr verströmen ihren süßen Zimtgeruch. Nur Joe stört. Joe, der ihr immer wieder ins Ohr flüstert: Ist dir das wirklich lieber, denk doch nach, wie es bei uns war, wir haben über Gott und die Welt gesprochen, Jakob wird mit dir nie etwas anderes bereden als seine Teleportationsexperimente. Marie starrt ins Buch. »Lass mich in Ruhe!«, zischt sie, wirft die Decke zurück und geht in die Küche, um nach den Keksen zu sehen.

Während Marie das Blech aus dem Backrohr holt und das nächste hineinschiebt, liegt Sonja in Gerys Bett und versucht, nicht ans Keksbacken zu denken. Wie gern sie immer ausgestochen und verziert hat! Aber das geht dieses Jahr nicht, denn Sonjas schöne Küche (bordeauxrot, Granit und Edelstahl) ist jetzt nicht mehr schön, still und heimlich hat sich das Wasser durch einen undichten Abwasserschlauch geschummelt und unter den Unterschränken zum Schlafen gelegt. Jetzt wirft der Parkettboden Wellen. Da der Versicherungsvertreter auf Urlaub ist, hat Sonja selbst bei ihrer Haushaltsversicherung angerufen. In der Hotline hat man sie darüber aufgeklärt, dass der kaputte Boden in den Zuständigkeitsbereich des Vermieters falle, also hat Sonja bei der Hausverwaltung angerufen, wo man ihr versprochen hat, einen Gutachter zu schicken, allerdings erst nach den Feiertagen, denn bis dahin seien alle Termine ausgebucht, und Sonjas Fall sei so dringend ja nicht, einen Boden könne man schließlich auch in drei Wochen erneuern. Also hat Sonja die kleine Reisetasche gepackt und ist zu Gery gefahren.

»Wozu habe ich einen Versicherungsvertreter?«, hat sie geschimpft, als sie ihre Schminkutensilien auf seiner Waschmaschine verteilt hat. Dreimal hat sie auf sein Anraten die Versicherung gewechselt, da kommt eine Menge Provision zustande, kann er sich im Süden bräunen. In Wirklichkeit ärgert sie etwas anderes, denkt sie: Wozu bin ich Versicherungsmathematikerin geworden, wenn ich dann bei meiner Haushaltsversicherung genauso herumstreiten muss wie alle anderen?

Gery hat nichts gegen Sonjas permanente Anwesenheit, wer sich selbst nicht spürt, spürt auch den anderen nicht. Wenigstens ist er jetzt nicht mehr allein. An den Abenden, an denen Sonja nach dem Büro in ihre eigene Wohnung fährt, um neue Wäsche zu holen, schlüpft Gery in den Mantel und fährt zu Hedi, wo er sich für zwei Stunden auf ihr geblümtes Sofa setzt. Danach fährt er noch manchmal in den fünfzehnten Bezirk und setzt sich an den Pokertisch. Als ihn der Typ, der ihm damals das Koks verkauft hat, herausfordernd ansieht, schüttelt Gery den Kopf. Seit Sonja neben ihm liegt, kann er wieder schlafen. Nur vor dem Einschlafen, wenn er Sonjas regelmäßigem Atem zuhört, denkt er noch manchmal an Joe. An Joe und an Marie. Und wie Joe dann alles verbockt hat.

Wenn er seine Marie wirklich so geliebt hat, was in aller Welt hat ihn dazu gebracht, stundenlang auf seiner Brücke und danach in dem kleinen Wirtshaus am Fuße der Stiege zu sitzen und jedem, der es hören wollte, von seiner Liebe zu Marie zu erzählen, anstatt einfach zu ihr zu fahren?

»Du kannst das nicht verstehen«, antwortete Joe, als Gery ihn danach fragte.

Dabei wäre alles so einfach gewesen. Marie war in ihn vernarrt, und Joe war noch viel vernarrter in sie. Marie war sein Engel, seine Santa Virgina. Aber Joe hatte Bedürfnisse, die er bei einer Heiligen nicht ausleben konnte. Dabei: Hat man Joe gefragt, hat er geantwortet, keiner jemals so treu gewesen zu sein wie Marie. In Gedanken war er immer bei ihr, jede Minute des Tages, von Sonnenaufgang bis Sonnenuntergang, und die ganze Nacht hindurch. Dachte er nicht an Marie, so träumte er von ihr. Marie war seine ständige Wegbegleiterin, jedes Wort, das er sprach, richtete er an sie, jeder innere Monolog war in Wahrheit ein Dialog. Sein Leben hatte wieder Sinn, seit Marie in sein Leben getreten war, nichts sonst war von Bedeutung. Und ausgerechnet sie konnte er nicht so lieben, wie sie es verdient gehabt hätte. Jede andere hatte mehr Joeliebe erhalten als Laetitia, die Fröhliche, Maria, die Heilige, Schutzpatronin all derer, die nicht mehr ins Leben zurückfinden. Weil er ihr nichts vorlügen wollte, wie all den anderen, sprach er nicht von Zukunft, dabei wünschte er sich nichts sehnlicher als ebendas: eine Zukunft mit ihr. Doch so etwas wie Zukunft, dessen war sich Joe sicher, existierte für ihn nicht. Manchmal war er sich nicht einmal sicher, ob die Gegenwart existierte, oder ob sich das alles nicht bloß einer ausgedacht hatte und er nichts weiter war als eine kranke Idee in einem kranken Hirn.

Dabei hätte Marie nichts dringender gebraucht als das Gefühl von Zukunft, und sei es auch nur die Gewissheit, dass am nächsten Tag alles so sein würde wie an diesem. Bei Joe konnte man jedoch nie sicher sein. Marie traute ihm nicht einmal, wenn er aufs Klo ging. Jedes Mal malte sie sich aus, wie sie am Kaffeehaustisch auf ihn warten würde, zuerst Minuten, dann Stunden, bis sie würde einsehen müssen, dass er nicht mehr zurückkommen würde. Das kam nicht von ungefähr. Joe war nicht gerade einer, den man als zuverlässig bezeichnete. Befand er sich laut telefonischer Aussage auf dem Weg zu ihr, konnte es durchaus vorkommen, dass er erst Stunden später ankam. Stunden, in denen Marie am Sofa saß und wartete. Und immer wieder aufsprang, um zum Fenster zu laufen. Handy hatten sie damals beide keines, und als sie eines besaßen, waren sie längst kein Paar mehr und Marie hatte es aufgegeben, nach dem Warum zu fragen. Für Joe gab es keine Gründe, für Joe gab es nur Umstände. Umstände, die in Maries Augen gegen sie sprachen. Das war das eigentliche Missverständnis. Marie nahm Joe seine Liebe nicht ab, und Joe konnte nicht anders, als so zu sein, wie er eben war. Als er sah, wie sie litt, gab er sie frei, indem er ihr bestätigte, was sie längst ahnte, nämlich dass er sie nicht genug liebte. Es war das erste und einzige Mal, dass er sie belog. Und da der Mensch dazu neigt, das zu glauben, was ihm als logisch erscheint, warf Marie ihre wenigen Dinge, die sich in Joes Wohnung befanden, in einen Plastiksack, schnürte ihn zu und rief ein Taxi. Dann lief sie die Treppen hinunter, auf die Gasse hinaus, setzte sich auf die Rückbank und verschwand aus Joes Leben.

Marie und Joe. Vielleicht gibt es so etwas wie Bestimmung doch nicht. Während Marie allein zu Bett ging, legte sich Joe zu einer, die ihm nichts bedeutete, und verschoss seine Liebe, die direkt im Gesicht der Fremden landete. Am nächsten Tag weinte er in Gerys Armen wie ein kleines Kind.

12 Während sich die meisten auf dem Rathausplatz tummeln und viel zu süßen Beerenpunsch trinken, sich die behandschuhten Finger an warmen Tassen wärmen und auf die leuchtenden Plastikherzen in den kahlen Baumkronen über ihren Köpfen starren, sitzt Jakob in dem kleinen Labor unter der Donau und schickt Photonen von der Alice zu Bob. Immer mehr Zeit verbringt er neuerdings dort, sehr zur Freude seines Vaters. Das, worauf Norbert Stierschneider so lange gewartet hat, ist endlich eingetreten, sein Sohn hat Feuer gefangen.

Dass Jakob ausgerechnet in den naturwissenschaftlichen Fächern eine Begabung erkennen ließ, war Pech. Man könnte meinen: Der Vater Professor für Quantenphysik, da fällt der Apfel nicht weit vom Stamm, und immerhin ist es ja nicht von Nachteil, wenn man in jemandes Fußstapfen treten kann. Aber genau das war es, was Jakob nie wollte. Die Fußstapfen, die Norbert Stierschneider für seinen Sohn in den Schnee gedrückt hatte, ließen keinen anderen Schritt zu als den, den der Vater vorgegeben hatte. Wäre Jakob ein Sprachengenie gewesen, hätte er beispielsweise Anglistik, Romanistik oder gar Japanologoie studiert, hätte er seinen Weg selbst bestimmen können. So aber war alles im Vorfeld abgesprochen, nicht nur mit dem Sohn, auch mit den Kollegen des Vaters, die Jakob dereinst unterrichten sollten. Norbert Stierschneider erwartete von Jakob seit jeher, was er selbst nie erreicht hatte: Ruhm, der über die Grenzen Österreichs hinausreicht. Denn dass Jakob eine außergewöhnliche Begabung hat, war schon offensichtlich, als er noch ein kleiner Junge mit fragilem Knochenbau war. Jakob kletterte nicht nur ständig auf Bäume, um anschließend wieder von ihnen herunterzufallen und mit eingegipsten Gliedmaßen herumzurennen, Jakob trug auch immer dreierlei Dinge bei sich: einen Kompass, einen Magnet sowie eine Lupe, die er an alles hielt, was ihm Mutter Natur in die kleinen Finger spielte.

Als Jakob sechs Jahre alt war, fand ihn die Mutter weinend am Boden seines Kinderzimmers vor einem Aufbau sitzend, der aus zwei Kartonflächen und einer Schreibtischlampe bestand. Auf den einen Karton hatte Jakob ein weißes Blatt Papier geklebt, in den anderen hatte er mit einer Nagelschere zwei Schlitze geschnitten. »Es funzoniert nicht«, sagte er zornig, als die Mutter eintrat. Traude Stierschneider, die keine Ahnung vom Doppelspaltexperiment hatte, aber vom verzweifelten Versuch ihres Sohnes sowie dem Wort »funzoniert« gerührt war, setzte sich zu Jakob auf den Boden und ließ sich Anweisungen geben, wie sie die Platten zu halten und den Lampenschirm zu drehen habe. Es *funzonierte* trotzdem nicht. Als der Vater nach Hause kam, und die Mutter von Jakobs verzweifelten Bemühungen erzählte, schwoll seine Brust an.

»Das kann auch nicht funktionieren«, sagt er, als er sich zu seinem Sohn setzte. »Du musst das Licht bündeln, und dein Doppelspalt hier ist auch nicht geeignet.«

Traude schloss leise die Tür und ging wieder in die Küche.

Am Ende des Abends wusste Jakob, der den Doppelspalteffekt in der *Sendung mit der Maus* gesehen hatte, dass das Licht aus kleinen Teilchen besteht, die sich auf Wellen fortbewegen. Am übernächsten Tag nahm der Vater den Sohn mit ins Institut und zeigte ihm das Experiment mittels Laser und professioneller Versuchsanordnung. Dass das Muster auf der Leinwand sich veränderte, je nachdem, ob der Vater den Weg der Lichtteilchen mit einem Detektor maß oder nicht, faszinierte den Volksschüler über alle Maßen.

Mit sieben Jahren wusste Jakob mehr über Quanten als die meisten Maturanten. Er wusste um die Welleneigenschaft der Elektronen, wusste, dass ein Photon keine Ruhemasse besitzt, und dass man Impuls und Ort nie gleichzeitig messen kann. Mit acht klärte er seine Mitschüler darüber auf, dass in der Quantenphysik alles Zufall sei, dass es keine Regeln gäbe, sondern die Regel darin bestehe, dass Gott eben doch würfle.

Mit neun erkannte er, dass seine Belehrungen der Grund dafür waren, dass er von den anderen gemieden wurde, dass sie ihn *Spinner* nannten und sich gegen die Stirn tippten, wenn sie an ihm vorübergingen. Als Jakob mit zehn von der Volksschule ins Gymnasium wechselte, nützte er die Chance. Er wollte kein Spinner mehr, er wollte einer von vielen sein. Also verheimlichte er sein Wissen, schoss stattdessen mit Papierfliegern, gab freche Antworten, warf Juckpulver in die Rollkrägen derer, die wenig Ansehen besaßen, und schmiss die Brillengläser des dicken Herbert Sichozky in den Mistkübel. Wenn er dabei erwischt wurde, zuckte er mit den Schultern und setzte ein freches Grinsen auf.

»Was wollen Sie, so sind Kinder nun einmal«, gab Norbert Stierschneider zur Antwort, als man ihn in die Sprechstunde bestellte. Ihm war wichtig, dass die Leistungen seines Sohnes stimmten, die Erziehung zur Gemeinschaft, wie er es nannte, sei Aufgabe des Lehrkörpers, da wolle er sich nicht einmischen, von so etwas habe er keine Ahnung. Aber von Physik hatte er eine Ahnung, und ihm war völlig schleierhaft, wie es sein konnte, dass sein Sohn nur ein *Gut* in diesem Fach hatte, ob der Lehrer Komplexe habe, fragte er den Klassenvorstand, weil sein Sohn mehr von Quantenphysik verstünde als er, denn anders könne er sich das wirklich nicht erklären. Kein Wunder also, dass man es bald aufgab, den Professor in die Schule zu zitieren.

Kam Norbert Stierschneider von den Elternabenden nach Hause (die Elternabende nahm er als Vater sehr ernst, wenn er auch die übrige Erziehung Traude überließ), hatte er meist eine Rüge auszusprechen.

Sie saßen im Arbeitszimmer, der Professor in seinem Ledersessel hinter dem Schreibtisch, auf dem sich die Papiere häuften, Jakob davor. Ob ihm im Unterricht langweilig sei, fragte der Vater, ob das vielleicht der Grund sei, warum er so viel Unsinn treibe und sich im Unterricht nicht einbringe. Jakob antwortete stets mit einem knappen »Ja«, denn er hatte schnell herausgefunden, dass es ausgerechnet dieses Ja war, das der Schimpftirade seines Vaters ein jähes Ende setzte. Norbert Stierschneider hörte aus dem Wort Langeweile den Begriff Hochbegabung heraus, strich zufrieden mit der Hand über die Schreibtischplatte, schob ein paar Notizblätter zur Seite und gab ein »Mhm, mhm« von sich. Damit war das Gespräch beendet, Jakob musste versprechen, sich mehr Mühe zu geben, dann begab man sich zu Tisch, wo die Mutter schon mit dem Essen auf sie wartete.

Als Jakob mit neunzehn immatrikulierte, war es dennoch nicht die Physik, für die er sich entschied, sondern die Medizin. An der dortigen Fakultät kannte man ihn nicht, dort durfte er endlich sein, was er immer schon sein wollte: ein vom Vater abgekoppeltes Wesen.

Dass es dann ausgerechnet die Physikvorlesungen waren, die ihn am meisten interessierten, zeigt wieder, dass man seiner Bestimmung nicht entgehen kann. Jakob gab nach und fügte sich. Nach drei Semestern Anatomie, Molekularbiologie,

Biochemie und noch ein paar anderen Fächern, die ihn nicht interessierten, schrieb er sich letztendlich doch an der Fakultät für Physik ein. Den spitzen Bemerkungen der Professoren ging er mit einem Achselzucken aus dem Weg, und schon bald hatte sich herumgesprochen, dass der Bub vom Stierschneider nicht hielt, was der Vater versprach. Jakob war zwar intelligent, doch mangelte es ihm an Ehrgeiz. »Ewig schade«, flüsterte man hinter vorgehaltener Hand, »aber was soll man machen.«

Das Studium absolvierte Jakob in Durchschnittszeit, ohne sich sonderlich anzustrengen. Danach trat er seinen Zivildienst an, hielt Vorträge zur Verdeutlichung von Umweltbelastungen und präsentierte PowerPoint-Folien über gelungene Maßnahmen zur nachhaltigen Entwicklung im Umweltbereich. Bei dieser Arbeit kam er das erste Mal mit Menschen außerhalb seines Studiums zusammen, die es nicht störte, wenn er von der Photonenverschränkung und dem Bell'schen Theorem schwärmte.

Als das Jahr zu Ende ging, sprach der Vater von Zukunft und Doktorarbeit und stellte Jakob seinem Kollegen Blasbichler vor, einem Mann mit Hakennase und Haarkranz, den Jakob bereits aus einigen Vorlesungen kannte. Es war offensichtlich, dass der Professor Jakob nicht leiden konnte und ihn für einen Faulenzer hielt. Deswegen wunderte es Jakob umso mehr, als er ausgerechnet ihm die offene Assistentenstelle anbot.

Auf einmal durfte er dabei sein. War selbst derjenige, der die Lichtteilchen auf den Kristall lenkte und durch kilometerlange Glasfaserkabel schickte, Ausdrucke auswertete und die Ergebnisse zusammenfasste. Und da geschah, womit keiner mehr gerechnet hatte: In Jakob brannte plötzlich ein Feuer. Wie ein Besessener saß er nächtelang im Labor und versuchte herauszufinden, warum ihnen so viele der verschränkten Photonenpaare verloren gingen. Unter seinen Augen wuchsen Schatten und in seinen Ohren hallte Sonjas Keppelton nach: »Das ist doch verrückt, du warst doch früher nicht so, du machst dich ja komplett kaputt und mich dazu!«

Und dann kam Marie.

Die Liebe verleitet einen zu Höhenflügen und befähigt zu Dingen, die niemand für möglich halten würde. Deswegen brodelt und schäumt neuerdings alles in Jakob, nicht nur die Liebe, sondern auch der Ehrgeiz. Gut, Jakobs Kollegen haben auch eine Menge Ehrgeiz, ohne den geht es in der Forschung nicht. Aber Jakob hat obendrein das, woran es vielen mangelt, etwas, das nur wenige vom Schöpfer geschenkt bekommen. Jakob hat die richtige Intuition, den richtigen Riecher. Schließlich spricht man nicht umsonst von der Nasenlänge, die der eine dem anderen voraus ist. Deswegen hat, seitdem Jakob sich mit Elan in das Projekt stürzt, sogar Professor Blasbichlers Lieblingsstudent Tamás das Nachsehen. Nun wird vielleicht doch nicht er, sondern Jakob den Professor nach Helsinki begleiten dürfen. Und so überlegt der durch und durch bodenständige Tamás neuerdings ernsthaft, sich in den Voodoo-Künsten unterrichten zu lassen.

Jakob bekommt vom Neid seines Kollegen nichts mit, Einfühlungsvermögen ist nicht seine Stärke. Zwischenmenschliche Dinge nimmt er nur wahr, wenn man sie verbal an ihn heranträgt, der Mensch hat schließlich einen Mund, um sich mitzuteilen, anders als ein Photon, dessen Polarisierung erst gemessen werden muss.

Ach, wenn Jakob nur wüsste, wie sehr die Menschen den verschränkten Photonenpaaren, mit denen er täglich zu tun hat, gleichen! Dass auch sie nach Aufmerksamkeit schreien, dass so manches Lächeln erst im Augenblick der Beobachtung mit Lichtgeschwindigkeit auf das Gesicht gezaubert wird. Aber so ist das bei Naturwissenschaftlern manchmal. Sosehr sie be-

reit sind, sich den Kopf zu zermartern, wenn es um Fehler-
quellen in ihren Experimenten geht, so wenig forschen sie in
den Gesichtern ihrer Mitmenschen. Wer macht sich schon Gedanken über den Zustand eines Lächelns vor seiner Beobachtung? So wird auch Marie erst einen Satz sagen müssen, der
Jakobs Weltbild von einer auf die andere Sekunde auf den Kopf
stellen wird. Vorerst bekommt er jedoch nicht viel mit, weder
von Tamás (der ihm ohnehin egal ist) noch von Marie (die ihm
alles andere als egal ist). Jakob sieht nur ihren süßen Mund,
dessen Lippen sich beim Lesen immer ein wenig nach vorne
stülpen, ganz so, als sauge sie das Gelesene mit einem Stroh-
halm ein. Er sieht ihr Lächeln, sieht es morgens, wenn sie die
Augen aufschlägt und sich verschlafen den Sand aus ihnen
reibt, sieht es abends, wenn er zur Tür hereinkommt und die
Jacke auf den Haken hängt. Maries Lächeln ist überall, es erfüllt die Luft, die Jakob täglich trinkt, und so eine mit Fröhlichkeit angereicherte Luft wirkt ja bekanntlich belebend auf Hirn
und Herz. Liebestrunken stolpert er durchs Leben, vom Labor
zu Marie, von Marie zum Labor, vom Labor zum Boltzmann
Institut, und nie, so glaubt er, ist er glücklicher, zufriedener gewesen. Maries Lachen ist ganz anders, als Sonjas Lachen es gewesen ist, Maries Lachen ist ständig vorrätig, Maries Lachen
gibt es gratis dazu. Maries Lachen ist wie ein Naturgesetz, und
Naturgesetzen hat Jakob schon immer vertraut.

Marie, kleine Laetitia Marie, geboren, um die Welt um sie
herum mit ihrer Fröhlichkeit zu verzaubern. So entkommt keiner dem, was ihm bestimmt ist, Jakob nicht der Physik und
Marie nicht der Fröhlichkeit. Wie die Julisonne ihre Strahlen
verströmt und mitunter auch Hautteile versengt, umhüllt Marie die Menschen mit ihrer guten Laune. Gegen die Sommer-
sonne gibt es Schutzfaktor fünfzig, gegen Maries lächelnde
Fröhlichkeit gibt es kein Mittel. Deswegen geht man ihr in der

Arbeit mit freundlichem Gesicht entgegen und in der Freizeit aus dem Weg, denn wer lacht schon gerne mit einer, die mit jedem lacht? Arme Marie. Die Mutter hat sie nicht zum Lachen bringen können, den Vater auch nicht, und sogar bei Joe hat sie versagt. Kein Wunder also, dass sie die Fröhlichkeit nur auf den Lippen trägt. Wie das von Jakob verschränkte Photonenpaar, das seinen Quantenzustand erst im Moment der Messung annimmt, lächelt Marie, sobald Jakob hinsieht, lächelt, wenn er spätabends nach Hause kommt, lächelt, wenn sie ihn am Morgen aus verschlafenen Augen ansieht, lächelt sogar, wenn sie vom stummen Vater heimkommt und ihren Kopf auf Jakobs Brust legt.

Und so vergeht der Advent, der Wind rüttelt die restlichen Blätter von den Bäumen und die Raben beziehen ihr Winterquartier im Augarten.

Und dann liegt auf einmal Palicinis Brief im Postkasten, weiß wie der Wintervollmond in einer Dezembernacht. Eine Testamentseröffnung im Wiener Wurstelprater? Das kann doch nicht sein, so etwas kann es nicht geben können, denkt Marie, als sie das Kuvert im Stiegenhaus öffnet.

Den Brief eilig in die Tasche gesteckt, steigt sie die Treppen zur Wohnung hinauf, wo sie eine Überraschung erwartet: Jakob, in Kochschürze mit Tomatenflecken und Knoblauchgeruch. Ausgerechnet heute ist er früher nach Hause gekommen, um für sie zu kochen. Marie stellt Weingläser auf den Tisch, und während Jakob von Professor Blasbichler erzählt, von sicheren Banküberweisungen mittels Quantenkryptographie und zukünftigen Rechenleistungen, denkt Marie an den Brief in ihrer Handtasche. Erste Wiener Hochschaubahn, fünfzehnter Juli, fünfzehn Uhr. Eine Testamentseröffnung im Prater? Was hat das zu bedeuten? Hatte Joe seinen Tod geplant? Ist es vorstellbar, dass jemand seinen Tod plant, nur um eine verrückte Idee in die Tat umzusetzen?

Keine Ruhe lassen ihr die Gedanken an den Brief in ihrer Tasche, den sie Jakob nicht zeigen will, und so denkt sie auch noch an Joe, als sich Jakobs Brust friedlich hebt und senkt und ein leises Schnarchen in die Stille der Nacht entlässt.

Ach Joe, er geistert in den Köpfen der Hinterbliebenen, saust durch Zimmer, pfeift um Häuserecken und verfängt sich in Liftschächten. Als Geist hast du es gut, da kannst du überall hinein, da gibt es keine Barrieren mehr. Und so denken in dieser Nacht alle an ihn, Gery an den Freund, den er verloren hat, die Mutter an den Sohn, den sie nie wirklich gekannt hat, Willi an den Neffen, über dessen Bauchnabel seine Hand gestrichen ist, und Marie an die Hand, die ihr durchs Haar gefahren ist. Joes Hand in ihrem Haar und ihr Haar auf seiner Brust, die Augen geschlossen, Sonne durchs Fenster, helles Orange hinter heruntergeklappten Lidern, das Rattern der Westbahn im Ohr, das Bauschen des Vorhangs im Wind als zarte Berührung, blaue Blümchen auf weißem Jacquard. Seine Hand in ihrem Haar, und alles war Zärtlichkeit. Ins Haar hat er ihr Märchen von Marillenmädchen und Zwetschkenpflückern erzählt, von Narren und Gauklern, und sie ist mit geschlossenen Augen dagelegen, den Kopf auf seiner Brust, die Hand mit dem Vorhang spielend, und hat zugehört.

Nur wenn Joe geschlafen hat, ist er selbst zum Kind geworden, den Kopf in Maries Achselhöhle, den Arm fest um sie geschlungen, auf seiner ewigen Suche nach Geborgenheit. Hat sie versucht, sich zu bewegen, sich ein wenig Freiraum im zu engen Bett zu verschaffen, hat Joes Arm sie nur noch fester umschlossen.

Marie lauscht in die Dunkelheit und lässt die Bilder der Vergangenheit vorbeiziehen. Jedem Schnarchen Jakobs folgt sein feuchter Atem, wie eine nasse Kröte setzt er sich auf ihren Nacken. Marie zieht die Bettdecke bis zum Kinn, greift nach hinten, über die Schulter, bedeckt den Hals bis zum Haaransatz. In Momenten wie diesem ist sie auf einmal nicht mehr sicher, ob sie Jakob noch liebt. Dann kann sie plötzlich nicht mehr schlafen, mit seinem Arm über ihrem Kopfpolster, so, dass sie nicht weiß, ob sie den Kopf darunter legen soll, dorthin, wo kein Polsterrest mehr ist, oder ob sie seinen Arm zur Seite schieben, ihn zum Aufwachen bringen soll, oder darauf warten, dass er sich schmatzend umdreht und sie nicht von neuem umarmt, sich an sie klammert und Rücken an Rücken weiterschläft, ohne die von ihr erzeugte Distanz zu bemerken.

Am nächsten Morgen ist das Gefühl wieder verflogen, streicht sie ihm liebevoll über die stachelige Wange und hat Joe vergessen. Und das ist auch gut so, denn was ist Joe schon anderes als eine lästige Erinnerung, die man morgens mit dem Zahnpastawasser in den Ausguss spuckt?

13 Für Hedi Brunner ist die diesjährige Weihnachtszeit die glücklichste seit einundsechzig Jahren. Zwar bäckt sie keine Kekse mehr, kann auch kaum noch welche essen, dafür isst Gery umso mehr davon. Die Vanillekipferl sind von der Bäckerei ums Eck, Hedi hat Gery losgeschickt, welche zu kaufen. Jetzt sitzen sie einander gegenüber, Hedi in ihrem Schaukelstuhl, Gery im geblümten Sofasessel, und da passiert es, dass er ihr von seinem besten Freund Joe erzählt, der sich im Sommer einfach nach hinten hat fallen lassen, von der Rossauer Brücke in den Donaukanal, und nicht wieder aufgetaucht ist. Und kaum hat Gery zu erzählen begonnen, schon kann er nicht mehr damit aufhören. Also erzählt er von der

Schmelzbrücke, von Joes Weingläsern, von den Marionetten, die er dort hat tanzen lassen, und auch von Marie erzählt er, Joes zweiter Apfelhälfte, und wie es dann doch nicht geklappt hat mit den beiden.

»Dabei hat Joe sie wirklich geliebt«, sagt er. »Aber statt zu ihr zu fahren, ist er stundenlang irgendwo sitzen geblieben, hat von ihr geschwärmt, während sie darauf gewartet hat, dass er zu ihr kommt.«

Hedi wippt mit dem Schaukelstuhl, in ihren Augenwinkeln breiten sich leuchtende Fächer aus, endlich hat ihr jemand etwas Interessantes zu erzählen, ganz anders als die Tochter, die ihr immer nur von den Unpässlichkeiten ihres Norbert berichtet und von den Rezepten dagegen, Haferschleimsuppe, Kamillentee, Kümmelzwieback.

Gery erzählt in Hedis Wippen hinein, von den Abenden, an denen Joe Marie warten ließ, von acht Uhr abends bis zum Schlafengehen, wie er dann doch noch bei ihr aufkreuzte, weit nach Mitternacht, und sich wunderte, dass sie schon im Bett lag und ihm nicht mehr öffnete. Wie er sie von der nächsten Telefonzelle anrief und sie wütend in den Hörer schrie, und wie Joe am nächsten Tag zu Gery sagte: »Marie wird sich schon wieder beruhigen, die kann mir gar nicht böse sein. So ist das, wenn man füreinander bestimmt ist.«

»Aber so etwas lässt man sich doch nicht auf Dauer gefallen!«, sagt Hedi.

»Marie …« Gery stellt die Teetasse ab. »Marie war todunglücklich. Die hätte bei Gott einen Besseren verdient gehabt als Joe. Aber sie war eben vernarrt in ihn, so wie alle Frauen in ihn vernarrt waren.«

»Aber wenn dein Joe diese Marie doch so geliebt hat …«

Hedi spricht den Satz nicht zu Ende. Wie wenn Liebe allein ausreichen würde, denkt sie. Ich hätte damals ja auch nach

Russland fahren können, *sieh her, wir haben ein Kind,* vielleicht hätte sich der Ilja sogar gefreut, vielleicht hat er es ja ernst gemeint, als er mich gefragt hat, ob ich mit ihm nach Leningrad kommen möchte. Stattdessen hab ich das Kind in Wien zur Welt gebracht, still und heimlich, nicht einmal geschrieben hab ich ihm, und dann hab ich den Buben hergeschenkt, einfach so in den Stadtpark getragen und einer Fremden in die Arme gelegt.

Hedi kommt nicht dazu, weiter darüber nachzudenken, denn Gery erzählt jetzt von dem Abend, an dem sein Freund vor seinen Augen in den Donaukanal gesprungen und nicht wieder aufgetaucht ist. Wie die Polizei ihn aus dem Donaukanal gefischt hat, und wie er erst am nächsten Tag in den Nachrichten davon gehört hat.

»Und jetzt denkst du, dass es deine Schuld war?«, fragt Hedi. Sie geht zur Vitrine, nimmt zwei kleine Gläser und die Cognacflasche heraus.

Es ist Gery schon die letzten Male aufgefallen, dass die Flasche rasch leer und durch eine neue ersetzt wird. Nicht, dass er Hedi jemals betrunken gesehen hätte, trotzdem macht er sich Sorgen. Sie ist zu oft allein, denkt er.

»Weißt du, was ich glaube?«, sagt er, als sie mit den Gläsern wiederkommt und einschenkt. »Ich glaube, Joe wollte das so. Der hat seinen Abgang geplant gehabt und ich sollte ihn dabei filmen. Es war ja eine fixe Idee von mir, einen Film über ihn zu drehen. Ich hatte auch schon genug Material beisammen. Das hab ich Joe auch an jenem Abend gesagt. Dass ich alles bloß noch schneiden müsste.«

Er stößt mit ihr an und trinkt sein Glas leer.

»Joe ist gerne von Brücken gesprungen. Sogar von der Reichsbrücke ist er einmal gehüpft. Der hatte keine Angst, zu ertrinken.«

Hedi dreht ihr Glas. Warum hat sie Gery bloß so gern? Nur, weil er sie an Ilja und ihren kleinen Wassily erinnert? Ist der Mensch wirklich so einfach gestrickt, dass ein Paar blauer Augen ausreicht?

Wie gerne sie ihm helfen würde. Er leidet unter dem Tod seines Freundes, das spürt sie schon seit langem. Wenn man jemanden verliert, den man liebt, kann man daran zerbrechen. So etwas zu flicken, dauert seine Zeit, und selbst dann sieht man es einem ein Leben lang an, das Auseinandergebrochen- und wieder Zusammengeflicktsein.

Unter dem Schaukelstuhl knacksen die Parkettbretter. Hedi sieht Gery dabei zu, wie er aufsteht, mit der rechten Hand in die Gesäßtasche fährt und einen zerknitterten Briefumschlag herausfischt.

»Was ist das?«, fragt sie, als er ihr das Kuvert hinhält. Sie greift nach dem weinroten Brillenetui, holt den Brief aus dem Kuvert, entfaltet ihn, setzt die Brillen auf, liest von der Testamentseröffnung im Prater, Treffpunkt fünfzehnter Juli, fünfzehn Uhr, bei der alten Hochschaubahn. Das kann nicht sein, denkt sie, doch die Worte stehen da, schwarz auf weiß.

»Eine Testamentseröffnung im Prater?«

Auf einmal sieht sie ihren verstorbenen Mann vor sich, am Blumenkorso neunzehnhundertachtundvierzig, wo sie einander kennengelernt hatten, drei Jahre nach Kriegsende, als sie schon längst kein Kind mehr hatte. Sie stand neben ihrer Freundin Inge und deren Verlobtem Fritz, inmitten der jubelnden Menge, neben ihr Ernst Brunner. Überall sah man Blumengirlanden, Fliederkronen und fröhliche Gesichter. Für Ernst Brunner, einem Freund von Fritz und Ablenkungsversuch Inges, die der Meinung war, Hedi müsse sich endlich wieder einmal amüsieren, war sie die Königin des Korsos. Die ganze Zeit über sah er nur sie an, doch Hedi wurde vom

Geruch des Flieders übel, die vorbeifahrenden Wagen verschwammen vor ihren Augen zu bunten Schlieren, und das Nächste, woran sie sich erinnern kann, ist ihre Freundin Inge, die ihr die Wange tätschelte.

Wäre ihr damals nicht schlecht geworden von all dem Flieder und der Erinnerung, hätte Ernst ihrer Freundin nicht mit zum Schwur erhobener Hand versprochen, sie heil nach Hause zu bringen, vielleicht wäre dann alles ganz anders gekommen.

Aber wäre es besser gewesen?

Der Prater und der Flieder. Hedi konzentriert sich wieder auf das Schreiben in ihrer Hand. Im Juli blüht kein Flieder, und Blumenkorso gibt es auch schon lange keinen mehr.

»Ich an deiner Stelle würde hingehen«, sagt sie. »Allein schon, um herauszufinden, was das Ganze soll. Und wenn es wirklich stimmt, dass dein Freund absichtlich vor deiner Kamera in den Tod gesprungen ist, dann musst du erst recht dorthin.«

14 Der Winter nimmt einen kräftigen Anlauf und kommt als Schneegestöber auf Straßen und Gassen herunter. Ganz Wien steckt im Verkehr fest, alles hupt, aus den Lautsprechern der Straßenbahnhaltestellen bedauert man die wetterbedingte Verzögerung, eisig glitzern Radwege im Morgendunkel und bringen die vorweihnachtlichen Boten des Veloce-Service ins Schlittern.

Und dann ist es endlich so weit, Weihnachten, du heilige, familienschwangere Zeit. Traude Stierschneider schmückt den Tannenbaum mit Holzäpfeln und roten Kerzen, ganz wie früher, als Jakob noch klein war. Heute ist er es nicht mehr, heute wird er ihr seine neue Freundin vorstellen. Was das wohl für eine sein mag? Ein wenig gekränkt hat sie sich ja schon, dass der Bub so lange nichts gesagt hat. Sonja hat er verlassen, einfach so, und jetzt hat er eine Neue. Fünf Monate geht das schon, und sie erfährt es wieder einmal als Letzte.

Traude Stierschneider ordnet Teller und Gläser an, schmückt den Tisch mit Tannenzweigen und Silbersternen, bis kaum noch Platz für die selbstgebackenen Kekse bleibt. Zuerst hat sie gedacht, dass sie einen Sessel dazustellen müssen wird, doch jetzt wird Marie am Platz der Mutter sitzen, denn die feiert lieber mit dem Essensausträger vom Roten Kreuz. Bitte, soll sie doch, wenn ihr ein Fremder wichtiger ist als die eigene Familie. Seit Monaten opfert sich Traude auf, putzt der Mutter das Klo, überzieht ihr das Bett, poliert ihr die Fenster, und was ist jetzt der Dank dafür? So eine Wut hat Traude, dass ihr die Hände zittern und die schöne Glaskugel von der Tante Gilde zerbricht. Während im Radio der Knabenchor das Ave Maria anstimmt, sammeln sich in Traudes Augen Tränen. Wütend wischt sie sich mit dem Handrücken über die Augen. Was soll denn das für ein Weihnachten sein? Aber was kränk ich mich überhaupt, so war die Mutter doch schon immer, nie hat man es ihr recht machen können, immer hat sie etwas auszusetzen gehabt, immer hat sie einem alles verderben müssen. Die eigene Hochzeit, die Schwangerschaft, das ganze Leben. »Wo du doch hättest Richterin werden können!« Immer wieder dieser eine Satz. Dass Traude die Familie wichtiger gewesen ist als die Karriere, das hat sie nie verstehen können, versteht sie bis heute nicht, sonst würde sie kommen, würde Weihnachten mit ihnen feiern, anstatt mit einem Wildfremden. Was glaubt sie denn, warum sich so einer auf ihr Sofa setzt? Einer, der jünger ist als ihr eigener Enkelsohn, das ist doch pervers! Natürlich geht es dem Burschen ums Geld. Traude wundert sich bloß, dass er keine andere gefunden hat, da muss es doch Reichere geben als die Mutter, denkt sie. Aber wer weiß, bei wie vielen er es schon versucht hat!

Mit einem Kloß im Hals sammelt sie die Scherben auf und schneidet sich dabei in den Zeigefinger. Dickflüssig und dunkelrot tropft das Blut auf den Parkettboden und hinterlässt hässliche Flecken. Jetzt muss sie noch einmal den Boden wischen, dabei ist sie erst vor einer Stunde damit fertig geworden. Und wo bleibt eigentlich der Norbert, ganze zwei Stunden ist es her, dass sie ihn um den Fisch geschickt hat. Hoffentlich hat er ein paar gute Stücke ergattert, das ist ja heutzutage nicht mehr so wie früher, die ganzen Meere sind leer gefischt, alles reißt sich um den letzten Dorsch, den letzten Goldbarsch, alle gegen einen und einer gegen alle, und wer zu spät kommt, hat das Nachsehen. Voriges Jahr hat Norbert keinen Goldbarsch mehr bekommen, mit einem Karpfen ist er nach Hause gekommen, dabei hasst Traude Karpfen, der ist viel zu viel fett und schmeckt obendrein nach Donauwasser.

Norbert Stierschneider ist bei seiner Schwägerin Anna. Mit geübter Hand schiebt er ihr den Rock hoch und die Unterhose hinunter und presst sie gegen den alten Gasherd.

»Hast g'hört?«, fragt Anna. »Den Mayer hat's erwischt, Leberkrebs.«

»Mhm, soso«, macht Norbert und stößt ihr seinen Schwanz in den Unterleib. Der Mayer, na so was, denkt er, so schnell kann's gehen. Er packt Annas linke Brust, vergräbt seine Finger darin, und plötzlich fällt ihm wieder ein, wie fest ihre Brüste einmal gewesen sind, kleine, feste Bälle, wie frisch aufgepumpt, gerade richtig, um die gewölbten Handflächen auszufüllen. Er erinnert sich, wie er der siebzehnjährigen Anna in die Brustwarzen gebissen hat, zwei Tage vor seiner Hochzeit mit Traude, wie sie aufgestöhnt und sich ihm hingegeben hat. Wie er es mit ihr getrieben hat, bis er mit einem gewaltigen Schrei gekommen ist. Danach hat er gezittert, hat gar nicht mehr aufhören können. Und dann ist aus der Ecke plötzlich ein Wimmern gekommen. Erst da ist ihm wieder eingefallen, dass sie nicht allein im Zimmer sind. Schnell ist er aus dem Bett gesprungen, hat seine Sachen vom Boden aufgeklaubt und ist aus Annas Zimmer gerannt. Von nebenan hat er dann gehört, wie Anna auf das Kind eingeredet und es in den Schlaf gesungen hat, eine halbe Stunde lang, bis die Kleine endlich wieder eingeschlafen ist.

Zwei Tage später ist er vor dem Altar gestanden und hat Annas Schwester ewige Treue geschworen. Und bis vor einem halben Jahr, als er Anna über den Weg lief, hat er sich auch daran gehalten.

Ein Zittern geht durch Norberts Körper. Erschöpft lässt er sich auf die Bettbank fallen. Was ist denn das? Er fährt hoch, greift dorthin, wo eben noch sein Hintern gewesen ist. Jetzt hat er sich auch noch auf den Kabeljau gesetzt! Eilig versichert er sich, dass das Weihnachtsessen keinen Schaden genommen hat, dann drückt er Anna einen Kuss auf den Mund.

»Bestimmt hat die Traude schon alles hergerichtet, den Erdäpfelsalat, den Christbaum und die Weihnachtskekse«, sagt er, schlüpft in den Mantel und rennt aus der Wohnung. Dann dreht er sich noch einmal um, »frohe Weihnachten« will er sagen, doch Anna hat die Tür bereits geschlossen.

Zu Hause legt Norbert den flachgedrückten Fisch auf die Vorzimmerablage.

»Stell dir vor, der Mayer ist gestorben«, sagt er zu seiner Frau, die gerade Watte zwischen die Tannenzweige steckt.

»Der Mayer? Aber der war doch noch keine fünfundsechzig!«

»Leberkrebs hat er gehabt. Dabei hat er nie etwas getrunken. Der Hans hat es mir erzählt, ich hab ihn am Elterleinplatz getroffen. Hat auch nicht gerade wie das blühende Leben ausgeschaut.«

»Alt darf man heutzutage nicht werden«, sagt Traude. »Alle kriegen sie den Krebs, da kann man froh sein, wenn es halbwegs geschwind geht und man nicht zu lange leiden muss. Einschlafen müsst man, so wie die Urgroßmutter, die ist über ihrer Stickerei gestorben, ganz friedlich soll sie dreingeschaut haben. Aber heutzutage, da lassen sie einen ja nicht mehr sterben, da reanimieren sie einen gleich wieder, wozu soll denn das gut sein? Wie bei der Gilde-Tant, die haben sie auch dauernd an irgendwelche Maschinen angeschlossen, dabei hat sie nur noch sterben wollen. Und dann ist auch noch der Sohn vor ihr gestorben, kannst dich erinnern, der Toni hat auch den Leberkrebs gehabt, und die Gilde hat mit vierundneunzig noch die Lungenentzündung überlebt. Wäre gescheiter gewesen, sie hätten sie sterben lassen, dann hätte sie nicht auch noch miterleben müssen, dass das eigene Kind vor ihr stirbt …«

»Jetzt hör schon auf«, zischt Norbert. »Du verdirbst einem ja noch die Weihnachtsstimmung.«

Inzwischen feiert Traudes Mutter Weihnachten, wie sie es seit Jahren nicht mehr gefeiert hat. Ohne Pflichtbesuch, ohne Familientreffen, ohne Traudes Perfektionismus. Über Mittag hat sie sich herausgeputzt, jetzt sitzt sie im Bellaria-Kaffeehaus und klappert mit dem Löffel in der Tasse. Kurz nach eins hat Gery sie mit dem Taxi abgeholt. »Lass dich überraschen«, hat er gesagt, als sie ihn gefragt hat, wohin er mit ihr fahren will. Jetzt trinken sie Kaffee und plaudern. In einer Stunde beginnt der Film, eine Romanze aus dem vierunddreißiger Jahr, mit Willi Forst und Magda Schneider.

Hedi fallen ein paar Tränen auf den Schoß.

»Wieso weinst du?«, fragt Gery und beugt sich besorgt über den Tisch.

»Ach, ich bin einfach nur glücklich«, flüstert sie und wischt sich mit der Serviette über die Wangen. Du dumme Alte, schilt sie sich, du verdirbst mit deiner Sentimentalität noch die ganze Stimmung.

In der Magengegend gurgelt und grummelt es wieder, wie schon den ganzen Vormittag. Dabei hat sie extra nichts gegessen, und auch jetzt trinkt sie koffeinfreien Kaffee, schwarz, ohne Zucker. Wie unangenehm es ihr doch wäre, wenn sie während der Vorstellung Durchfall bekäme! Sie würde es auf die Blase schieben müssen. »Alte Frauen müssen eben öfter aufs Klo«, würde sie scherzen. Das Glucksen im Magen hört auf. Gott sei Dank. Zu Hause wird sie einen kleinen Cognac trinken, danach wird es ihr wieder besser gehen.

Das Kaffeehaus ist weihnachtlich geschmückt, mit bunten Lichtern und rot-goldenen Platzsets. Im Hintergrund spielt leise Weihnachtsmusik. Noch ist es früh, fünfzehn Uhr, treffen sich die Jungen und Alten im Kaffeehaus, während die mittlere Generation das Essen vorbereitet.

»Feierst du denn gar nicht mit deiner Familie?«, hat Hedi vor einer Woche gefragt, als Gery sie gebeten hat, den Vierundzwanzigsten mit ihm zu verbringen, doch er hat nur abgewinkt, seine Familie wohne in Oberösterreich und er habe schon lange kein Bedürfnis mehr, sie zu sehen.

Und jetzt sitzt sie wirklich mit ihm im Café Bellaria, sieht in seine lichtblauen Märzhimmelaugen und stellt sich vor, dass ihr kleiner Wassily vielleicht auch einmal so ausgesehen hat, als er noch keine einundsechzig gewesen ist.

Die Stunden vergehen, draußen ist es längst dunkel, nur die künstliche Weihnachtsbeleuchtung glitzert hell über den Hauptstraßen. Der Heilige Abend bricht an, Familien setzen sich an den Tisch, und nicht in jedem erleuchteten Wohnzimmer der Stadt verläuft der Abend harmonisch.

Marie lernt Jakobs Eltern kennen, setzt ihr Lächeln auf und gewinnt sofort Traudes Herz für sich. Sonja verbringt den Abend bei ihren Eltern und erinnert sich wehmütig an voriges Jahr, als sie mit Traude Stierschneider *Stille Nacht, heilige Nacht* unterm Christbaum gesungen hat, eingehängt wie Schwiegermutter und Schwiegertochter, und wie schön es gewesen ist, zu Jakobs Familie zu gehören.

Im alten Bellaria Kino läuft der Abspann. Hedi lässt sich seufzend in den Wintermantel helfen und hängt sich bei Gery ein.

»Ich würde gern noch ein wenig spazieren gehen, wenn's dich nicht stört«, sagt sie.

Also gehen sie zur Votivkirche, dann die Währinger Straße hinauf, eingehängt wie Oma und Enkelsohn. Vorbei an der Kirche, in der Hedis Töchter getauft wurden, vorbei an der Volksschule und dem Gymnasium.

»Darf ich noch hochkommen?«, fragt Gery. »Wir könnten das Radio einschalten und Weihnachtsmusik hören.«

Hedi drückt ihn am Arm. »Aber nur, wenn du wirklich nichts mehr vorhast.«

Zur selben Zeit sitzt Willibald Blasbichler bei seiner Schwester im Wohnzimmer und muss daran denken, wie gern er den kleinen Johannes gehabt hat. Neben ihm lässt Marianne ein paar Tränen auf das Silberbesteck tropfen.

Nicht, dass Joe je mit seiner Mutter und seinem Onkel gefeiert hätte, aber der Heilige Abend ist nun einmal eine rührselige Zeit, und wenn das eigene Kind stirbt, ist einem nicht nach Feiern zumute. Schon gar nicht, wenn es bei einem dummen Badeunfall ums Leben gekommen ist. Als solchen bezeichnet Marianne Schreyvogl den Tod ihres Sohnes nämlich, wenn sie danach gefragt wird. »Ein dummer Badeunfall.« Auch wenn es recht unglaubwürdig klingt, dass einer im Donaukanal Erfrischungsrunden dreht, nennen die Wiener den künstlichen Donauarm doch gerne ihren Dreckkanal.

15 Wie ein grobmaschiger Vorhang hängen dicke weiße Flocken zwischen den Häuserzeilen. Es ist die Zeit der Skifahrer und Snowboardasse, der Rodelgiganten und Schlittschuhkünstler, ganz Wien schlüpft in die Anoraks, sogar die Alte Donau fügt sich und friert zur leuchtenden Ferieninsel zu. An den Glühweinständen, dem letzten Überbleibsel der Wiener Christkindlmärkte, drängen sich die Menschenmassen um die dampfenden Kessel, hinter denen grün beschürzte Schamanen ihre Schöpfer schwingen und mit Zimt und Alkohol gegen die Kälte ankämpfen. Solange der Schnee weiß, die Flüsse gefroren und die Glühweintöpfe voll sind, ist das Wiener Gemüt zufrieden. Winter Wonderland bringt die Augen der Eingemummten zum Leuchten und die Kinderherzen zum Lachen, alles wälzt sich im gefrorenem Nass, formt es zu Kugeln und bewirft einander damit, in den Praterauen und am Gallitzinberg werden die Rodeln nachgezogen, und auf der Alten Donau gleiten die Schlittschuhläufer unermüdlich übers Eis.

Auch am Hanslteich im Wienerwald sitzt einer und sieht den Kleinen beim Schlittschuhlaufen zu.

So groß ist Willibald Blasbichlers Freude über die tolpatschigen Kinder in ihren viel zu großen Schalenschlittschuhen, dass er den Sohn vom Stierschneider nicht sofort sieht. Willis

Hand reibt am Reißverschluss der Hose, gut versteckt unter dem dicken Lodenmantel, auf seinem Gesicht breitet sich ein behagliches Lächeln aus. Während er vor sich hin starrt, fällt sein Blick plötzlich auf Jakob, auf die Frau, die an seinem Arm hängt. Liebesgeflüster, denkt sich Willibald Blasbichler verärgert, der sollte lieber im Labor sitzen und seine Dissertation zu Ende bringen, damit ich wieder meine Ruh hab. Was muss ich diesem Stierschneidersohn auch ständig über den Weg laufen, wie wenn mir sein Anblick im Institut und im Labor nicht reichen würde.

»Siehst du den Mann dort drüben?«, flüstert Marie in Jakobs Ohr. »Den kenn ich, der war auf Joes Beerdigung.« Jakob folgt dem Blick der Freundin. »Ja, da schau her, der Blasbichler!«, ruft er, und schon schlittert er übers Eis.

»Grüß Sie Gott, Herr Professor, auch am Winterluftschnuppern?«

Schnell zieht Willi die Hand hervor und wickelt den Mantel fester um den Leib, doch Marie hat es längst bemerkt. Dass sich die Männer ständig zwischen den Beinen herumfummeln müssen, denkt sie, immer müssen die sich in aller Öffentlichkeit ihren Sack richten, und wir sollen dann auch noch so tun, als hätten wir nichts gesehen, und ihnen die Hand zum Gruß hinhalten. Sie nickt kurz mit dem Kopf, die Fäustlinge fest in der Daunenjacke vergraben, während Jakob sich mächtig ins Zeug legt, will er doch mit nach Helsinki, und noch ist keine hundertprozentige Entscheidung gefallen, wer den alten Blasbichler zur Konferenz begleiten darf. Gut, Jakob hat die besseren Beziehungen, und in letzter Zeit steigert er sich auch mächtig ins Projekt hinein, aber Tamás ist es, dem die Sympathie des Professors gilt. Dabei hat er einen Intelligenzquotient wie ein Plastiksackerl, denkt Jakob, der sich schon lange wundert, wie Tamás durch die Diplomprüfung gekommen ist.

Der Professor räuspert sich, spazieren sei er gewesen, nun habe er sich eine Weile hingesetzt, um den Schlittschuhläufern zuzusehen, es sei ja so ein herrlicher Tag heute. »Nun denn«, räuspert er sich nochmals, »man sieht einander am Montag«, drückt dem jungen Doktoranden die Hand, nickt Marie zu und stapft Richtung Neuwaldegg, wo die Straßenbahn ihre Schleife dreht.

Jakob zieht Marie wieder aufs Eis, ein Liedchen auf den Lippen, und Marie lässt sich mitschleifen. Wie ein plumper Sack hängt sie an Jakob. Was tut man nicht alles aus Liebe! Jakob schleppt sich mit Marie ab, und Marie beißt tapfer die Zähne zusammen, das Rutschen ist ihre Sache nicht, aber man muss schließlich auch Kompromisse eingehen, und Schlittschuhlaufen ist ein solcher. Das hat nichts mit Winterwonderlandromantik zu tun, die Knöchel schmerzen vom vielen Umkippen und ihre Ohren frieren im eisigen Wind, aber Marie lächelt tapfer, ganz so, als wäre dies der schönste Tag ihres Lebens, dabei wartet sie nur auf die Dämmerung und den heißen Tee mit Rum, den sie unten in Neuwaldegg trinken wollen.

Jakob, der von Marie so gut wie gar nichts weiß, grinst von einem Ohr zum anderen und zieht froh gelaunt seine Schleifen. Auf der Eisfläche ist er der große Held, da gibt er Halt und Sicherheit, da kann man sich auf ihn verlassen.

Ja, jeder Mensch braucht ein wenig Zweisamkeit, und an den Tagen, an denen der Schnee schmilzt und graubraunen Matsch zurücklässt, an denen der kalte Jännerwind an den Hauben zerrt und die Finger steif werden lässt, braucht er sie sogar noch mehr als in den warmen Sommermonaten. Man sagt, die Liebe erblühet im Frühling, doch das stimmt nicht, der Winter ist es, der die Menschen einander in die Arme treibt. Wie ein riesiger Magnet lenkt er die einsamen Herzen zueinander, die Partnerbörsen florieren, und auch die Gewölbe der Innenstadtlokale bersten vor hungrigem Menschenfleisch auf der Suche nach Wärme.

Sonja muss nicht mehr suchen, Sonja ist fündig geworden. Die große Verliebtheit hat sich zwar nicht eingestellt, aber was macht das schon? Verträumt hat sie ihr ganzes junges Erwachsenenleben, fünfzehn Jahre lang Traum vom Märchenprinzen samt Bilderbuchfamilie, und wohin hat es sie geführt? Auf eine Hochschaubahn! Sonja lacht auf. Jetzt hat es sich ausgeträumt, jetzt fängt das Leben an, und das Leben ist hier und jetzt, denn morgen schon kann alles vorbei sein. Also versucht sie, das Hier und Jetzt auszulöffeln, wie man einen Teller heißer Hühnersuppe auslöffelt, doch so etwas gelingt nicht auf Anhieb, da müsste man schon ein Naturtalent sein. Aber wie alles andere kann man auch die Lebenslust erlernen, und in Gery hat Sonja ihren Lehrmeister gefunden.

»Das Achterbahnfahren ist eine Metapher fürs Leben«, schreit er ihr zu, als sie in der rosa Dizzy Mouse sitzen, »immer hinauf und hinunter, was für ein Gefühl im Bauch!«

An der Ersten Wiener Hochschaubahn sind sie vorbeigegangen, die ist für Kinder. Sonja braucht etwas anderes, glaubt Gery zu wissen, die muss man schon ganz hinaufkarren, damit sie das Leben spürt. Nur mit Joe hat man das Leben auch zwischen den Zwergen gespürt, aber Joe ist tot, und jetzt gibt es nur noch ihn, Gery, und der spürt sich schon lange nicht mehr.

»Weißt du«, sagte Joe einmal, »im Grunde genommen ist es doch scheißegal, ob du etwas erreichst im Leben oder nicht. Wir bevölkern die Erde, hinterlassen Wolkenkratzer, Büropaläste und Kathedralen für die Ewigkeit, manche schreiben Bücher oder komponieren Symphonien, aber sterben müssen am Ende doch alle. Und dann kräht kein Hahn mehr danach, was du aus deinem Leben gemacht hast, ob du geliebt hast oder nicht, ob du geliebt wurdest oder nicht, nicht einmal, ob du Kinder gezeugt hast, am Ende beißt du ins Gras, und das war's dann.«

»Aber jetzt, jetzt macht es doch einen Unterschied«, antwortete Gery.

Sie saßen in der Ersten Wiener Hochschaubahn und fuhren an den Zwergen und künstlichen Gebirgen vorbei. Gery sah Joe durch den Sucher seiner Kamera an und zoomte sein Gesicht ganz nahe heran, bis er jeden Bartstoppel einzeln erkennen konnte. Nach der ersten Runde nahmen zwei Volksschulmädchen in der Reihe vor ihnen Platz, wehende blonde Zöpfe, Kreischen jedes Mal, wenn die Zwerge ihren Wasserstrahl abfeuerten. Joe hielt sich an der Haltestange fest und schrie mit ihnen, während Gery die Kamera unentwegt auf die drei gerichtet hielt.

Joe antwortete erst, als sie wieder ausstiegen. »Solange wir nach einem Sinn suchen, werden wir nie glücklich sein, verstehst du? Erst wenn dir alles egal ist, lebst du wirklich.«

Und das sagt Gery jetzt auch zu Sonja: »Erst wenn dir alles egal ist, verstehst du?« Und Sonja nickt eifrig mit dem Kopf, denn sie will es ja spüren, das Jetzt, den Augenblick, nicht die ganze Vergangenheit, die sie mit sich herumschleppt, die sechs vergeudeten Jakobjahre, und schon gar nicht die Zukunft, an die sie ihr ganzes Erwachsenenleben gedacht hat. Das beginnt als junges Mädel, da träumst du vom Familienglück, von Mann und Kindern und zwei Hunden, von Haus, Garage, Gartenzaun und weiß Gott was noch, doch das Leben sieht ganz anders aus. Im richtigen Leben gehst du jeden Tag frühmorgens zur Arbeit und kommst spätabends wieder heim, verdienst Geld, damit du es danach für einen neuen Geschirrspülmaschinenschlauch ausgeben kannst, der nach spätestens einem Jahr wieder undicht wird, sowie für die vielen Versicherungen, die dann eventuell den neuen Parkettboden bezahlen, weil der alte durch das viele ausgetretene Wasser die abenteuerlichsten Wellen schlägt.

Den geplatzten Schlauch und den gewellten Boden will Sonja ganz schnell vergessen, deswegen sitzt sie neben Gery in der Hochschaubahn. Sie rattern hinauf, gegen die Schwerkraft an, um ihr ganz oben zu begegnen, ein kurzer Stillstand nur, und schon geht es wieder hinunter, Sonja kreischt, hält die Haube fest, damit sie nicht in einer der geschmolzenen Schneelacken am Boden landet.

Ratatatata, klettert der wackelige Waggon nach oben. Eisig weht der Wind Sonja ins Gesicht, also zieht sie den Jackenkragen höher und presst die Handinnenflächen gegen die Mütze. Und schon geht es wieder hinunter, huiiiii – ratatatata – huiiii – ratatatata, immer hinauf und hinunter, bis sie mit einem Ruck ganz unten stehen bleiben. Alles aussteigen bitte, hier endet das Hier und Jetzt, hier beginnt der Alltag, dunstig und grau hängt er über der bunten Praterstadt und verheddert sich zwischen Rap, Rock 'n' Roll und Wiener Walzer.

Warum lässt sich Sonja darauf ein, wo sie doch immer viel lieber in den Wienerwald als in den Prater gegangen ist? Was bricht da plötzlich aus ihr heraus? Vielleicht liegt es daran, dass sie nicht nach Hause will. Weder zu dem teuren Flachbildschirm von Bang & Olufsen noch zu der modernden Stereoanlage derselben Herstellerfirma. Nicht zu dem Sofa, auf dem niemand mehr neben ihr sitzt, nicht zu dem Bett, dessen zweite Hälfte unbenutzt bleibt. Ihre Wohnung ist ihr zur Bedrohung geworden, in ihrer Wohnung fällt sie ins Bodenlose. Das Fallen hat mit dem Denken zu tun. Wie die Liliputbahn durch den Prater, fährt das Denken durch Sonjas Kopf, immer im Kreis, rattert vor sich hin, kommt nie zum Stillstand. Nur wenn Sonja nicht allein ist, wenn die Stimmen der anderen das Rattern in ihrem Kopf überlagern, lässt es sich einigermaßen aushalten. Deswegen geht sie manchmal mit den Arbeitskollegen ins Café gleich neben dem Eingang des hohen Bürogebäudes, in dem sie arbeitet, und wartet darauf, dass die Zeit vergeht. Danach fährt sie zu Gery. Bei ihm erinnert sie nichts an ihr altes Leben. In seiner Wohnung liegen stapelweise verstaubte Bücher und Videokassetten am Boden, Aschenbecher quellen über und Punkmusik dröhnt aus den Boxen. Gerys Unordnung lässt sie die eigene Sucht nach Ordnung vergessen, seine ungestümen Berührungen verdrängen die Erinnerung an Jakobs sanftes Streicheln.

Aber was kommt danach?

Rasch drängt sie Gery ins Spiegelkabinett. Das Leben geht weiter, geht immer irgendwie irgendwo weiter, spiegelt sich in scheinbarer Unendlichkeit.

Teil 3

Absorption

Seit Joes Tod treibt Gery durch die Tage wie in einem Schlauchboot. Arme und Beine gefesselt, im Mund ein verfilzter Wattebausch, da dringt kein Schrei durch, ist keine Bewegung möglich. Mit starrem Blick geht es geradeaus, immer der Strömung nach. So stark ist die Strömung in Wien Gott sei Dank nicht, deswegen fahren ja alle nach Südamerika zum Wildwasserpaddeln. Das Boot treibt dahin, verfängt sich in Wurzeln, hängt ein bisschen fest, treibt weiter. Montag, Dienstag, Mittwoch, Tag für Tag.

Nur die alte Hedi Brunner hat einen wachen Blick, die kümmert sich, päppelt den Haltlosen auf und verabreicht Seelentropfen. Alle zwei Tage kommt Gery zu ihr und bringt ihr Bücher und DVDs aus der Bücherei mit. Setzt sich auf ihr Blümchensofa, sieht ihr beim Schaukeln und Wippen zu und fühlt sich dabei wie ein kleines Kind. Das ist wie Ferien bei der Großmutter, die er nie gehabt hat, da gibt es Kaffee und Kuchen und Filme in Schwarzweiß. Nur der Cognac passt nicht so recht zum Oma-Enkelkind-Nachmittag.

Bei Hedi kann er sich zurücklehnen und die wunden Handgelenke reiben. Sie hört ihm zu und stellt keine Fragen. Das Leben ist, wie es ist, daran ändern auch Erklärungen nichts. Wozu sich aufregen, denkt sich Hedi schon lange, das beschert einem ja doch nur ein Magengeschwür. Dabei hat sie selbst eines, aber davon darf Gery nichts wissen, genauso wenig wie ihre Tochter, obwohl die bestimmt ein gutes Rezept wüsste. Aber davor fürchtet sich Hedi am allermeisten, Haferschleimsuppe bis zum Tod, da stirbt man lieber ein paar Monate früher und bekämpft das Stechen in der Magengrube mit Cognac.

Hedi weiß, dass es dem Ende zugeht. So wie alle Zweiundachtzigjährigen wissen, dass es dem Ende zugeht, auch wenn es bei manchen dann noch fünfzehn Jahre dauert. Das Alter bringt den Vorteil absoluter Ruhe mit sich, da setzt man sich freiwillig in ein Schlauchboot und treibt die Donau hinunter, da muss einen nicht erst das Schicksal an Händen und Beinen fesseln und Watte in den Mund stopfen. Im Alter sieht man alles aus der Distanz, schaut man wie der liebe Gott auf das menschliche Treiben und lächelt darüber hinweg. Deswegen stehen die Stühle der Alten immer vor dem Fenster, bewegt sich der Vorhang so oft. Wenn einem kein eigenes Leben mehr bleibt, muss man am Leben der anderen teilhaben, sonst würde man vor Langeweile auf der Stelle tot umfallen. Das würde den Politikern so passen, ein voller Pensionstopf, den man umschichten könnte, am besten in die eigene Tasche. Da schaut man lieber aus dem Fenster, lebt noch ein paar Jahrzehnte und lässt sich sagen, man schädige die Staatskasse.

Hedi Brunner kann sich nicht beklagen, ihr verstorbener Mann hat bei der Bahn gearbeitet und ihr eine saftige Witwenpension hinterlassen. Sie kann sich die eine oder andere Schnitte aus der Konditorei und das Fläschchen Cognac also leisten. Gery isst die Tortenstücke allein, schlingt sie hinunter, und Hedi sieht ihm dabei zu. So ist sie, die Jugend, die muss essen, dass einmal etwas wird aus ihr. Mit zweiundachtzig braucht man nicht mehr viel, da geht man an allen Ecken und Enden ein, wird krumm, zusammengefaltet und brüchig wie eine Ziehharmonika, auf der niemand mehr spielt.

»Iss ruhig, mein Mittagessen war eh so üppig«, sagt sie.

Üppig, von wegen, denkt Gery, als er das rosafarbene Papier der Konditorei in den Mistkübel wirft, da drinnen liegen drei Viertel davon. Doch er denkt nicht weiter darüber nach, verdrängt stattdessen die eigene Leere mit Hedis Tortenstücken, spült den Wattebausch mit Tee und Kuchen hinunter und lässt ihn durch die Speiseröhre wandern, bis er im Magen liegen bleibt, wo ihn Hedi Stück für Stück herausoperiert. Danach fährt er nach Hause und legt sich neben Sonja.

Die nimmt, was sie bekommen kann und schluckt die Gedanken an die Zukunft hinunter. Irgendwann wird alles hochkommen, dann wird sie mit einem einzigen riesigen Schwall alles auskotzen. Vielleicht wird es ihr dann besser gehen. Alles geht vorüber, wie der Winter und der Schnee.

Nebenan singt der Nachbar, übt mit der Thailänderin für den Talentwettbewerb, wie eine Kinderflöte quietscht Mimis Stimme: *Oh-oh-oh, so in love!* Im Hintergrund dröhnt der Rhythmus des Keyboards. Man ist ausgerüstet, fünfundvierzig Instrumente, hundertzwanzig Rhythmen. Herbert Sichozky hat sie alle durchprobiert, und Gery war auf der anderen Seite der Wand live dabei.

Armes Würstchen, denkt er über den Nachbarn, der bekommt nicht einmal mit, wie lächerlich er sich vor der gesamten Zuschauerschaft macht, wenn er im Hawaiihemd auftritt und sich von dem ehemaligen Fußballstar, der in der Jury sitzt, bewerten lässt.

Das österreichische Privatfernsehen ist ein apokalyptischer Vorbote, frauensuchende Bauern, familientauschende Mütter und singende Exfußballer läuten den Untergang der Zivilisation ein. Aber wenigstens hat der Nachbar noch einen Traum.

Gery legt seine Hand in Sonjas Schoß, fährt ihr mit den Fingern durchs Schamhaar, ihre Zungen verschränken sich ineinander, und wieder muss Gery an Joe und Marie denken, und dass er die Liebe, von der Joe immer gesprochen hat, auch gern einmal spüren würde.

Marie legt die Hände des Vaters auf das weiche Päckchen, das sie ihm mitgebracht hat. Sie sitzen am großen Fenster. Im Garten der Sigmund-Freud-Klinik geht einer seine Runden, den Oberkörper leicht nach vorne gebeugt, die Hände in den Manteltaschen vergraben.

Marie wickelt das Geschenk aus. Es ist ein altes Stofftier, ein weicher, grauer Dachs. Der Plüsch am Hals ist so dünn und abgegriffen, dass der Kopf des Stofftieres wackelt.

»Kannst du dich erinnern? Den hast du mir einmal geschenkt.«

Der Vater bewegt sich nicht.

Was hat sie sich gedacht? Dass er mit seiner Hand über das verfilzte Kunstfell streichen würde?

Marie flüstert. »Den Dachs hast du mir im Eggenberger Schloss gekauft.« Sie sitzen vor dem Fenster. Marie hört den Stift der diensthabenden Schwester übers Papier kratzen.

»Im Schloss hat es ausgestopfte Tiere gegeben. Füchse, Hasen und Rehe. Und eine Dachsfamilie. Sie sind alle vor furchtbar kitschigen Waldkulissen gestanden, aber mir haben sie gefallen. Ich habe immer versucht, sie zu fotografieren, kannst du dich erinnern? Meist hat man aber nur den Blitz gesehen, der sich in der Glasscheibe gespiegelt hat. Weil ich so enttäuscht war, hast du mir dann den Dachs gekauft.«

Sie streicht mit dem Finger über den Handrücken des Vaters.

»Weißt du noch, wie Mami immer geschimpft hat, weil ich den Dachs überallhin mitgenommen habe? Sie hat mir verboten, ihn ins Bett mitzunehmen. Aber sobald sie das Zimmer verlassen hat, habe ich ihn wieder unter die Bettdecke gezogen. Und weil Mami in der Früh dann noch mehr geschimpft hat, hast du mir die kleine blaue Wippe gebaut.«

Marie lehnt ihren Kopf gegen die Schulter des Vaters. Tränen kitzeln auf den Wangen, sie fängt sie mit ihrer Zunge auf, sobald sie auf der Oberlippe ankommen. Dann richtet sie sich wieder auf und sucht nach einem Taschentuch. Merkt nicht, dass einer der Patienten von hinten an sie herantritt.

»Geht es Ihnen gut?«

Marie zuckt zusammen.

»Danke, es geht schon wieder.«

Die Krankenschwester sieht von ihrem Kreuzworträtsel auf.

»Ich habe kein Taschentuch«, sagt Marie und lächelt den Mann an.

Der Mann geht zur Schwester und bittet sie um ein Kleenex. Kommt zurück und hält es Marie hin, streicht ihr kurz über die Schulter und geht dann in sein Zimmer. Die Schwester senkt den Kopf. Sie ist wohl daran gewöhnt, dass hier geweint wird, denkt Marie.

Sie haben die Wippe bei ihrem Umzug nach Wien vergessen und den Verlust erst zwei Wochen später, als alle Kartons ausgepackt waren, bemerkt. Der Vater rief die Großmutter an und bat sie, bei den neuen Wohnungseigentümern nachzufragen, doch die hatten die Wippe längst entsorgt.

Der Vater baute Marie keine neue Wippe. Überhaupt war er plötzlich ein anderer, als hätte die Wiener Luft ihn vergiftet. Statt mit Marie ins Naturhistorische Museum zu gehen, lag er auf dem Sofa. Marie ging einkaufen und schlichtete die Sachen in Kühlschrank und Kästen. Setzte sich an den Küchentisch und notierte die Ausgaben in ein Schulheft. Danach setzte sie sich neben den schlafenden Vater und strich ihm übers Haar. Der Vater schnarchte, und manchmal wimmerte er im Schlaf.

Am Morgen hob Marie die leeren Zigarettenpackungen und Flaschen auf und stopfte alles in einen schwarzen Müllsack, den sie am Weg zur Schule in einen großen Container legte, ganz vorsichtig, damit niemand hören konnte, dass in ihm Glasflaschen waren. Währenddessen fragte sie sich, was wohl mit ihr geschehen würde, wenn jemand die Flaschen entdeckte. Würde sie in ein Heim kommen, oder würde sie wieder zur Großmutter nach Graz ziehen dürfen?

Sie sieht aus dem Fenster.

»Wie schnell der Winter vergangen ist.«

Eine Weile bleibt sie noch sitzen, dann steht sie auf, drückt dem Vater einen Kuss auf die Wange und steckt das Geschenkpapier in den nächsten Mülleimer.

Sie verlässt die Klinik und geht über die matschigen Parkwege zur Haltestelle. Im Bus entwertet sie ihren Fahrschein und setzt sich auf die Rückbank. Greift in die Handtasche, öffnet das Seitenfach und holt den Brief heraus. Jedes Mal, wenn sie Palicinis Unterschrift sieht, muss sie an seine Palatschinken denken: wunderbar dünne süße Teigscheiben, gefüllt mit Powidl und Mohn, ein Häufchen Sauerrahm obendrauf.

Sie saßen beim Tisch gleich neben dem großen Herd. Joe, Gery, sie und ein hagerer Typ mit weißem Vollbart.

Was hat dieser dicke Palatschinkenkoch mit Joes Testament zu tun? Und warum soll sie ausgerechnet in den Prater kommen?

Marie nimmt die Einladung aus dem Kuvert, liest sie zum hundertsten Mal. Ein Satz, den Joe einmal gesagt hat, fällt ihr ein.

»Gott ist ein schlechter Gärtner. Er stellt uns wie Pflanzen in ein Glashaus, gießt ein paar Mal drüber und geht dann auf ein Bier.«

Und was, wenn alles nur ein übler Scherz ist? Wenn Joe gar nicht tot ist, wenn er sie aus der Ferne beobachtet? Sie stellt sich vor, wie sie vor der Zwergerlbahn warten wird. Kinder werden an ihr vorbeirennen, Spaziergänger werden mit ihren Hunden vorübergehen, und im Hintergrund wird sie das Kreischen und Juchzen der Kleinen hören, wenn sie von den Plastikzwergen angespritzt werden. Sie wird dort stehen und warten, und keiner wird kommen. Und ausgerechnet in dem Moment, in dem sie sich umdrehen wird, um zu gehen, wird sie jemand an der Schulter packen, herumwirbeln, sie auf den Mund küssen, und ihr Herz wird fast in die Hose rutschen …

Mit quietschenden Reifen kommt der Bus zum Stehen. Marie fällt nach vorne, halb aus dem Sitz heraus.

»Krautschädl, bleder!«, schreit der Busfahrer.

Mit einem Ruck kehrt Marie in die Gegenwart zurück. Sie reckt den Hals. Ein Auto ist zu weit in die Kreuzung hineingefahren. Wie dumm ich doch bin, denkt sie. Als wäre ich nicht bei der Beerdigung gewesen, als hätte ich nicht Joes Sarg gesehen. Und was denk ich da überhaupt, wie wenn ich mir wünschen würde, dass er noch lebt, dass er mit einem Mal auftaucht und mich küsst.

3 Februar ist eine schlimme Zeit, da dauert die Kälte schon zu lange an. Eisig pfeift der Wind ums Haus und bringt die Menschen hinter ihren dicken Vorhängen zum Zittern. Nicht umsonst treffen sich im Februar die Gaukler und Narren, um mit ihren Masken und bunten Kostümen das Grau aus den Städten zu vertreiben. Gelingen will es ihnen dennoch nicht so recht. Zwar zeigt sich die Sonne an manchen Tagen schon zaghaft und versucht, die Städter von ihrer Kraft zu überzeugen – dann wandert alles auf die umliegenden Hausberge, wo man ihr ein wenig näher zu sein glaubt –, doch diese Zeit ist nur von kurzer Dauer, und schon nach ein paar Tagen glaubt man nicht mehr an die flüchtige Wärme. Wie ein ferner Traum erscheint sie einem, wenn man am Donaukanal ent-

145

langspaziert, und der Wind die kahlen Äste und den Mantel-
kragen wieder fest im Griff hat.

So gehen auch Max und Gerd an diesem kalten Februartag,
eingewickelt in dicke Mäntel, die Praterstraße entlang, hinunter zu ihrer Wirkungsstätte, dem legendären Haus des Praterkasperls, das jetzt ganz neu ist und gar nicht mehr an den auf-
müpfigen Witzbold von einst erinnert. Der Prater wird immer
bunter und lauter, aber seine Glanzzeiten sind vorbei, da helfen auch die vielen Hochschaubahnen und der neue Eisvogel
nichts. Am unteren Ende der Praterstraße, gleich unten beim
Praterstern, wo der alte Tegetthoff auf die Fußgänger hinunter-
blickt und man neuerdings alles aufbohrt, dort, wo alles trist,
dreckig und grau ist und sich die Wiener Schwermut in ihren
düstersten Farben über die Menschen legt, wohnen Gerd und
Max, Herren des legendären Praterkasperls und der berüch-
tigten Hexe Tussifussi. In ihrer kühlen Zweizimmerwohnung
direkt über der brodelnden Stadt vollführen sie jeden Morgen
das gleiche Ritual. Gerd sprüht Schaum auf seine Handfläche
und verteilt ihn auf Max' Gesicht, und Max sitzt ganz still, lässt
sich die Cappuccinotasse in die Hand legen, und wartet mit
geschlossenen Augen auf Gerds zarte Berührung. Das Auftra-
gen der weißen Maske dauert etwa eine halbe Stunde. Gerd
grundiert, pudert und pinselt, und Max wackelt mit der Nasenspitze. »Halt still«, sagt Gerd und fährt mit dem Kajal am
unteren Rand des Maxauges entlang, bis in die seichten Augen-
winkelfältchen hinein.

Dann verlassen sie die Wohnung. Arm in Arm schlendern
sie am Tegetthoff-Denkmal vorbei, um Podreccas beschimpfte
Stahlkonstruktion herum und in den Prater hinein und stre-
ben, das Riesenrad rechts liegen lassend, auf das neue Kasperlhaus zu.

Heute haben sich zwei Kindergartengruppen angemeldet.

Max holt den hölzernen Gesellen aus seiner Truhe, einst Liebling aller Wiener, heute nur noch Staffage fürs Kinderfernsehen.

»Was meinst du?«, sagt er zu Gerd. »Ob es eine gute Idee war, dem alten Palicini zuzusagen? Glaubst du wirklich, das lässt sich machen?«

Gerd, einer Generation entstammend, die sich noch an die Glanzzeiten des Kasperls erinnert, nimmt Max die Puppe aus der Hand und schenkt ihr ein liebevolles Lächeln.

»Alles lässt sich machen, mein Lieber. Und unser Freund hier darf endlich wieder der sein, der er immer war.«

Und so legt sich, während Gerd und sein jugendlicher Harlekin die Kulissen aufbauen und Pavel Palicini gleich ums Eck mit dem Betreiber der Ersten Wiener Hochschaubahn verhandelt, ein seltsames Gerücht über die Hochschaubahnen, fliegenden Sessel und Autodrome. Leise wispert es zwischen dem lauten Gedröhne der Stahlkonstruktionen und durchflitzt Imbissstuben und Labyrinthe, wo es sich in den konvexen und konkaven Wölbungen der Spiegel verirrt.

Nur Marie und Gery, deren Existenz die ganze Aufregung überhaupt erst ausgelöst hat, ahnen nichts von Palicinis eifrigem Treiben. Sie schlendern durch die kalten Gassen und halten ihre Köpfe gesenkt, Gery auf dem Weg zur Schmelzbrücke, Marie auf dem Weg nach Hause nach einem langen Tag voll Unterrichtsstunden und Fördereinheiten.

Der Wind pfeift und bläst um jede Ecke, peitscht Sonja den Pferdeschwanz ins Gesicht, fährt Willibald Blasbichler unter den Mantel und weht Norbert Stierschneider das Toupet vom Kopf, sodass es ganz schief sitzt, als er bei seiner Schwägerin Anna an der Wohnungstür läutet.

Und so vergehen die letzten Winterwochen. Das Leben geht weiter, nur auf der Schmelzbrücke bleibt es ein wenig zu still, verkürzt niemand die trüben Tage mit Weingläsern und Marionetten. Mit traurigen Blicken sehen die Kinder der Umgebung von Rudolfsheim nach Fünfhaus und erinnern sich an den Vogel Strauß, der vor gar nicht allzu langer Zeit noch hier getanzt hat. Doch Kinder vergessen schnell. Nur der alte Muzaffer wickelt sich den Mantel enger um den Körper. Manchmal, wenn er über die Brücke geht, sieht er Joes Freund dort stehen. Dann stellt er sich neben ihn, legt ihm kurz die Hand auf die Schulter und geht wieder weiter. Der arme Junge, denkt er dann immer, Menschen, die sich das Leben nehmen, wissen nicht, was sie anderen damit antun. Als Kosovo-Albaner kennt sich Muzaffer aus mit dem Tod. Was er jedoch nicht wissen kann, ist, dass Gery Joes Selbstmord gespeichert hat. Was hat es zu bedeuten, dass sich Joe ausgerechnet vor den Augen seiner Kamera in den Tod gestürzt hat? Verlangt er tatsächlich von ihm, dass er der Welt Joes Tod vor Augen führt? Als grandioses Finale?

So fängt Gery schließlich an, das Material der letzten Jahre zu schneiden. Joes Leben zwischen den Brücken und Lokalen, Joes Marionetten und Weingläser, Joes baumelnde Beine über der Westbahn. Ganze Nachmittage sitzt er vor dem Computer, kopiert und schneidet, Szene für Szene, Gespräch für Gespräch. Aber wie Joes Abwesenheit filmen? Wie die leere Stelle dokumentieren, die Joe hinterlassen hat? Also pendelt er zwischen den Brücken und hält die Kamera auf verwaiste Geländer und Fahrbahnen gerichtet. Es sind Momentaufnahmen seiner unaussprechlichen Einsamkeit. Danach packt er alles wieder in die Tasche, holt Papers, Tabak und ein kleines Döschen hervor, bröselt, wuzelt, leckt und inhaliert dann in langen tiefen Zügen. Danach geht er zu Fuß nach Hause, legt sich neben Sonja und bettet seinen Kopf in ihren Schoß.

Sonja hat schon auf ihn gewartet. Was bleibt, wenn Träume

wie Seifenblasen zerplatzen? Ein voll gefüllter Aschenbecher
am Bettrand und eine offene Rotweinflasche am Nachtkästchen, saurer Geruch nach Wein und Nachtschweiß in der Luft.

Am Morgen befreit sie sich aus Gerys Armen. Auf der Klo-
muschel sitzend lehnt sie den Kopf gegen die kühle Wand.
Dahinter hört sie das Lachen der Nachbarn. Auf der Klotür
klebt das Manifest für eine Gesellschaft ohne Geld, daneben
die Köpfe von Che und Marx. Am Boden eine alte Ausgabe
des Obdachlosenmagazins *Augustin,* im Eck ein zerfledder-
tes Buch von Kundera, dazwischen ein blau-weißes Päckchen
o.b. – stummer Zeuge weiblicher Existenz inmitten der Anar-
chie.

Arme Sonja. Da sitzt sie nun auf der hölzernen Klobrille und
weiß nicht mehr, wer sie eigentlich ist. Warum stört sie Gerys
Dreck nicht? Weil sie weiß, dass sie ihm seinen Dreck nicht abgewöhnen muss, weil sie sich ja doch keine Zukunft mit ihm
vorstellen kann? Aber wenn sie sich keine Zukunft mit ihm
vorstellen kann (und das war doch immer so wichtig für sie),
was empfindet sie dann, wenn er sie umklammert, den Arm
unter ihrem Kopf hindurchschiebt und sich an sie schmiegt,
sein Atem ein wenig wie der des Aschenbechers am Bettrand?
Warum ist sie trotz allem so gerne bei ihm, warum ist ihr seine
Wohnung wie eine Auszeit, eine kleine Pause vom sauberen
Leben, das sie immer so gerne geführt hat – von den steif ge-
bügelten Blusen und Röcken, in die sie sich jeden Tag zwängt,
von den Guten-Morgen-Grüßen, die ihr gegen die Schläfen
hämmern, Schalen aus Anstand und Höflichkeit, dünn und
zerbrechlich. Wehe dem, der das Ei fallen lässt, dann fließt alles heraus, der ganze Unrat, die ganze Mieselsüchtigkeit. Man
sieht es den Kollegen und Kolleginnen an, hinter dem Schreibtisch, im Lift und an der Kaffeemaschine. Zwischen den verka-
belten Monitoren der Versicherungsmathematik ist niemand

glücklich. Kommen Sie zu uns, machen Sie uns Ihre Sorgen zum Geschenk, denn die möchten wir haben, lieber als unsere eigenen.

Hat sie sich wirklich so sehr verändert?

Dabei hat sie so lange studiert für einen Beruf samt Überstunden und Aufstiegschancen. Die Leiter zum Erfolg steht für sie bereit, die Sprossen führen nach oben, zu Ruhm und Geld und noch mehr Überstunden. Mit ihrem Röckchen durfte sie hinauf, ein Röckchen zwischen Hosenträgern, darauf sollte sie doch eigentlich stolz sein! Und es war ja auch schon alles geplant, bald hätten Jakob und sie einen Kredit finanzieren können, dann hätten sie eine Wohnung gekauft, achtzig Quadratmeter, mitten in der grünen Peripherie am Fuße des Schafbergs. Sie hat sich schon mit dem Kinderwagen die Ladenburghöhe hinaufgehen gesehen, dorthin, wo im Herbst immer die Kastanien liegen, hinüber zum Pötzleinsdorfer Schlosspark, wo die Eichkätzchen von den Bäumen huschen und sich die mitgebrachten Nüsse aus den Handflächen schnappen.

Was ist aus ihrer Liebe zu Jakob geworden? Jetzt, da sein Gesicht aus ihrem Blickfeld gerückt und seine Worte verhallt sind, was bleibt davon noch übrig?

Sonja betätigt die Spülung und tapst ins Badezimmer.

Hinter den Mauern wird es Frühling. Schwarze Vögel satteln ihre Rucksäcke und fliegen gen Norden. Bald wird die Sonne auch die letzten Reste der Melancholie vertreiben und einem Gefühl der Hoffnung Platz machen. Aufatmend schieben die Wiener die dicht gewebten Vorhänge zurück.

4 Es war an einem Frühlingstag wie diesem und auf den Bäumen des Krankenhausareals marschierten Feuerwanzen auf.

»Schusterkäfer«, sagte Marie, die sich plötzlich wieder erinnern konnte, wie der Vater sie immer genannt hatte.

Sie breitete ihre Jacke aus und setzte sich neben den Jungen. Seine braunen Augen krochen unter dem dunkelblonden Haar hervor, so, als machten sie sich auf den Weg, vielleicht zu ihr. Sahen ihr dabei zu, wie sie in ihre Tasche griff und wühlte. Wie sie schließlich die letzte Marille herausfischte und sie am Pulloverärmel abwischte. Auch diese würde hart sein, wie die anderen es gewesen waren, und nicht nach Marille schmecken. Trotzdem reichte sie sie dem Jungen.

Der Junge sah den Käfern zu und biss in die Frucht.

»Danke«, sagte er.

Marie sah ihn an. Hatte ihre Zimmernachbarin sie etwa angelogen, als sie ihr erzählt hatte, der Junge würde nicht sprechen?

»Man erzählt sich, dass du dich weigerst, mit anderen zu reden«, sagte Marie.

Der Junge grinste sie an. Zeigte dabei seine zwei Schneidezähne und den kleinen Spalt dazwischen. »Wieso? Ich rede doch mit dir!«

Marie steht in der Küche, legt eine Kapsel in die Nespressomaschine. Es ist kurz nach Mitternacht. Jakob schläft schon, nur sie kann nicht einschlafen, denkt schon wieder an Joe. Den dreizehnjährigen Jungen im Gras, von dem es geheißen hatte, dass er nicht spricht, und der dann doch mit ihr gesprochen hat.

Ein paar Tage, nachdem sie ihm die Marille geschenkt hatte, verriet er ihr, dass er alle zum Narren hielt. Dass er ein Spiel spielte, weil er sich nicht gefallen lassen wolle, dass alle zu wissen glaubten, was mit ihm los sei. Damals war er erst dreizehn.

Ach, Joe.

Erinnerungen sind eine dumme Sache. Immer wieder rotzen sie Vergangenes hoch, wie ein Kettenraucher am Morgen den Schleim, der sich tags zuvor in seinen Lungen festgesetzt hat. Gelblich-grauer Schleim, zähflüssig nach oben gehustet.

Wie er gelacht hat, als er ihr seine Zeichnungen hinhielt. Joe konnte gut zeichnen. Die Bilder zeigten allesamt Primarius Würfler. Den Doktorkittel aufgeknöpft, mit hängender Zunge und hängendem Geschlecht. Nicht einmal die Männlichkeit hat Joe ihm gelassen, klein und verschrumpelt hing der Doktorschwanz zwischen den Kittelfalten und brachte Marie zum Lachen.

Marie fragt sich, was die Stationsärzte wohl gesagt haben, wenn sie Doktor Michael, wie Joe ihn nennen durfte, auf den Zeichnungen erkannt haben.

»Wieso machst du das?«, hat sie Joe gefragt. »Du wirst Probleme kriegen, die werden dich hier nie rauslassen.« Er hat nur mit den Schultern gezuckt. Erst Jahre später, als sie ihm auf der Schmelzbrücke über den Weg lief, meinte er: »Die haben mich genau deswegen rausgelassen. Die wollten mich so schnell wie möglich loswerden.«

Und vielleicht hatte er sogar recht, denkt Marie jetzt, als sie Zucker in den Kaffee rührt und in den Vorraum tapst, um sich die Daunenjacke zu holen. Sie stellt sich auf den Balkon und steckt sich eine Zigarette an. Die Katze läuft zu ihr, streicht um ihre Beine und springt auf den Tisch. Im Fenster gegenüber sieht Marie eine Zigarette aufglimmen, wie ein Morsesignal, das nur für sie bestimmt ist. Ob das der Mann der Staubtuchfrau ist? Bestimmt legt er sich gleich zu ihr, denkt sie. So wie ich mich zu Jakob legen werde. Ob auch er an seine Vergangenheit denkt? Eine Vergangenheit vor seiner Ehe mit einer, die immer alles aus dem Fenster beutelt?

Marie dämpft die Zigarette aus. Sieht der Katze zu, wie sie an den vertrockneten Rosmarinzweigen knabbert. Der Keramiktopf kippt um, rollt über die Tischkante und zerspringt mit einem Klirren. Erde bröckelt auf die Betonfliesen. Marie zündet sich noch eine Zigarette an, denkt an den Abend, an dem sie Joe zum ersten Mal wiedersah.

Sie wollte zu einer Veranstaltung, zu der sie ein Arbeitskollege eingeladen hatte. Das Lokal war auf der anderen Seite der Schmelzbrücke, gleich beim Stiegenabgang. Marie ging, von der U-Bahnstation kommend, über die Brücke. Wollte den jungen Mann, der auf der anderen Seite stand, nach dem Lokal fragen, also ging sie nochmals zurück, überquerte die Fahrbahn und ging zur anderen Seite der Brücke. Sie erkannte ihn sofort. Nach einer Weile, die sie einander einfach nur angestarrt haben, sagte Marie: »Ich habe heute keine Marille dabei.« Eine Sekunde später hatte sie vergessen, warum sie über die Brücke gegangen war. Sie blieb neben Joe stehen und blickte auf die Züge. Joe wollte alles über sie wissen. Er bombardierte Marie mit Fragen, und sie antwortete. Erzählte – während der Wind über die halb gefüllten Weingläser strich und eine zarte Melodie in die Abenddämmerung entließ –, wie sie zu studieren begonnen hatte, wie sie von zu Hause ausgezogen war, dass sie gerade ihr Probejahr als Lehrerin absolvierte, und dass sie vielleicht sogar an der Schule bleiben können würde.

Die Frage, was Joe hier eigentlich tat – Marie warf einen Blick auf die mit Wasser gefüllten Weingläser und die Marionetten –, stellte sie erst, als sie einander alles andere erzählt hatten. Joe antwortete nicht. Verlangte stattdessen von ihr, dass sie sich auf das Geländer setzte.

»Du musst keine Angst haben, ich halt dich ganz fest«, versprach er, also kletterte sie mit seiner Hilfe hoch, schwang die Beine über die Eisenkonstruktion und ließ sie dann hinunterbaumeln. Dabei fragte sie sich, ob sie jetzt völlig durchgedreht sei. Immerhin kennst du ihn nicht, wer weiß, wie er drauf ist, vielleicht ist er noch verrückter, als er mit dreizehn war, vielleicht schubst er dich hinunter. Doch Joe hielt sie fest umschlungen und presste dabei sein Gesicht in ihre Nackenbeuge.

Als der Mond wie ein fetter Käselaib die Schornsteine hochkletterte und sich im Gewirr der Oberleitungen verfing, saß sie noch immer auf dem Geländer, und erst als er seinen Befreiungsakt schon fast vollendet hatte und sich über die Dächer davonmachte, sammelten sie Gläser, Stuhl und Tisch ein und trugen alles in die Zwölfergasse hinunter. Joe kaufte eine Flasche Rotwein, in demselben Lokal, in dem Maries Arbeitskollege vergeblich gewartet hatte, dann gingen sie hinauf in seine Wohnung.

»Auf die, die einmal übers Kuckucksnest geflogen sind«, sagte Joe, als er ihr das Weinglas in die Hand drückte. Zwei Stunden später lagen sie nebeneinander und strichen einander zaghaft über die Haut.

Marie dämpft die Zigarette aus. Hebt die Katze hoch und trägt sie ins Zimmer. Schließt die Balkontür. Dann zieht sie die Jacke aus und geht ins Bad, wo sie den Wasserhahn aufdreht und den Kopf ins Waschbecken hält. Sie schamponiert ihr Haar und kneift die Augen zusammen. Als sie wieder hochkommt, sieht sie in den Spiegel. Sucht nach Zeichen des Alters und findet keine. Sieht sie anders aus als damals? Sie holt den Föhn heraus und schließt die Badezimmertür, um Jakob nicht zu wecken. Als sie sich schlafen legt, ist es halb drei. Jakobs Schnarchen folgt einem geheimen Muster. Würde man es

mittels eines Detektors aufzeichnen, könnte man es auf Over-
headfolien ausdrucken, eine Folie für jede Nacht, und würde
man sie aufeinander legen, so wären die Kurven vielleicht de-
ckungsgleich.

5 Am Dienstag, dem vierundzwanzigsten Februar verwei-
gert Hugo Steinwedel das Mittag- und Abendessen. Als
am Tag darauf seine Atmung aussetzt, befinden sich sofort drei
Schwestern sowie zwei Ärzte an seinem Bett. Nach der erfolg-
reichen Wiederbelebung fällt er endgültig in einen Zustand,
den man in der Medizin als Apallisches Syndrom bezeichnet.
Hugo Steinwedel wird ins Landeskrankenhaus überführt, wo
seine Körperfunktionen per Monitor überwacht werden. Drei
Tage lang sitzt Marie an seinem Bett, von dem aus man nicht
mehr in einen Garten, sondern auf eine weiß gekachelte Wand
sieht. Dem Vater wachsen Schläuche aus dem Körper, wie die
Beine einer Spinne krabbeln die Plastikkanülen über das Bett.
In Maries Handtasche vibriert es. Sie ignoriert das Handy, wird
Jakobs SMS erst Stunden später lesen. Am späten Abend fährt
sie zur Wohnung der Großmutter, wo sie sich in das frisch
überzogene Bett legt. Am nächsten Morgen steigt sie wieder in
Bus und Straßenbahn und fährt zum Krankenhaus. Hält die
trockene Hand des Vaters in der ihren und wartet darauf, dass
etwas geschieht, doch es geschieht nichts.

Sonntagabend fährt sie zurück nach Wien, unterrichtet,
korrigiert Hausübungen und bereitet Tests und Schularbeiten
vor. Samstagmittag verlässt sie das Schulgebäude mit gepack-
ter Reisetasche, fährt zum Südbahnhof, Bahnsteig vierzehn,
und wartet darauf, dass der Zug einfährt. Als sie drei Stunden
später ins Krankenhaus kommt, sitzt die Tante bereits im War-
teraum.

»Der Arzt glaubt, dass er nichts mehr spürt«, sagt sie. »Er ist ein lebender Toter.« Sie weint.

Marie streicht der Tante unbeholfen über den Rücken und schickt sie nach Hause. Sie sei ja jetzt da, die Tante solle sich ausruhen. Dann geht sie ins Zimmer des Vaters. Man hat ihn verlegt, in einen kleinen Raum mit gelben Wänden. Aus seinem Körper wachsen immer noch Kabel, klettern zu einem Kasten hinauf. Der Bildschirm zeigt Herzschlag, Puls und Sauerstoffsättigung an. Die Krankenschwester kichert. Schlägt Marie vor, die Klammer am Zeigefinger des Vaters bei sich anzustecken: »Probieren Sie mal!«

Mit einem erwartungsvollen Nicken sieht sie Marie an, also tut die ihr den Gefallen, nimmt die Klammer vom Finger des Vaters und steckt sie an den eigenen Zeigefinger. Die gelbe Linie verändert sich nur kurz und pendelt sich wieder ein. Marie steckt die Klammer wieder auf den Finger des Vaters. Streicht ihm sanft über den Handrücken und sieht auf die Sauerstofflinie. Der Vater hat bessere Werte als ich, denkt sie. Dann fragt sie sich, wie lange er wohl hier liegen wird. Und was, wenn er nie wieder aufwacht?

Hugo Steinwedel befindet sich zu diesem Zeitpunkt auf den Stufen des kleinen Wohnhauses in der Via Magione und isst Feigen. Neben ihm sitzt seine junge Frau Sofia und blättert in einer Illustrierten. Die Sonne ist bereits am Untergehen, und die Hitze des Tages lässt ein wenig nach. In den letzten Tagen ist es windstill und schwül gewesen. Sofias Haare kleben im Nacken, die Haut darunter schmeckt salzig. Ihr Duft ist in diesen Tagen würziger als sonst, ganz so, als hätte man dem Honig eine Prise Rosmarin beigemengt. Hugo lehnt seinen Kopf an ihre Schulter und atmet tief ein. Von oben dringt Essensgeruch auf die Gasse herunter, vermischt sich mit Sofias Duft. Hugo kann Paprika und Tomaten ausmachen. Fünf Minuten später durchschneidet Anna Grazias Stimme die Abendstille. Mit einem behaglichen Seufzen stemmt sich Hugo hoch, und auch Sofia klappt die Zeitung zu.

Als die Krankenschwester kurz darauf das Krankenzimmer abermals betritt, teilt Marie ihr aufgeregt mit, dass sie den Vater seufzen gehört habe.

»Das ist normal, da müssen Sie sich keine Sorgen machen.« Marie weiß, was sie damit sagen will.

Am Mittwoch ruft Walpurga in Wien an und teilt Marie mit, dass man Hugo in ein Rekonvaleszentenheim verlegen wolle.

»Der Arzt hat gesagt, dass wir uns langsam nach einem geeigneten Pflegeplatz umschauen sollten«, sagt sie.

Man will Hugo also loswerden. Die Betten in den Krankenhäusern sollen für jene frei sein, denen wirklich zu helfen ist. Als Marie sich neben Jakob legt und sagt: »Aber am Sonntag hat mein Vater geseufzt«, streicht er ihr übers Haar. Küsst sie auf die Stirn und sagt: »Meine arme Kleine.« Daraufhin beschließt Marie, nie wieder mit ihm über ihren Vater zu reden.

Sonja schiebt den Rock hoch und den Slip hinunter und drängt sich gegen Gerys Unterleib. »Nicht jetzt«, sagt der, doch sie hört nicht auf, öffnet seine Gürtelschnalle, zieht und zerrt, bettelnde Augen, fordernder Mund.

»Wir müssen miteinander reden«, schiebt er sie weg, am Tisch vorbei, wo sie sich ihr Knie anstößt.

»So kann ich nicht weitermachen. Ich bin einfach nicht verliebt in dich.«

»Was soll das? Warum sagst du mir das?«, schreit sie ihn an. Sie sitzt jetzt auf dem Sofa, sieht ihn von unten her an, wie er gegen die Wand gelehnt steht, die Handflächen an der Mauer, den linken Fuß ebenfalls, den rechten auf dem Boden, das Knie durchgestreckt.

Aus dem Buchregal kriecht der Lichtkegel eines vorbeifahrenden Autos, wandert über den Plafond und schiebt sich durch die Wand aus dem Zimmer hinaus.

»Soll ich gehen?«, fragt Sonja, und Gery weiß, dass sie nicht ihn fragt, sondern sich selbst. Wie eine quallige Blase hängt ihre Frage in der Luft.

»Glaubst du denn, ich sei in dich verknallt?«, schreit sie, als er nicht antwortet, ihre Stimme erinnert an eine pfeifende Teekanne, überschlägt sich kurz und bricht dann jäh in sich zusammen, als hätte jemand den Herd abgedreht.

Gery dämpft die Zigarette aus.

»Ich mag dich wirklich, sehr sogar«, sagt er. »Aber ich empfinde nicht mehr als freundschaftliche Gefühle für dich.«

»Und warum ficken wir dann die ganze Zeit miteinander? Zum Ficken gehört doch mehr als nur Freundschaft!«

Er bleibt stehen, sieht sie an, antwortet nicht. Als ob Ficken etwas mit Verliebtsein zu tun hätte, denkt er.

»Ich kann dir nicht das geben, was du verdienst.«

»Was ich *verdiene*?« Sie lacht, prustet in den Wein hinein, Rotz spritzt ihr aus der Nase.

»Lass uns nicht streiten, okay?«

Er steht auf, geht zum Kleiderschrank und holt die Kameratasche heraus. »Ich möchte dir was zeigen.«

Sonja sieht ihm dabei zu, wie er den Laptop aufbaut und die Speicherkarte aus der Kamera nimmt. Fragt sich, warum sie hier sitzen bleibt, noch immer mit der Lust zwischen den Beinen und den Stichen im Brustkorb. Der Wein benebelt ihre Gedanken, nimmt ihr das Morgen, das Heute, das Gestern, sie trinkt das Glas leer und schenkt sich nach. Als ob es um seinen blöden Film ginge, denkt sie. Sie liegt auf der Couch, die Beine auf der Rückenlehne, den Kopf über den Rand nach unten, der Kehlkopf drückt gegen die Haut, sie räuspert sich, verschluckt sich, kommt hustend hoch. Aus dem Laptop hört sie das Rattern eines Zuges.

»Ist das nicht geil? Ein super Sound«, sagt Gery und dreht den Bildschirm zu ihr. Ein wolliger weißer Hund läuft ins Bild. Kleiner kläffender Köter, was soll ich jetzt mit dir, denkt Sonja, und beginnt zu lachen. Sieht sich selbst, wie sie auf dem Sofa sitzt und auf den Hund starrt. Gery reißt eine Zigarettenpackung in Streifen. Faltet, zündelt und rollt den Karton zu einem Filter. Seine Nägel fahren die Konturen ab, die Finger lang und kräftig, die Lippen zu einem konzentrierten Strich gezogen.

»Das war vorgestern«, sagt er, mit Blick auf den Bildschirm. »Ich hab die leere Brücke filmen wollen, da ist auf einmal dieser Hund ins Bild gelaufen. Das hat doch was Irres, findest du nicht?«

Sonja findet nichts Irres, nicht an dem Hund, und auch nicht an der Brücke und den darunter fahrenden Zügen. Noch vor zwei Monaten hätte ich mir das nicht vorstellen können, denkt sie, diesen Dreck, diesen Abgrund. Hier zu sitzen und diesem dämlichen Hund zuzusehen, wie er auf der Brücke steht und gegen die Mauer pisst, als gäbe es für ihn nichts Schöneres, als vor einer Kamera zu pinkeln. Sonjas Zeigefinger ertastet eine Laufmasche. Sie bohrt hinein und kichert.

7 Wo hat sie nur schon wieder die Brille?
Hedi läuft vom Wohnzimmer in die Küche und wieder zurück. So etwas Dummes, ohne Brille kann sie nicht lesen, weder die Zeitung noch das Buch, das ihr Gery aus der Bücherei mitgebracht hat. Irgendwo muss die Brille doch sein! Und wie es in der Küche nach diesem Essen stinkt! Dabei verträgt

sie es sowieso nicht, bekommt jedes Mal Bauchkrämpfe und Durchfall davon. Wer weiß, was sie da alles hineintun. Konservierungsstoffe und Glutamate. Wirklich frisch kann das Essen nicht sein, zuerst wird es gekocht, dann verpackt und ausgeliefert. Das liegt bestimmt schon seit einer Woche in irgendeinem Riesenkühlschrank, denkt Hedi, so einem, wie in diesem Krimi, in dem die Frau ihren Mann umgebracht und seine Leiche in der Tiefkühltruhe versteckt hat. Sie hat den Film mit Gery gesehen. Eine fesche Schauspielerin war das! Heutzutage gibt es ja kaum noch gut aussehende Schauspielerinnen. Nicht wie damals nach dem Krieg. Die heutigen Schauspielerinnen sind allesamt spindeldürr, ohne ordentliche Frisur, immer hängen ihnen die Haare links und rechts hinunter und ins Gesicht. Das ist doch nicht schön! Wenn sie da an die Garbo denkt, was für einen Ausdruck die in den Augen gehabt hat! Oder die Hepburn. Die Bergman, Romy Schneider, Lauren Bacall. Das waren noch Schauspielerinnen, die sollten sie öfter im Fernsehen zeigen! Stattdessen wiederholen sie zum hundertsten Mal diesen fetten bayrischen Kommissar. Und andauernd Werbepausen dazwischen, alle zehn Minuten Stiegl, Toyota und Allianz. Dabei sind die Filme es gar nicht wert, dass man die Werbung abwartet.

Gut, dass sie Gery hat. Er hat ihr einen Videorekorder besorgt, für diese Scheiben. Wie heißen die? Nein, nicht CDs. CDs sind die, wo Musik drauf ist.

Wo hat sie nur diese verdammte Brille? Dass sie ihre Augengläser auch ständig verlegen muss!

»Verwend doch die Kette, die ich dir besorgt hab«, wird Traude wieder die Augen verdrehen. Heute ist Dienstag, da kommt sie bald die Wohnung putzen. Dabei hat Hedi erst gestern alle Böden gesaugt. Aber jetzt liegen schon wieder Zwiebackbrösel rund um den Schaukelstuhl.

Also. Wo kann die Brille sein? Als sie gestern Abend im Wohnzimmer gesessen ist, hatte sie sie noch. Heute Morgen hat sie etwas länger geschlafen, ist erst um neun Uhr aufgestanden, dann hat sie ein Joghurt und einen Apfel gegessen. Danach noch Zwieback mit Marmelade. Da hat sie die Brille nicht gebraucht. Beim Staubsaugen und Waschmaschineeinräumen auch nicht. Das Essen ist gegen elf Uhr gekommen, danach hat sie die frisch gewaschenen Vorhänge aufgehängt. Traude wird sich wieder aufregen, dass sie die Vorhänge nicht selbst abnehmen und aufhängen soll.

»Was ist, wenn du von der Leiter fällst und dir den Oberschenkel brichst?«

Immer muss sie mich bevormunden, ärgert sich Hedi. Als wäre ich ein kleines Kind. Soll sie doch froh sein, dass ich mit meinen zweiundachtzig noch so rüstig bin! Ich lamentier nicht herum wie die anderen alten Weiber, ich red nicht andauernd über meine Krankheiten. Ich kann mir noch alles selbst machen, mein Bett überziehen, die Vorhänge waschen und die Fenster putzen. Nur, weil Traude jeden Tag alle Böden bei sich zu Hause wischt, müssen das doch andere nicht auch tun! Ständig regt sie sich auf, wenn das Klo einmal nicht geputzt ist oder Brösel am Boden liegen: »Ich helf dir eh, Mama, du kannst das nicht mehr allein.« So ein Blödsinn!

Ah, hier ist die Brille. Wie kommt sie denn da hin? Gut, dass die Traude noch nicht hier ist. Wenn sie die Brille auf dem Spülkasten gefunden hätte! Jetzt fällt es Hedi wieder ein. Sie ist gestern Abend auf dem Klo gesessen und hat gelesen. Hat wieder diesen Durchfall gehabt. Und dann hat sie die Brille eben auf dem Spülkasten vergessen. Ein wenig schlampig ist sie ja immer schon gewesen. Das hat schon die Mutter aufgeregt. »Wie kann man nur andauernd alles verlegen! Du wirst nie einen Mann finden, wenn du so schlampig bist.« Trotzdem hat der Ernst sie geheiratet. In der Ehe ist Hedis Schlampigkeit dann das geringste Problem gewesen.

»Geliebt hab ich ihn halt nie wirklich«, hat sie erst neulich zu Gery gesagt, als er sie danach gefragt hat.

Ob es richtig ist, dass sie ihm das alles erzählt? Aber was soll schon falsch daran sein? Es tut gut, mit jemandem über das eigene Leben zu reden, vor allem jetzt, wo der Tod langsam näher kommt. Mit zweiundachtzig kann man ihm nicht mehr aus dem Weg gehen, da lauert er an jeder Ecke. Nicht wie mit fünfzig, da kann man sich, wenn die Ersten sterben, noch einreden, dass man ja gesund ist, noch gut zwanzig, dreißig Jahre zu leben hat. Aber wenn man einmal die Achtzig überschritten hat, zählt die Gesundheit nicht mehr viel. Da fangen die Menschen um einen herum plötzlich mit einer Geschwindigkeit zu sterben an, dass einem ganz schwindlig wird davon. Vielleicht unterhält sie sich deswegen so gerne mit Gery. Bei ihm vergisst sie manchmal, wie alt sie schon ist. Er behandelt sie nicht wie ein kleines Kind, nicht wie Traude, die ihr nichts mehr zutraut und immer gleich an Alzheimer denkt. Mit Gery kann Hedi über alles reden. Fast so wie mit Inge in den letzten Jahren vor ihrem Tod, als sie sich wieder öfter getroffen haben.

Wie lange wird er noch zu ihr kommen? Irgendwann wird er feststellen, dass er Wichtigeres zu tun hat, als auf ihrem Sofa zu sitzen. Oder einen Film über sie zu drehen.

Er spricht jetzt öfter davon. Ob sie sich vorstellen könnte, in ein Aufnahmegerät zu sprechen, hat er sie gefragt. Spannend wäre das schon, ihr eigenes Leben als Film zu sehen, auch wenn es kein Spielfilm sein wird, denn Gery möchte eine Dokumentation drehen, mit alten Fotos und Landschaftsaufnahmen. Keinen Film, in dem eine junge Hedi Zeinninger herumlaufen wird, und vielleicht ist das auch besser so. Wenn sie an die dürren Dinger denkt, die man heute über den Bildschirm laufen sieht. Obwohl: Dürr war sie damals auch. Sie ist ja schon als junges Mädel eine Bohnenstange gewesen, aber in ihrer ersten Zeit in Wien war sie regelrecht ausgehungert. In der Stadt hat es ja nichts zu essen gegeben, nur Erbsen und Bohnen, und wieder Erbsen und Bohnen. Sogar den Kaffee haben sie aus den Hülsenfrüchten gemacht.

Hedi setzt sich in den Schaukelstuhl und schlägt die Zeitung auf. Überblättert die Innenpolitik und die Chronik. Das Zeitunglesen macht ihr keinen Spaß mehr. Was geht es mich an, was in der Welt passiert?, denkt sie. Und wenn ich diese blöde Schweinegrippe bekomme, dann werd ich auch nicht gleich daran krepieren.

Hedi schlägt die Zeitung zu und klappt das Buch auf, das auf dem Tisch neben dem Schaukelstuhl liegt. Seit Gery für sie in die Bücherei geht, hat sie immer genug zu lesen. Und wie Traude geschaut hat, als sie den DVD-Player gesehen hat.

DVD, denkt Hedi. Siehst du, jetzt ist dir der Name ja doch wieder eingefallen, so senil bist du also noch gar nicht!

»Wo hast du denn den her?«, hat Traude gefragt.

Als Hedi ihr erzählt hat, dass Gery ihr einen besorgt hat, hat sie nur den Kopf geschüttelt.

»Wozu brauchst du denn einen DVD-Player? Du hast doch Telekabel. Kannst du überhaupt umgehen mit so einem Ding?« Und dann: »Ich frag mich, warum du einen Wildfremden losschickst, wenn du doch mich hast.«

Eifersüchtig ist sie, die Traude! Dass ich auf meine alten Tage noch jemanden finde, mit dem ich mich gut verstehe. Jemanden in Jakobs Alter!

Hedi kichert und schaukelt heftig. Das Miss-Marple-Buch fällt auf den Boden und klappt zu.

Im Moment liest sie alle Miss-Marple-Romane. Die haben ihr schon vor fünfzig Jahren gefallen. Manchmal leiht Gery ihr aus der Bücherei auch einen Film aus. Meist sind es alte Filme, aus einer Zeit, in der Hedi noch jung gewesen ist, aber bei seinem vorletzten Besuch hat er einen modernen Film mitgenommen. Einen Film, in dem eine hübsche Frau ihren erstochenen Ehemann in eine große Kühltruhe legt und dann im Wald vergräbt und Besuch von ihrer toten Mutter bekommt. Der Film war lustig. Ein spanischer Film, von einem berühmten Regisseur, hat Gery gesagt. Wenn sie wenigstens solche Filme im Fernsehen zeigen würden!

Hedi hebt das Buch vom Boden auf. Als sie nach der Packung mit dem Zwieback greift, hört sie den Schlüssel im Schloss. Hastig öffnet sie die kleine Tischlade und lässt die Packung darin verschwinden. Wenn Traude den Zwieback entdeckt, kocht sie ihr bestimmt Haferschleimsuppe. Da hat sie lieber Bauchschmerzen!

8 Ein kleiner Bub mit Haaren wie ein reifes Weizenfeld sitzt neben seiner Mutter in der Straßenbahn und lässt die Füße baumeln. Fasziniert sieht er dem Mann zu. Irgendetwas hat er unter seiner Zeitung versteckt. Ein Geheimnis. Ist es ein Luftballon? Immer wieder verschwindet die Blase in der Faust des Mannes, um kurz darauf wieder aufzutauchen. Der Junge starrt unter die Zeitung, der Mann lächelt ihn an. Da ist es wieder, dieses lustige Ding.

»Hör auf, gegen das Plastik zu treten.«

»Schau mal, Mama! Schau mal, was der Mann da hat!«

Die Straßenbahn fährt in die Station ein, der Mann springt auf, wie ein Gehetzter verlässt er den Waggon. Er fällt der jungen Frau sofort auf. Und wie er sich die Zeitung vor die Hose hält, der wird doch nicht …?

Die Straßenbahn fährt ohne den Mann mit der seltsamen

rosa Blase weiter Richtung Innenstadt und der Bub schiebt die Unterlippe vor. »Schade, der war lustig!«

Willibald Blasbichler lehnt sich gegen die Plexiglaswand der Telefonzelle. Er hat sich wieder einmal gehen lassen, hat nicht auf die Frau geachtet, sie schien so in Gedanken versunken, und sonst war da niemand, nur der Kleine und er. Beim Gedanken daran fängt es in seiner Hose wieder zu pochen an. Verstohlen sieht er sich um. Am Zeitungskiosk steht ein Mann, mit dem Rücken zu ihm, an der Haltestelle eine alte Frau. Willi denkt an weizenblondes Haar und glitzernde Kinderaugen und verschafft sich Erleichterung.

»So was, jetzt sieh dir bloß den an«, empört sich Walpurga Schindelböck und stößt ihre Nichte in die Rippen. »Ich hab ja immer schon gesagt, Wien ist kein Ort zum Leben. So was Perverses!«

Marie, die den Professor nicht erkennt, zerrt die Tante weiter. »Komm, lass den doch, wir haben es eilig.«

Es hat einen Grund, warum Walpurga Schindelböck in Wien ist. In Wien hat sie Bekannte, die ihnen behilflich sein können, an Hugos Geld zu kommen. Bei der BAWAG holt sie das rote Büchlein aus der Tasche. Und wieder denkt Marie: Ich habe nicht einmal gewusst, dass Papa Wertpapiere besitzt.

August Scheuchenstuhl, Mitglied derselben Verbindung, der Walpurgas verstorbener Mann angehört hat, räuspert sich. »Schade, dass der Oskar damals nach Graz gezogen ist«, sagt er und erinnert sich, wie er mit seinem ehemaligen Kameraden voller Inbrunst *Meum est propositum in taberna mori* gesungen hat. Jetzt ist August Scheuchenstuhl zuständig für Hedgefonds aller Art, die vierhundertfünfzig Stück OMV-Aktien des Hugo

Steinwedel sind unter seinem Niveau, aber was tut man nicht alles für die Witwe des ehemaligen Kameraden.

»Schade, das mit dem Oskar«, sagt er noch einmal. »Weißt du, sein Vater hat sich damals sehr gekränkt, als er einfach so weggezogen ist.«

August Scheuchenstuhl geht zum Faxgerät und schickt die Unterlagen an die zuständige Filiale.

»Habt ihr eine Ahnung, wie das Passwort lautet?« Er wirft Walpurga einen verschwörerischen Blick zu.

»Meine Nichte Laetitia«, deutet Walpurga mit einem Nicken auf Marie, »meint, es könnte Sofia lauten. Oder Laetitia, wie sie selbst.«

Marie mag den Bankangestellten nicht. Mag es nicht, dass sie ausgerechnet von ihm abhängig sind, um an das Geld des Vaters zu kommen.

Scheuchenstuhl lässt die Finger über die Tastatur hüpfen. Schüttelt den Kopf, tippt wieder, schüttelt abermals den Kopf. Dann huscht ein Grinsen über sein Gesicht.

»Wie wär's mit Laetitia Maria?«

Wie gerne sie ihm eine knallen würde. Mit einem einzigen Schlag seine Brille samt seiner Selbstzufriedenheit vom Gesicht fegen.

»Siebzehntausendvierhundertsechs Komma neun Euro insgesamt«, sagt der Bankbeamte. »Wollt ihr die Aktien verkaufen? Man könnte in sichere Staatsanleihen ...«

»Nein.« Maries Stimme klingt bestimmt. Sie zieht ein weiteres Buch heraus. »Das ist das Sparbuch, auf das die Dividenden geschrieben werden. Die Einträge gehen allerdings nur bis zweitausendundeins.«

August Scheuchenstuhl rückt seinen Seidenschal zurecht. Schiebt dann das Sparbuch in den Drucker.

»Na, da hat sich ja eine Menge Geld angesammelt«, sagt er.

Marie hat das Gefühl, dass er sich über sie lustig macht. Was sind schon zweitausendvierhundertfünfunddreißig Euro?

Zweitausendvierhundertfünfunddreißig Euro sind eine Menge Geld für eine junge Lehrerin, vor allem, wenn der Vater bald einen Platz in einem Pflegeheim brauchen wird. Zweitausendvierhundertfünfunddreißig Euro sind die Kosten für ein Vierteljahr. Mit dem Geld werden sie die Zeit überbrücken, bis die Frage der Vormundschaft geklärt ist. Dann wird die Rente des Vaters an das Heim überwiesen werden. Den eventuellen Restbetrag werden die Aktien abdecken. Marie merkt, wie das Gefühl der Anspannung, das sie seit Wochen mit sich herumträgt, nachlässt. Wir werden es schaffen, denkt sie, und das erste Mal glaubt sie wirklich daran. Papa wird ein schönes Bett bekommen, in einem Zimmer mit Fenster ins Grüne, und wir werden es uns leisten können. Daran, wie lange der Vater so liegen wird, ob drei Jahre oder drei Jahrzehnte, versucht sie nicht zu denken.

Wieder im Freien, streicht Walpurga der Nichte über den Oberarm.

»Wirst sehen, es wird alles gut.«

Plötzlich rinnen Marie Tränen über die Wangen. In letzter Zeit kommen ihr so leicht Tränen, da reicht es schon, wenn sie die Straßenbahn verpasst, oder wenn einer der Schüler im Unterricht zu lachen beginnt. Ständig muss sie einen Kloß hinunterschlucken.

Sie lässt sich von der Tante über den Platz ins nächste Café führen, wo sie sich einen Milchkaffee bestellt und eine Zigarette anzündet. Die Tante quittiert Maries Rauchen mit einem Nasenrümpfen, sagt jedoch nichts. Sieht stattdessen den Leuten nach, die über den Kohlmarkt eilen. Marie denkt an Jakob. Heute findet das Experiment statt, auf das sich seine Forschungsgruppe so lange vorbereitet hat. Eine Überweisung mittels Quantenverschlüsselung, vom Rathaus zur Zentrale der Creditanstalt. Schade, dass Jakobs Photonen nicht auch Passwörter knacken können, denkt Marie, dann hätte ich mir diesen Scheuchenstuhl erspart.

Ob er anrufen wird, so wie er es ihr versprochen hat? Vielleicht wird er sie über dem Experiment vergessen. Danach wird er nach Hause kommen und fragen, ob bei ihr alles gut gelaufen sei. Sie wird schon schlafen, wenn er nach Hause kommt, und er wird sich neben sie legen. Sie wird aufwachen und im Halbschlaf murmeln, dass alles geklappt hat, und er wird sagen: »Na siehst du.« Dann wird er ihr übers Haar streichen und ihr alles über das gelungene Experiment erzählen.

Marie blinzelt gegen die Sonne.

Vielleicht tue ich ihm unrecht, denkt sie. Ich wüsste auch nicht, was ich sagen sollte, wenn Jakobs Vater plötzlich ins Wachkoma fiele. Vielleicht würde ich Jakob auch übers Haar streichen und »Das wird schon wieder« sagen.

9 »Erzähl einfach aus deinem Leben. So, als würdest du es mir erzählen.«

Gery legt den MP3-Player auf den Tisch.

Jetzt dreht er also wirklich einen Film über sie. Hedis Stimme wird aus dem Off erzählen und ein heiseres Lachen produzieren, während er mit seiner Kamera nach Oberkreuzstetten fahren wird. Er wird sich die Kopfhörer in die Ohren stecken und die Kamera auf das Haus und die Felder richten. Danach wird er ins Haus gehen und um die alten Fotografien bitten, die laut Hedi im hinteren Zimmer in einem Karton liegen sollen. Wenn es diesen Karton überhaupt noch gibt.

»Im Haus meiner Eltern wohnt jetzt der Sohn meiner Cousine«, erzählt Hedi. »Der hat aus dem Gewächshaus, das der

Vater in den Siebzigern hat bauen lassen, ein Atelier gemacht. Aber leben kann er nicht von seiner Bildhauerei, der Bernd. Deswegen muss er tagsüber im Magistrat arbeiten. Und wenn er nach Hause kommt, ist es im Gewächshaus längst dunkel, da hat er von den vielen Scheiben gar nichts mehr. Überhaupt sieht jetzt im Ort alles ganz anders aus. Die Landwirtschaft bringt ja nichts mehr ein. Die Jungen arbeiten alle in Wien. Haben sich die Häuser der Eltern hergerichtet, wenn sie nicht überhaupt alles niedergerissen und neu aufgebaut haben. Unser Haus ist eines der wenigen, die noch so aussehen wie früher. Aber auch nur, weil der Bernd nicht viel verdient.«

Gery hat Kaffee gekocht. Mittlerweile kennt er sich aus in Hedis Küche, weiß, wo Filter und Kaffee sind, wo die Löffel und der Zucker. Im Wohnzimmer holt er das geblümte Service aus der Vitrine. »Ein Geschenk von den Eisenbahnern«, hat Hedi ihm einmal erzählt. »Damals war man noch etwas wert, da ist man als Angestellter noch wie ein Mensch behandelt worden.«

Die Griffe und Ränder der geblümten Tassen glänzen golden. Hedi spreizt den kleinen Finger weg. Gery findet, dass sie aussieht wie die Königin von England.

»Du siehst aus wie Queen Elisabeth«, sagt er.

»Dabei bin ich nur die Hedi Brunner aus Oberkreuzstetten. Und du drehst einen Film über mich!« Sie lacht. »Du bist schon ein komischer Kerl!«

Bald wird er in ihren Heimatort fahren. Davor wird er den Akku seiner Kamera aufladen und einen neuen Speicherchip einlegen. Ob sie nicht doch mitkommen will, hat er sie gefragt, er könnte einen Leihwagen mieten, wenn ihr die Bahnfahrt zu anstrengend sei. Doch Hedi hat nichts davon wissen wollen. »Was soll ich auf meine alten Tage in Oberkreuzstetten? Ich hab mit dem allem nichts mehr zu tun. Mit zweiundachtzig kann man nicht einfach sagen: Schaut her, da bin ich wieder.«

Sie spreizt den kleinen Finger weg. Er hat ihr das Mikrophon vorhin am Blusenkragen befestigt.

»Ohne die Kühe hätte ich den Ilja nie kennengelernt«, sagt sie jetzt. Sie sitzt ein wenig steif, als hätte sie Angst, man könne ihre Bewegung auf der Aufnahme hören.

Gery mag es, wenn sie sich erinnert. Sie bekommt dann immer so ein Leuchten in den Augen, und die Fältchen in ihren Augenwinkeln versprühen eine Fröhlichkeit, die im ganzen Wohnzimmer spürbar ist.

Hedi erzählt, und bald schon hat sie das Mikrophon vergessen. Gery lehnt sich zurück und legt seine Finger um die Kaffeetasse. Was wissen wir schon von den Alten, denkt er, von ihrem Leben und ihren Gefühlen? Wir sehen nur verrunzelte Haut, aber wer denkt schon daran, dass auch sie einmal jung gewesen sind, dass sie sich verliebt und verrückte Dinge angestellt haben.

Ein kleines Rädchen, erst einmal in Gang gesetzt, kann alles verändern. Der Motor in Hedis Leben hieß Ilja Dimitrij Solwojow. Vierundzwanzig Jahre jung und doch schon ein Mann von Welt für ein Bauernmädchen aus dem Weinviertel. Ilja kannte Rachmaninow in- und auswendig, hatte die Partituren all seiner Klavierkonzerte im Kopf, noch bevor Hedi überhaupt ahnte, was sie in einem bewirken können. Die lichtblauen Augen unter Iljas dunklen Wimpern zeugten von einem Heimweh, das Hedi ans Herz rührte. Nicht Russland, die Musik war es, in der Ilja zu Hause war. Eine Heimat, aus der er vertrieben worden war, noch bevor er sich in ihr hatte einrichten können.

Kurz nach seiner Aufnahme ans Rimski-Korsakow-Konservatorium war Leningrad von den Deutschen eingekesselt worden. Bald darauf hatten Hunger und Kälte den Alltag regiert. Die Stadt der Musik lebte dennoch weiter, selbst dort, wo man sich zum Widerstand formierte, wurde gesungen und getanzt. Über Monate hinweg existierten die Elfenbeintasten und das Maschinengewehr nebeneinander. Während man tagsüber am Musiktheater probte, schloss man sich nachts dem Widerstand am Stadtrand an.

Für Ilja endete Rachmaninows Konzert in fis-Moll am Schlachtfeld. Während rings um ihn die Kameraden starben, brach Olga Solwojowa auf der Bühne des Kirow-Theaters zusammen. Ilja überlebte, seine Mutter jedoch verstarb noch in derselben Nacht an Unterernährung. Leningrad hatte eine seiner besten Mezzosopranistinnen verloren.

Vier Jahre später saß Ilja auf einem Panzer des Modells IS-2 und fuhr durch die staubigen Straßen von Oberkreuzstetten. Kanonendonner grollte durchs Weinviertel und versetzte jeden in Angst und Schrecken.

Die neunzehnjährige Hedwig Zeinninger saß im Keller zwischen ihren Eltern. Als nach fünf Stunden noch immer nichts zu hören war, sagte sie: »Mir reicht's, ich geh jetzt hinauf, die Küh müssen gemolken werden und zum Fressen haben's auch noch nix kriegt.«

Und so ging sie nach oben, dicht gefolgt von Mutter und Vater. Am Hof war es ruhig, nur hier und da sauste ein russisches Wort durch die Luft und verfing sich in einer der Ecken. Zweihundertfünfzig Meter weiter unten machten es sich die Eroberer im Weingartmann-Haus gemütlich. Hedi molk die Kühe und kümmerte sich nicht darum. Ein Tag wie jeder andere, dachte sie trotzig, und die Kühe gaben ihr wiederkäuend recht, sie fragten nicht nach Russen und Amerikanern, ihnen war es gleich, wer sie molk und wer ihre Milch trank.

Während ringsum die Frauen nur mehr in Gruppen aus dem Haus gingen, verrichtete Hedi ihre Arbeit wie immer. Sie hatte keine Angst. Vor den Nazis hatte sie Angst gehabt. Aber die Russen? Schlimmer konnten die auch nicht sein. Den Bruder hatten die Nazis umgebracht, einen Kommunisten hatten sie ihn geschimpft, dabei hatte der Ferdl nichts anderes im Sinn gehabt als seine Bücher.

»Dorthin haben ihn die Bücher jetzt gebracht«, hatte die Mutter geheult, nachdem sie ihn abtransportiert hatten.

Und jetzt waren die wirklichen Kommunisten da. Aber die hatten keine Bücher im Kopf, die stiegen den Frauen nach, da konnten die sich noch so sehr unter ihren Kopftüchern verstecken. Jetzt hatten plötzlich alle Angst, jetzt redeten sie nicht mehr so groß daher. Der Bruder hatte recht gehabt. »Irgendwann«, hatte er gesagt, »bekommen sie die Rechnung präsentiert.«

Und auch Hedi bekam die Rechnung präsentiert, in Form von zwei Augen, blassblau wie der Himmel im März.

»Milch?«, stand er plötzlich vor ihr und zeigte auf den Eimer zu ihren Füßen. Der Vater kam angerannt, denn so ein Russe im Kuhstall, gleich neben der Tochter, das hieß nichts Gutes. Er dachte schon an das Gewehr des Vaters und überlegte, wo die Munition aus dem Ersten Weltkrieg war.

»Milch wollen's haben«, sagte Hedi, den Blick fest auf die Euter gerichtet, denn so ein Euter gibt Halt, wenn plötzlich einer mit so schönen Augen vor dir steht.

»So gib sie ihm halt, in Herrgotts Namen. Und dann brauch ich dich am Feld«, sagte der Vater und ging wieder hinaus.

Hedi leerte den Inhalt des Kübels in eine Kanne.

»Du mir wiederbringen«, sagte sie.

»Ich bringe sie Ihnen ganz bestimmt morgen wieder.«

Da staunte die junge Hedi Zeinninger nicht schlecht, als sie aus dem russischen Mund ein so schönes Deutsch hörte, denn so ein Deutsch, das hörte man sonst nicht oft, da musste man schon nach Wien fahren. Nur die alte Weingartmann sprach ein schönes Deutsch, aber mit der redete keiner, denn sie galt als verrückt, und jetzt hatten sich auch noch die Russen bei ihr einquartiert.

»Das war eine ganz andere Zeit, damals«, sagt Hedi und lacht.

»Und Ilja?«, fragt Gery.

Ilja Dimitrij Solwojow kam von da an jeden Morgen. Pünktlich um sieben stand er im Stall, um sich die Kanne auffüllen zu lassen. Und als er eines Morgens nicht auftauchte, brachte Hedi sie höchstpersönlich zum Haus der alten Weingartmann. Und dort hörte sie zum ersten Mal Rachmaninows Klavierkonzert in c-Moll.

»Als ich es später einmal in einem Konzert hörte, hat es mir gar nicht mehr so gut gefallen. Weil das alte Klavier von der Weingartmann war ja schon ganz verstimmt, da hat sich alles ganz anders angehört. Aber es war das Schönste, was ich je gehört hab.«

Die junge Hedi stand in der Tür, lehnte sich andächtig gegen den Rahmen, und erst als es sie im Ellbogen zu ziehen begann, stellte sie die Kanne leise ab. Eine Weile blieb sie noch stehen, doch dann fiel ihr ein, dass die Eltern auf sie warteten. Also ging sie, ganz in Träumereien versunken, die staubige Straße zurück zum Hof. Die Mutter schimpfte: »Wie kann man nur so blöd sein und ganz allein zu den Russen gehen? Glaubst, die alte Weingartmann hilft dir, wenn's über dich herfallen?« Aber Hedi war ganz beseelt, und wenn ein junges Mädel beseelt und der Krieg gerade vorbei ist und der Mohn auf den Wiesen blüht, dann kann eine Mutter nicht viel ausrichten. Und so sah man die junge Hedi Zeinninger schon bald mit dem gut aussehenden Russen zwischen den Feldern spazieren, und endlich gab es wieder etwas zu reden im Dorf.

Hedi wollte mit Ilja nach Leningrad. Sie ließ sich vom Konservatorium erzählen, vom Kirow-Theater, an dem Iljas Mutter gesungen hatte, von den hellen Nächten im Juni und vom Ladogasee. Ilja konnte es kaum erwarten, Oberkreuzstetten den Rücken zu kehren. »Vier ganze Jahre«, sagte er und riss den jungen Weizen aus. »Weißt du, in Leningrad klingt Rachmaninow ganz anders als hier, das musst du mir glauben!«

Und Hedi glaubte es. Alles glaubte sie ihm.

»Und das war auch gut so«, sagt sie jetzt. »Die wenigsten glaubten damals noch an irgendetwas.«

Sie blinzelt in den Märzhimmel. Hinter den Gardinen tanzen die ersten Blütenblätter. Ja, es war eine schöne Zeit, da können die anderen sagen, was sie wollen. Alle sprechen von den schlechten Zeiten damals, und damit haben sie nicht einmal unrecht. Aber wenn einer in dieser Zeit jung gewesen ist, wird er sich immer mit einem wehmütigen Lächeln im Gesicht erinnern, denn die Alten leben nun einmal gern in der Vergangenheit, und die Wiener ganz besonders.

10 Sonja räumt die gebügelte Wäsche in den Kleiderschrank. Am Boden häufen sich Hosen, Blusen und Pullover, daneben steht der schwarze Müllsack für den Kolping-Container. Ausmisten, sagt man, tut der Seele wohl. Vor allem nach einer Trennung, und Sonja hat gleich zwei davon hinter sich.

Neben dem Müllsack liegen ein dicker weißer Pullover, ein Schal, drei olivefarbene T-Shirts sowie zwei Männerunterhosen, Reste von Jakobs Garderobe.

Sie könnte seine Sachen in den schwarzen Sack stopfen. Immerhin hatte er genug Zeit, sein Eigentum zurückzufordern.

Sonja räumt das Jakobgewand in den Schrank. Es kann doch nicht so schwer sein, sich wie zwei vernünftige Leute in einem Kaffeehaus zu treffen! Man soll mit der Vergangenheit abschließen. Nicht einfach jemandem die Schlüssel hinlegen, ohne ein Wort zu sagen.

Sie saugt den Kastenboden aus und wischt die Schubfächer ab.

Vorige Woche ist der neue Boden verlegt worden. Die Versicherung hat sie zu Fliesen überreden wollen, doch sie hat auf Parkett bestanden. Der Installateur hat den Schlauch am Geschirrspüler ausgetauscht. Als die Bodenleger die Bretter herausgerissen haben, hat es im ganzen Stiegenhaus nach Schimmel gerochen.

»Eine schöne Wohnung haben Sie da«, hat einer der Arbeiter gesagt. Und es stimmt ja auch, hat sie gedacht, nur, dass keiner mehr da ist, der es bemerkt. Niemand außer ihr und einem Arbeiter, der nach zwei Stunden wieder ging.

Sie bindet den Sack mit den ausgemusterten Kleidern zu und schließt die Kastentür. Dann schlüpft sie in die Schuhe und geht die Stiegen hinunter.

In den letzten Tagen ist sie wieder ein wenig zuversichtlicher geworden. Trotzdem fragt sie sich, wie ihr Leben weitergehen soll. Nächste Woche wird sie dreißig. Vielleicht muss sie kein Kind bekommen, um glücklich zu sein. Andererseits ist man mit dreißig heutzutage nicht alt. Sie hat noch Zeit, jemanden kennenzulernen. Heute kann man auch noch mit achtunddreißig Mutter werden, sogar mit zweiundvierzig.

Sonja geht die Straße vor, den Sack über die Schulter geworfen. Die Sonne wärmt ihr den Rücken, sodass sie in ihrem Pullover zu schwitzen beginnt.

Und was, wenn ich Gerys Angebot annehme? Kann das funktionieren? Einen Freund zu haben wäre nicht schlecht. Jemanden, dem man alles erzählen kann. An den man sich anlehnen kann. Mit dem man lachen kann.

Sonja öffnet die Klappe des Containers und wirft den Sack hinein. Der Eissalon auf der Hütteldorfer Straße hat seit einer Woche geöffnet. Sie wird sich ein Eis holen, eines, das sie mitnehmen kann, und sich dann gemütlich vor den Fernseher setzen. Und dann kann sie immer noch überlegen, wie sie ihren Geburtstag verbringen will, ob sie einfach zu Hause bleibt oder doch mit den Arbeitskolleginnen etwas trinken geht.

11 Am Calafatiplatz im Wiener Wurstelprater stehen vier Gestalten und unterhalten sich mit lautem Gekeife. Nicht, weil sie streitlustig sind, sondern weil es bei all dem Gequietsche und Gerassel, Gedröhne und Getrommel gar nicht anders möglich ist, sich zu unterhalten. Beim Würstelstand der dicken Herta haben sich Goldketten-Charly, Mustafa und Geister-Bertl versammelt.

Hertas wulstige Lippen stülpen sich über ein Debreziner-Würstel. Fett rinnt ihr das Kinn hinunter und tropft auf die fleckige Schürze.

»So ein Blödsinn«, sagt sie immer wieder und schüttelt den Kopf, sodass ihre Wangen wackeln.

Charly, der King des Autodroms, wie immer in einem blauen Adidas-Sportanzug und mit einer dicken Goldkette zwischen dem blondem Brusthaar, sticht mit der Holzgabel in seine Käsekrainer und fährt sich mit dem Handrücken über die Stirn.

»Und ihr glaubt's wirklich, es geht drum, wia oid a so a Gerät is?«, fragt er.

»Erste Wiener Hochschaubahn, Grottenbahn, Riesenrad, das alte Geisterschloss«, sagt Herta. »Sogar den Eisvogel soll sich dieser Italiener ang'schaut haben. Alles, was es vor dem Krieg auch schon gegeben hat.«

»Aber Eisvogel ist ganz neu!«, entgegnet Mustafa (der in Wirklichkeit gar nicht Mustafa, sondern Arjanit heißt, aber wer merkt sich schon so einen Namen?). Genüsslich zuzelt er an seinem Minibaguette mit Senf und Ketchup. »Eisvogel haben sie doch gerade erst gebaut!«

»Der alte Eisvogel«, klärt Herta den Wahlwiener auf, »war vor dem Krieg so richtig in Mode. In jedem Film sind's zum Eisvogel gangen, die Wessely, der Moser … Aber im Krieg ist dann alles zerbombt worden. Der ganze Prater, alles nur mehr Schutt und Trümmer.« Sie seufzt.

»Vielleicht ist dieser Palicini ja ein Produzent aus Hollywood, der irgendein Remake plant.«

Geister-Bertl, der aussieht wie der fleischgewordene David, scharrt mit dem Fuß in den Kieselsteinen. Lockig fällt ihm das Haar in Stirn und Nacken, und einen Körper hat er, dass alle Mädchen (und nicht nur die Mädchen) ins Schwärmen kommen.

»Was ich nicht versteh«, scharrt er, »ist, warum dieser Palicini ausgerechnet dieses alte Geisterschloss will. Meine Geisterbahn ist doch viel gruseliger. Und größer ist sie auch, aus dem alten Schloss ist man doch in fünf Minuten wieder draußen. Nicht einmal die Kinder finden das noch spannend!«

»Gruselig, haha!«, dröhnt Mustafa, dann stellt er sich hin und rezitiert mit heiserer Stimme: »Halt, ihr Leute, bleibt doch steh'n. Wollt ihr echte Zombies seh'n? Dann kommt herein und nehmt euch Zeit, die Welt der Zombies ist bereit! Das Blut beginnt euch gleich zu kochen, und zittern werden eure Knochen …«

Herta steckt sich das letzte Stück Debreziner in den Mund und unterbricht ihn: »Ich hab neulich den Gerd getroffen. Der sagt, dem Kasperl kommt jetzt seine Idealrolle zu. Eine Testamentseröffnung! Ich bin mir sicher, dass da dieser Italiener dahintersteckt. Stellt's euch das einmal vor, was für ein G'schäft wir in Zukunft damit machen könnten!«

»Und erst, wenn sie kommen in meine Zombiehaus! Denn meinen Worten könnt ihr trau'n: Pünktlich um zwölf um Mitternacht, da fängt sie an, die Leichenschlacht!«

»Jetzt hör einmal mit diesem blöden Zombiespruch auf. Bei dir gibt's ja nicht einmal eine Bahn, da müssen die Leute zu Fuß gehen!«

»Pah!«, ruft Mustafa. »Was glaubst du, wie es den Leuten gruselt bei mir, wenn sie gehen müssen so ganz allein durch dunkle Tunnel! In deine Bahn soll es gruselig sein? Da lachen ja die Enten!«

»Hühner«, kommt es aus dem Mund der dicken Herta, und schon hüpft ein dicker Wurstbrocken zwischen den falschen Zähnen hervor und verfängt sich im Brusthaar von Goldketten-Charly, der ihn mit einer lässigen Bewegung auf den Boden schnippt.

»Wann du endlich unsere Sprache lernen, Mustafa, Enten nix können lachen!«

»Hühner auch nicht«, entgegnet Mustafa. »Und mein Deutsch ist besser als deines, Charly.«

»Ist so eine Testamentseröffnung im Prater überhaupt legal?«, fragt Bertl.

»Keine Ahnung, kenn ich mich bei so was aus?«, sagt Herta. »Aber wird schon legal sein, sonst würd der Italiener es doch nicht machen, oder? Soll ja der Wille des Verstorbenen gewesen sein.«

Ja, am Würstelstand am Calafatiplatz trifft man sich gerne. Hier tauscht man sich aus und erzählt einander die letzten Neuigkeiten. Herta, das alte Tratschweib, kennt sich aus mit Pratergerüchten, und wenn einer etwas wissen will, so braucht er nur auf ein Paar Würstel zu gehen.

Während die drei wieder zu ihren Standplätzen zurückspazieren, Charly in seinem blauen Adidas-Anzug, Bertl in den engen Jeans und Mustafa in einer grauen Bundfaltenhose, während der Wind Charly und Mustafa in die Hosenbeine fährt und sie aufbläht und das Quietschen der Bumper-Bahn sich mit der Stimme Rainhard Fendrichs vermischt und Bonnie Tyler *Total Eclipse of the Heart* in den Praternachmittag hinauskatapultiert, haben die Menschen außerhalb des Praters ganz andere Sorgen, sprechen von Weltwirtschaftskrise und Schweinegrippe, von politischem Versagen und fehlendem Impfstoff.

Wie gut geht es einem dagegen im Untergrund des Wiener Kanalisationssystems. Ein paar Meter unter Hertas Würstelstand befindet sich ein kleines Labor, ganz ähnlich dem unter der Donau. Gleich wird dort ein verschränktes Lichtteilchen ankommen, geschickt von der sechshundert Meter entfernten Sendestation namens Alice. Der japanische Austauschstudent Haruto steht erwartungsvoll vor dem Computer.

»Bereit?«, fragt Jakob durchs Telefon.

Haruto fühlt sich das erste Mal in seinem Leben wirklich wichtig.

»Bereit«, sagt er.

Am anderen Ende des Quantenkanals, in dem kleinen unterirdischen Labor in der Nähe der Steinspornbrücke, schaltet Jakob den Pumplaser ein und richtet ihn auf den Kristall. Während Photon A nach der Verschränkung bei der Sendestation unter der Donauinsel bleiben wird, macht sich Photon B auf die Reise. Durch achthundet Meter Glasfaserkabel wird es die Hauptader des Wiener Abwassersystems entlangflitzen. Über Telefon gibt Jakob die Messanweisungen an Haruto weiter. Stellt sich dabei die Überraschung in dessen Augen vor, wenn er feststellen wird, dass die Photonen, die bei ihm ankommen, immer denselben Quantenzustand annehmen werden wie die, die auf Jakobs Seite verbleiben. Man kann es hundert Mal gelesen haben, in dem Moment, in dem man es das erste Mal hautnah miterlebt, ist es immer wieder faszinierend.

Nicht unweit vom Wurstelprater, gleich über dem letzten Abschnitt, den die Photonen Richtung Empfängerstation zurücklegen, steht Willibald Blasbichler vor seiner ehemaligen Schule. Er wird heute nicht dabei sein, wenn Jakob den Austauschstudenten einweist, aber das ist auch nicht nötig. Das Projekt ist nicht neu, dass es funktioniert, haben sie schon vor einiger Zeit bewiesen. Deswegen kann er die Arbeit auch ruhig Jakob überlassen, er kennt sich aus, weiß, was zu tun ist. Noch immer gehen ihnen zu viele der verschränkten Photonen verloren, aber immerhin messen sie mittlerweile fünfzig Prozent. Vor einem halben Jahr waren es nicht einmal dreißig. Und vor einem Monat haben sie erstmals ohne Faserkabel übertragen, per Satellit, direkt durch den Großstadtqualm, von der Kuffner Sternwarte bis zum Millennium Tower. In den Zeitungen sah man Willibald Blasbichler neben dem silberbärtigen Dekan mit erwartungsvollem Gesicht in die Kamera blicken.

Willi lehnt vor dem großen eisernen Schultor und sieht den Buben dabei zu, wie sie den Basketball zwischen ihren Handflächen und dem Beton springen lassen. Daneben lehnen Mädchen ihre Pobacken gegen die Mauer und stoßen Rauchwolken gen Himmel, die Blicke auf jene geheftet, die den roten

Ball nur ihretwegen mit jugendlicher Eleganz in den Korb befördern. Andere stecken ihre Köpfe in verschwörerischer Eintracht zusammen.

Auch er ist einmal einer von ihnen gewesen. In diesem Hof hat er seine Nase in die Bücher gesteckt, in diesem Gebäude hat er sich zum Schlafen hingelegt.

Willi war kein Junge, der fürs Internat geschaffen war. (Aber welcher Junge ist das schon?)

»Schau mal, den brauchst bloß anrempeln, schon heult er.«

Sie machten es absichtlich. Gingen viel zu knapp an ihm vorbei, stießen mit ihren Schultern gegen seine. Damit die anderen seine Tränen nicht bemerkten, versteckte er sich hinter seinen Büchern. »Streber!«

Später wandte sich dann sogar Hannes ab. Ging ihm aus dem Weg, kümmerte sich um andere, Jüngere. »Die brauchen mich mehr als du«, erklärte er, als Willi anklopfte. »Du bist doch jetzt groß.«

Willi ging zurück, über den langen Korridor. Die anderen waren fast alle außer Haus, auf der Suche nach Alkohol und Mädchen. Willi legte sich aufs Bett und starrte gegen die Decke. Musste an die vielen schönen Dinge im Zimmer des Erziehungsleiters denken, die Atommodelle und Planetenumlaufbahnen. Wie er alles hatte anfassen dürfen, ehrfürchtig mit der Hand darüber gestrichen war, damals, als Hannes ihn das erste Mal mit in sein Zimmer genommen hatte. Als Willi mit großen Augen vor dem Tisch mit den Modellen gestanden war und Hannes gesagt hatte: »Du darfst sie gerne berühren.« Willi hatte die Hand ausgestreckt und ganz vorsichtig eines der Gebilde aus Kugeln und Verbindungsstücken hochgehoben. »Sieht ein Atom wirklich so aus?«, fragte er, und Hannes strich ihm sanft über den Rücken. »Ja, so sieht es aus.« Die Berührung am Rücken warm und weich. Eine Berührung wie aus einer anderen Zeit. Als hätte es so eine Berührung schon einmal gegeben. Den Kopf in Hannes' Bauch vergraben. Nicht nur einmal. Immer wieder.

Willi wischt sich mit dem Handrücken den Rotz unter der Nase weg. Ein junger Mann tritt aus dem Gebäude, dreht den Kopf nach ihm um. Weiß nichts mit dem heulenden alten Mann anzufangen, senkt den Kopf und geht rasch weiter. Willi zieht ein zerknülltes Taschentuch aus dem Sakko hervor. Putzt sich die Nase und steckt es wieder ein.

Hannes war der Einzige, der ihn wirklich gern gehabt hat. Willi schließt die Augen. Spürt, wie jemand vorbeigeht. Niemand rempelt ihn an. Ich bin unsichtbar. Willi zieht die Frühlingsluft ein und öffnet die Augen. Sieht auf die Uhr. Ein Ruck geht durch seinen Körper. Dann dreht er sich um und schreitet mit weit ausholenden Schritten die Gasse hinunter.

12 Draußen breitet sich die Nacht aus, macht es sich gemütlich und hockt sich auf die Fensterbretter. Marie betrachtet die Kräutertöpfe vom Vorjahr, dürres Rosmarin, grauwelkes Basilikum. In einem der Töpfe liegt noch immer der abgebrannte Knallkörper, der sich zu Silvester auf den Balkon verirrt hat, und das Ende März. Am Boden Tonscherben und Erde. Tüchtige Frauen beseitigen den Unrat rechtzeitig zu Frühlingsbeginn, noch tüchtigere haben erst gar keine Blumentöpfe draußen stehen, nicht im Winter, nicht, solange es friert. Der Mensch ist ein seltsames Tier, er strebt danach, seine Umgebung sauber zu halten, es könnte ja jemand herüberschauen.

Marie hebt mit den Zehen eine leere Zigarettenschachtel von den Betonfliesen auf und wirft sie in die Höhe. Sie landet vor der Balkontür, wo sie noch bis Ende April liegen bleiben wird.

Hinter der Fensterscheibe holt Jakob die Pizza aus dem Rohr und winkt. Gegenüber öffnet jemand das Fenster. Es ist der Mann der Staubtuchfrau, Marie kann ihn jetzt ganz deutlich sehen, wie er sich weit nach vorne beugt, im Mundwinkel eine Zigarette, und die Flamme aus der Hand springen lässt. Wie gerne sie sich jetzt zu ihm stellen würde. Am Fenster gegenüber stehen und in die eigene Küche schauen, zusehen, wie Jakob die Pizza aus dem Rohr holt, das Fenster öffnet, den Kopf weit hinausreckt und ihren Namen ruft. Vielleicht würde der Mann mit ihr reden, und sie würde sagen: »Das, was du sagst, interessiert mich mehr als das, was Jakob mir gleich erzählen wird.« Er würde sie groß ansehen. »Wieso verlässt du ihn dann nicht?«, und sie würde die Antwort nicht kennen. Vielleicht würde er auch nichts fragen, sondern einfach mit dem Kopf auf die Staubtuchfrau deuten und sagen: »Das da hinten ist meine Frau, und das, was sie mir erzählt, interessiert mich schon lange nicht mehr. So ist das Leben, that's life, love it or leave it, du musst dich entscheiden«, und sie würde denken, dass sie sich gegen Jakob entscheiden wird. Trotzdem wird sie gleich den Zigarettenstummel ausdämpfen, hineingehen und ihre Pizzahälfte mit einem Kuss entgegennehmen. Sie wird lachen, wie sie es immer tut, und aufmerksam zuhören, wenn er vom Teleportationsprojekt erzählt, von zukünftiger Rechenleistung, von Qbits und Quantenkryptographie.

Hinter dem Balkongeländer fallen dicke Tropfen auf den Asphalt, platschen und plätschern, springen aufs Eisen und vollführen Saltos. Marie lehnt sich mit herausgestreckter Zunge über die Brüstung. Die Tropfen fallen ihr auf die Wangen, nur die Zunge bleibt trocken.

Ich möchte mich im Regen drehen, einfach hinunterlaufen, die Arme weit vom Körper, auf den Zehenspitzen tanzen, die Nase ganz nach oben. Einfach hinunter, hinaus, wie damals, denkt sie, als alles noch neu war, neu und frisch und interessant, als wir noch durch den Regen liefen, als wir noch nichts voneinander wussten, und uns alles zu sagen hatten.

Und wieder muss sie an Joe denken, Joe, von dem sie bis zum Schluss nicht gewusst hat, wer er eigentlich war, Joe mit seinen Märchen, die er ihr ins Haar erzählte, unter ihnen die ratternden Züge, über ihnen der lila Himmel. Joe, bei dem man nie wusste, ob er morgen noch hier sein würde oder schon ganz woanders.

Jakob rennt nicht mit albernen Puppen durch die Stadt und stellt sich nicht mit alten Weingläsern, die er am Flohmarkt gesammelt hat, auf eine Brücke. Jakob weiß, wo es langgeht im Leben, auf ihn kann sie sich verlassen, ganz anders als auf Joe mit seiner Wurstelpratermentalität. Deswegen hat Marie ihre Neunzig-Zentimeter-Matratze gegen ein großes Doppelbett eingetauscht, als Start ins gemeinsame Leben. Und es ist ja auch viel gemütlicher so, ganz anders als damals, in Joes engem Bett, in dem ihre verschwitzten Körper aneinandergeklebt sind, sie keine Möglichkeit gehabt hat, ihre Haut ein paar Sekunden für sich zu haben.

Marie stößt die Tür auf und winkt dem Mann am Fenster in Gedanken zu. Der Mann schnippt die Zigarette in den Hof und schließt die Fensterflügel. Im Wohnzimmer riecht es nach Salami und Oregano, nach knusprig gebackenem Germteig und Coca-Cola.

»Dass du vor dem Essen rauchen kannst«, sagt Jakob.

Später wird er seinen Arm um sie legen und augenblicklich einschlafen. Im Halbschlaf wird Marie von einem Wolf träumen, der sie in die Nacht hinauszerrt, hinauf zum Donaukanal und weiter bis nach Nussdorf, wo er sie abschlecken und danach liegen lassen wird. Sie wird sich nicht rühren, wird zwischen den Weinreben liegen bleiben, ganz allein, und hinunter auf das nächtliche Wien schauen, und irgendwo dort unten wird Jakob unter ihrer weichen Steppdecke schlafen und sie nicht vermissen. Bei Sonnenaufgang wird sie in den 39A steigen und nach Hause fahren. Sie wird Jakobs Arm um ihre Brust wickeln, um sich an ihm zu wärmen, und wenn er aufwacht und sie küsst, wird ihm nicht auffallen, dass getrockneter Lehm zwischen ihren Zehen klebt und ihre Haare mit Grashalmen bespickt sind.

13 An dem Tag, an dem Hedwig Zeinninger in den Bus stieg, hing der Frühnebel über den braunen Stoppelfeldern und die Raben hatten es sich gemütlich eingerichtet. Nicht umsonst nennt man den November den Monat der Selbstmörder. So malerisch sich das Weinviertel für die Radtouristen zwischen März und Juni gestalten mag, kaum dass der Mähdrescher über die hügeligen Felder gerollt ist, ist die Landschaft auch schon wieder braun und kahl.

Hedi fuhr in der Woche, nachdem die letzten Trauben geerntet worden waren. Der Vater brachte sie zum Kirchplatz, wo um sieben Uhr dreißig ein Bus nach Wien fuhr. Die Verabschiedung bestand aus einem kurzen Schulterklopfen, danach drückte er der Tochter die Tasche in die Hand.

»Meld dich, wenn du was brauchst.«

Als der Fahrer den Motor anließ, konnte Hedi die Erleichterung in seinem Gesicht sehen. Sie winkte ihm ein letztes Mal, der Vater nickte und warf die Zigarettenkippe auf den Boden. Dann trat er mit der Schuhspitze darauf, drehte sich um und ging.

Auf dem Tisch liegt der MP3-Player. Gery kontrolliert die Anzeige und lehnt sich wieder in die Blumenkissen. Hedi hält kurz inne. Dann muss sie plötzlich lachen.

»Im Bus habe ich dann Inge kennengelernt. Inge Neuberger aus Mistelbach.« Hedi streicht sich eine weiße Haarlocke aus der Stirn. »Inge hat damals schon seit einem halben Jahr in Wien gelebt, weil sie dort ihre Lehre zur Drogistin gemacht hat. Gewohnt hat sie in einer kleinen Wohnung, die ihr die Tante billig vermietet hat. Die Wohnung hat ihrem Cousin gehört, der vierundvierzig in Russland gefallen ist. Und weißt du, was Inge plötzlich gesagt hat, nachdem wir eine Stunde lang nebeneinander gesessen sind? Zieh doch einfach zu mir! Ich wohn sowieso nicht gern allein, und die Miete ist zu zweit noch billiger. Also bin ich gleich nach der Ankunft mit ihr mitgegangen.«

Hedi stellt die Teetasse ab. Fängt mit einem Taschentuch, das sie aus dem Pulloverärmel zaubert, die Tränen in den Augenwinkeln auf.

»Das war wie ein Wink des Himmels. Ich hab ja nichts mitgehabt, nur die zwei Silberbecher, die mir die Mutter in die Tasche gesteckt hat. Die haben wir gegen ein paar Kilo Kartoffeln und ein kleines Stück Geselchtes bekommen. Damit gehst zum Schwarzmarkt, falls dir die Milch ausgeht, hat die Mutter gesagt. Der Vater hat davon nichts wissen dürfen.«

Gery sagt kein Wort. Wüsste auch gar nicht, was er sagen sollte. Seine Antwort wird in Form von Bildern kommen. Zu Hause wird er sich an den Computer setzen, gleich heute noch, und Hedis Erzählungen in Abschnitte gliedern. Jeden Abschnitt auf eine eigene Spur legen. Am Schluss wird er dann wieder alles neu zusammenfügen.

»Das war schon hart damals, wie ich weg hab müssen von daheim. Und noch dazu in die Stadt, wo man sich um jedes Stück Brot hat anstellen müssen.«

Gery schließt die Augen. Sieht die junge Hedi vor sich. Den Bus, den rauchenden Vater, Inge aus Mistelbach.

»Die Mutter wollte nicht, dass ich geh. Willst es dir nicht doch noch überlegen?, hat sie immer wieder gesagt. Wir schaffen das schon irgendwie mit dem Kind.«

Hedi seufzt. Greift nach der Kaffeetasse und nimmt einen Schluck.

»Vielleicht hat sie recht gehabt. Vielleicht wär alles gar nicht so schlimm gewesen. Die Mama hätte sich mit mir um den Buben kümmern können. Und ich wär nie auf die Idee gekommen, dass der Wassily etwas Besseres verdient hat.«

Tränen rinnen ihr über die Wangen. Gery würde gerne seine Hand nach ihr ausstrecken und ihr über die Adern am Handrücken streichen. Dennoch bleibt er starr sitzen, festgeklebt auf das geblümte Sofa.

»Ich wollt den Eltern die Schand nicht antun. Es hat gereicht, dass die anderen noch immer hinter vorgehaltener Hand über den Ferdl geschimpft haben. Vaterlandsverräter haben sie ihn genannt. Wie wenn es nicht gereicht hätte, dass man ihn umgebracht hat. Die Mutter hätte das nicht noch einmal überstanden. Wo es doch so schon genug Gerede gegeben hat über den Ilja und mich.«

Hedi wischt sich die Tränen von den Wangen. Beginnt dann plötzlich zu lachen. »Das hast jetzt von deinem Filmprojekt. Eine alte, sentimentale Vettel!«

Jetzt legt er ihr doch die Hand auf den Unterarm. Sitzt vornübergebeugt auf dem Sofa, kippt fast herunter, so strecken muss er sich, um Hedis Arm berühren zu können.

»Die Inge«, sagt Hedi, »ist mir zur besten Freundin geworden. Ohne sie hätte ich das alles nicht geschafft. Sie hat mir Sachen genäht. Einen Wintermantel aus gestohlenen Heeresdecken. Und aus den Hemden ihres Cousins hat sie mir eine Bluse geschneidert, die über meinen Bauch gepasst hat. Sie konnte das wirklich gut, richtig chic hat am Schluss alles ausgesehen. Ich bin neben ihr gesessen und hab ihr beim Nähen zugeschaut. Erzähl mir was, hat sie dann immer gesagt. Meist hab ich ihr vom Hof meiner Eltern erzählt. Vom Fastenhauen oder vom dicken Pepi, der einen Stand auf mich gehabt hat. Und wie froh ich gewesen bin, als er hat einrücken müssen, im zweiundvierziger Jahr.«

Auf dem Dach trippeln die Tauben, jetzt, wo es ganz leise ist, kann Gery sie hören. Er beobachtet Hedi, wie sie aus dem Fenster sieht. Aus dem Fenster in die Vergangenheit, denkt er. Was sieht sie? Inge? Die Nähmaschine? Oder doch nur das Stück hellgrauen Himmel, das man durch den Vorhang schimmern sehen kann, wenn man in die gleiche Richtung wie sie schaut.

Hedi senkt den Blick und stellt die Tasse, die sie die ganze Zeit in der Hand gehalten hat, auf den kleinen Tisch. Später wird Gery das Klappern auf der Aufnahme hören.

»Vom Ilja hab ich der Inge erst erzählt, als ich schon im achten Monat war. Der Kindsvater ist ein Russe, hab ich gesagt. Die Inge ist dagesessen, ganz still, den Fuß über dem Tritt, bestimmt eine Minute lang. Und dann hat sie weitergenäht. Ich hab auf eine Antwort gewartet, aber sie hat geschwiegen. Nur ihr Treten ist mir aggressiver vorgekommen. Als sie endlich etwas gesagt hat, hat die Maschine noch immer gerattert. Russeng'sindl, hat sie geschimpft. Die glauben auch, die können alles mit uns machen!«

Hedi steht auf und öffnet das Fenster. Wie auf Kommando blinzelt die Sonne durch die graue Wolkenschicht, spaziert dann durchs Zimmer und zeichnet Muster auf das Parkett.

»Ich hab der Inge erzählt, dass der Ilja kein Vergewaltiger war. Dass er meine große Liebe war und immer sein wird. Ihren Blick hättest du sehen sollen! Ich glaub, am Anfang hat sie gar nicht richtig verstanden. Für sie waren alle Russen Lustmolche, man hat ja oft genug von Vergewaltigungen gehört. Aber dann ist ihr ein Licht aufgegangen. Du hast dich in einen Iwan verschaut!, hat sie gerufen. Und dann hab ich ihr alles von Ilja erzählen müssen. Von unseren heimlichen Treffen, von seiner Musik, einfach alles. Und Inge hat sich fürchterlich aufgeregt. Wenn dich einer wirklich liebt, hat sie gesagt, dann findet er eine Lösung, dann geht er nicht einfach zurück nach Russland und lässt dich mit dem Kind sitzen!«

Hedi setzt sich wieder in den Schaukelstuhl. Beginnt, am Saum ihres Rockes zu zupfen. Schiebt das lilafarbene Seidenfutter unter den blaugrauen Stoff und zieht die Strumpfhose am Knie hoch.

Es sind diese kleinen Bewegungen, die Gery so an ihr mag. Die er, wenn er könnte, für immer speichern würde. Diese kleinen, ihr völlig unbewussten Bewegungen. Er würde die gespeicherte Hedi auf sein Nachtkästchen stellen, und dort würde sie bis in alle Ewigkeit in ihrem Schaukelstuhl sitzen und ihm Geschichten einflüstern. Und er würde sich nie wieder allein fühlen. Würde nie wieder vor dem Einschlafen das Gefühl haben, dass sowieso alles umsonst ist – das Niederlegen, das Aufstehen, die täglichen Essensauslieferungen. Die Filme, die nur in seinem Kopf existieren. Hedi würde ihn anlächeln, und das Gefühl von Sinnlosigkeit würde verschwinden. Oder vielleicht würde es auch nicht verschwinden, aber er würde mit ihr darüber lachen können.

»Ich hab dem Ilja nie von unserem Kind erzählt«, sagt Hedi in die Stille hinein. »Als ich draufgekommen bin, dass ich schwanger bin, war er schon seit über einem Monat weg. Am Anfang hab ich ihm noch schreiben wollen, ich hatte ja seine Adresse. Aber was hätte das für einen Sinn gehabt? Er wäre in Oberkreuzstetten nicht glücklich geworden, und was hätte ich schon in Leningrad gemacht?«

Im Eck tickt eine alte Pendeluhr. Gery zählt ihr Tick-Tack. Wieso fällt ihm die Uhr erst heute auf? Die Schnitzereien in dem dunklen Holz, das schwere Pendel, die verschnörkelten Ziffern.

»Die ist von meinen Eltern«, folgt Hedi seinem Blick. »Die Uhr hab ich als Einziges mitgenommen, nachdem sie kurz hintereinander gestorben sind. Alles andere haben wir entsorgt oder auf dem Flohmarkt verkauft. Ein paar Dinge hat sich auch die alte Aigner vom Nachbarhof genommen, und manches hat meine Cousine behalten, als sie mit ihrer Familie eingezogen ist. Bis auf den Unimog war ja nichts da, was man noch hat brauchen können. Die alte Weinpresse steht wahrscheinlich heute noch auf dem Hof herum.«

Gery stellt sich Hedi Brunner als junges Mädchen vor. In seiner Vorstellung trägt sie eine weiße Bluse und einen blauen Faltenrock, um den Kopf windet sich ein geflochtener blonder Kranz.

»Das mit dem Kind bringst du besser nicht in deinem Film«, sagt sie. »Ich hab nie jemandem davon erzählt, nicht einmal meinen Töchtern. Inge und meine Eltern waren die Einzigen, die von Wassily gewusst haben.«

»Du hast deinen Töchtern nie gesagt, dass sie einen Bruder haben?«,

»Mein Gott. Was hätte das schon gebracht? Hätte ich ihnen sagen sollen: Euer Vater war nicht der, den ich geliebt hab? Und wozu hätte ich ihnen von Wassily erzählen sollen? Sie hätten ihn ja doch nie kennengelernt.« Hedi lässt den Saum des Rockes zwischen ihren Fingern entlanggleiten.

»Du hast ihn nie wiedergesehen? Nie herausgefunden, was er macht? Wie er lebt?«

Hedi steht auf und stellt die leeren Kaffeetassen aufs Tablett.

»Der Wassily hat eine gute Familie bekommen. Die Steins

haben ihn geliebt und Geld hatten sie auch. Wer weiß, ob sie ihm überhaupt erzählt haben, dass er nicht ihr eigener Sohn ist. Da hätte ich doch nicht so einfach auftauchen können.« Sie geht in die Küche und stellt die Tassen in die Abwasch.

»Aber gedacht«, sagt sie, als Gery ihr in die Küche folgt und nach dem Geschirrtuch greift, »habe ich jeden einzelnen Tag an ihn. Ganze einundsechzig Jahre lang.«

14 Sie haben es ihm wirklich nie gesagt. Wann auch? Als David Stein noch in Wien lebte, war der Junge zu klein, und als David schon lange in Israel war, hätte es noch weniger Sinn gehabt, zu sagen: »Du bist gar nicht mein Kind.« Wie wenn es nicht schon gereicht hätte, dass der Junge den Adoptivvater verloren hatte.

Drei Jahre, nachdem Agathe Stein mit dem kleinen Bündel vom Stadtpark nach Hause gekommen war, hatte sich ihr Mann in den Kopf gesetzt, nach Israel zu gehen. Der kleine Wassily, nun Willi, sauste durchs Wohnzimmer und brabbelte vor sich hin, während Agathe am Fenster stand und auf die Porzellangasse hinunterschaute, die Hände auf die Oberarme gelegt, die auf einmal ganz kalt geworden waren. Das Glück, in dem sie sich seit drei Jahren sicher gewähnt hatte, war auf einmal in der Mitte entzweigesprungen wie ein alter Teller. »Tel Aviv«, sagte sie nur und achtete nicht auf Willi, der zum Stehen gekommen war und sie aus großen Augen ansah.

Drei Monate später nahm das Ehepaar Abschied voneinander. David winkte aus dem Zugfenster und Agathe hielt den kleinen Buben hoch, in der Hoffnung, ihr Mann würde im letzten Moment aus dem Abteil springen, ihnen in die Arme. Der Zug fuhr ab, ohne auf die Mutter mit dem kleinen Buben auf dem Arm Rücksicht zu nehmen. Agathe setzte Willi ab und ging mit ihm die Prinz-Eugen-Straße hinunter. Vorbei am Palais Schwarzenberg, hinunter zum Ring, wo sie den weinenden Buben aufhob. Die Herrengasse entlang, am Café Central vorbei, über die Liechtensteinstraße bis zur Porzellangasse. Zu Hause angekommen, kochte sie Grießbrei und legte Willi ins Bett. Blieb dann die ganze Nacht über am Küchentisch sitzen, ohne das Licht anzuknipsen. Als es dämmerte, schlüpfte sie in einen leichten Frühlingsmantel, hob das Kind aus seinem Bett und trug es hinüber in die Lichtentaler Gasse, wo ihre Eltern wohnten.

Agnes Sass kümmerte sich um ihre Tochter und das Enkelkind, und Ferdinand Sass verfluchte den Tag, an dem er Agathe erlaubt hatte, David Stein zu heiraten. »Die Nazis haben schon recht gehabt«, schimpfte er, und Frau Sass zischte: »Sei still, jetzt ist es sowieso zu spät.«

Zwei ganze Jahre wartete Agathe darauf, dass David zurückkehren würde. In jedem seiner Briefe beteuerte er seine Liebe zu ihr und ihrem Sohn und schrieb von einem Land, das sie mitgestalten könnten, anders als in Österreich, wo sich seiner Meinung nach nichts geändert habe. Inständig bat er, Agathe möge doch mit dem kleinen Willi nachkommen.

Schließlich gaben beide das Warten auf. Vielleicht hatte Agathe in manchen Augenblicken sogar in Erwägung gezogen, nach Tel Aviv zu fahren, zumindest für ein paar Wochen, doch die Eltern wussten, wie sie mit ihrer Tochter zu reden hatten. »Dort seid ihr nicht sicher, das liest man doch jeden Tag in der Zeitung. In Israel herrscht Krieg. Und was willst du unter lauter Juden? Dort bist du eine Schickse, mehr nicht«, warnte der Vater, und die Mutter sagte: »Wenn du schon nicht an dich denkst, so denk wenigstens an den Jungen.« So blieb Agathe und zog wieder in die Wohnung in der Porzellangasse.

Als Ferdinand Sass die Geschäftsleitung seiner Drogerie

Oswald Blasbichler übertrug und bemerkte, wie dieser seine Tochter ansah, hoffte er, dass er derjenige sein würde, der sie wieder zur Vernunft bringen würde. Von da an verkehrte Oswald regelmäßig im Hause Sass, wurde zum Essen eingeladen und begleitete die Familie auf ihren Ausflügen in den Wienerwald und zum Heurigen

Weitere zwei Jahre später, kurz nach Willis achtem Geburtstag, als Agathe schon lange nichts mehr von ihrem mittlerweile geschiedenen Ehemann gehört hatte, willigte sie in die Hochzeit ein. Oswald war gut zu dem kleinen Willi, und Agathe war ihm dankbar dafür. Sie beruhigte ihre geschundenen Nerven mit Valium, und hie und da sah man sie sogar wieder lachen.

Als ihr Bauch anschwoll, war Willi bereits zwölf. Vor vierzehn Jahren hatte der Arzt Agathe versichert, keine Kinder bekommen zu können, und jetzt, mit zweiundvierzig, war sie auf einmal schwanger.

Die kleine Marianne war Oswald Blasbichlers Goldschatz. Während Willibald in den Mauern des Internats, in dem schon sein Stiefvater zum Mann herangereift war, die Nächte durchweinte, schob die kleine Marianne ihren Puppenwagen auf und ab, umrundete den Sessel der Mutter und wartete aufs Wochenende. Jeden Samstag kam der Bruder nach Hause. Dann durfte Marianne ihren Puppenwagen neben ihm herschieben, während Willi die karierte Decke und den kleinen Korb trug. Sie fuhren mit der Straßenbahn zum Pötzleinsdorfer Schlosspark, spazierten zum Teich, fütterten die Enten mit Brotrinden und breiteten die Decke unter dem großen Mammutbaum aus. Dort spielten sie Vater-Mutter-Kind, Marianne, Willi und das kleine Plastikengelchen, das Marianne im Arm wiegte. Die Freitag- und Samstagnächte waren die einzigen, in denen Willi nicht weinte.

Nachdem er das Gymnasium beendet hatte, zog Willi aus der elterlichen Wohnung aus und begann, Physik zu studieren. Oswald Blasbichler ging mit dem Geld seines Schwiegervaters großzügig um und kaufte seinem Stiefsohn eine kleine Wohnung in der Innenstadt. Willi studierte fleißig, absolvierte eine Prüfung nach der anderen und besuchte die Eltern jedes Wochenende.

Im März seines sechsundzwanzigsten Lebensjahres, als er vor den Toren der Tanzschule auf seine Schwester wartete, lernte er schließlich Anna kennen. Hand in Hand kam sie mit Marianne aus dem dunklen Gebäude, und Willi lud die beiden ein, zuerst auf ein Eis und danach auf einen Cocktail. Anna und Marianne waren damals gerade dreizehn geworden. Anna sah bewundernd zu dem großen Bruder der Freundin auf, und als dieser zuerst die Schwester und dann sie nach Hause begleitete, stellte sie sich auf ihre Zehenspitzen, legte ihre dünnen Arme um seinen Hals und küsste ihn auf den Mund.

Von diesem Tag an wartete Willi jeden Samstag vor der Tanzschule. Und so geschah es, dass Anna ihn eines Abends in einen Park zog und ihren goldfarbenen Flaum zwischen den Schenkeln zeigte. Als Willi andachtsvoll darüberfuhr, dachte er an jene Zeit zurück, in der er mit seiner Schwester unter dem riesigen Mammutbaum gelegen war und sie eine glückliche Familie gewesen waren. Er begann, seine Finger sanft über den Flaum der Anna kreisen zu lassen, schloss die Augen und atmete ihren Duft ein. Dann öffnete er den Reißverschluss seiner Hose und ließ sich von Anna streicheln. Anna, der Willis blasses Würmchen gefiel, knabberte kichernd und glucksend an ihm, bis aus dem Würmchen ein Wurm wurde und sie ihn zwischen ihre Beine führte.

Als sich Annas Leib zu wölben begann, regelte Oswald Blasbichler die prekäre Lage mit einem großzügigen Scheck, und

Annas Mutter Hedi dachte, besser der Spatz in der Hand als die Taube am Dach. Danach setzte sie die Tochter auf kochendes Wasser, wie sie es selbst einmal getan hatte, doch wieder krallte sich das werdende Leben fest und kam ein Dreivierteljahr später als gesundes Mädchen zur Welt.

Willibald brachte sein Studium zu Ende und trug der Welt seine Gedankenexperimente vor. Dass er eine Tochter namens Vera hatte, erfuhr er erst, als diese schon längst in Australien lebte und er auf seinen sechzigsten Geburtstag zuging.

Annas Schwester und er trafen anlässlich einer Universitätsfeier aufeinander. Traude ging mit ihrem Glas Sekt auf den international bekannten Professor für Quantenphysik zu und flüsterte ihm lange ins Ohr. Sie erzählte von ihrer Schwester Anna, die mit knappen vierzehn ein Kind bekommen hatte, und von ihrer Nichte Vera, die ohne Vater aufgewachsen war. Dabei lachte sie und zeigte den Umstehenden eine Reihe breiter, etwas zu weißer Zähne. Schließlich zog sie ihren Mund von Willibald Blasbichlers Ohr zurück und erzählte von ihrem Sohn, der gerade mit dem Studium fertig geworden sei und sich für die Quantenverschränkung interessiere. Dann winkte sie ihren Mann herbei. »Schau mal, Norbert, wen ich getroffen hab«, sagte sie und spielte mit ihrer Perlenkette. »Der Herr Professor Blasbichler hat gerade gesagt, dass er noch eine Assistentenstelle frei hat.«

15 »Hast du dir schon einmal überlegt, ob es ein Paralleluniversum geben könnte?«

Marie steht im Badezimmer und tuscht sich die Wimpern. Dabei zieht sie die Augenbrauen nach oben und öffnet ihren Mund.

»Wie kommst du denn darauf?«

Jakob, der gegen den Türstock gelehnt steht, in seinen Augen ein quantenmechanisches Leuchten, redet auf Marie ein.

»Ich hab mich mit Haruto neulich darüber unterhalten. Er ist ein radikaler Verfechter dieser Theorie. Ich selbst glaub zwar nicht daran, aber die Idee hat schon was.«

»Was soll ich eigentlich anziehen?« Marie legt die Wimperntusche zur Seite. »Reichen Jeans?«

»Klar. Wir gehen ja nicht in die Oper.«

Jakob lacht und geht Marie nach, seiner wunderbaren Marie, die ihm sogar im Jogginganzug noch als die schönste Frau der Welt erscheinen würde.

»Also«, fragt Marie. »Was hat es nun mit diesem Paralleluniversum auf sich?«

»Ich hab dir doch erzählt, dass der Quantenzustand, den ein Photon annimmt, erst im Augenblick der Messung entsteht«, sagt er in ihr Anziehen hinein. »Bevor du hinsiehst, ist alles möglich. Die Möglichkeiten überlagern sich, existieren gleichzeitig nebeneinander. So auch in unserem Leben. Wir entscheiden uns jede Sekunde neu. Ziehe ich die grüne Hose an oder die rote, gehe ich nach links oder nach rechts, gehe ich noch ein Bier trinken oder bleibe ich zu Hause, alle paar Sekunden eine neue Entscheidung.«

»Das werd ich sowieso nie kapieren«, sagt Marie. »Dass da nicht schon vorher was da ist, dass ihr erst durch eure Messung ein Photon zwingt, sich zu entscheiden, wie es positioniert ist.«

»Polarisiert.«

»Was?«

»Man nennt es polarisiert, nicht positioniert.«

»Sieht das so gut aus?« Marie dreht sich vor dem Spiegel. Sie fährt sich mit den Fingern durch die Locken und geht ins Vorzimmer, dicht gefolgt von Jakob.

»Jeden Augenblick wählst du eine Möglichkeit und schließt dabei andere Möglichkeiten aus, verstehst du? Im Moment entscheidest du dich gerade dafür, mich zur Institutsfeier zu begleiten. In einem Paralleluniversum sagst du mir jedoch ab und triffst dich mit einer Arbeitskollegin und lernst vielleicht einen anderen Mann kennen. Die noch so kleinste Entscheidung kann für unser ganzes folgendes Leben ausschlaggebend sein.«

»O ja«, gibt sie zu. »Was mach ich bloß heute Abend, lauter Verrückte, die über Paralleluniversen und Teleportation sprechen. *Beam me up, Scottie!* Am besten in ein neues Leben, eines, in dem ich gemütlich mit meinem Buch am Sofa liege. Dabei hab ich immer gedacht, ihr Wissenschaftler seid bodenständige Menschen.«

Sie schlüpft in die Schuhe, greift nach dem Schlüssel am Haken und schiebt Jakob durch die Tür. »Komm, den Rest kannst du mir auch unterwegs erzählen.« Sie bleibt mit dem Stöckel am Türsockel hängen und stolpert. Jakob fängt sie mit einer schnellen Drehbewegung auf.

»So was Blödes«, sagt sie und reibt sich den Knöchel. »Im Paralleluniversum wäre mir das jetzt nicht passiert.«

Eine Stunde später sitzt sie auf einer der langen Holzbänke und lässt sich vom silberbärtigen Dekan erzählen, von seiner Leidenschaft zur Musik und seinem Sohn, der sich nicht im Geringsten für das interessiert, was sein Vater treibt. Marie sieht zu Jakob, der sich mit Haruto unterhält, denkt: Mir geht es wie dem Sohn des Dekans.

»Glauben Sie an Paralleluniversen?«, fragt sie ihn, und er lächelt sie milde an. »Eigentlich nicht, aber wer kann schon mit Gewissheit behaupten, was es gibt und was nicht. Wenn man die Regeln der Quantenmechanik bedenkt, müssten sogar Zeitreisen möglich sein. Aber ich bezweifle, dass es der Mensch je schaffen wird. Ebenso wenig, wie es möglich sein wird, Menschen zu beamen. Die Leute stellen sich das alles viel zu einfach vor. Man müsste Zigtausende Eigenschaften teleportieren, nicht nur die Polarisationsrichtung wie bei unseren Photonen. Stellen Sie sich dieses Durcheinander vor, wenn nur ein Zehntel davon nicht gelingt!«

Marie mag den Dekan, mag es, wie er mit ihr spricht. Bei ihm verstehe ich es sogar ein wenig, denkt sie. Auch mag sie seine Bodenständigkeit, er redet nicht von Paralleluniversen, sagt ihr nicht: In einem anderen Leben bist du jetzt noch mit Joe zusammen, ist er nicht in den Donaukanal gesprungen, ist dein Vater mit seiner Helga glücklich und nicht in die Straßenbahn gelaufen, lebt sogar deine Mutter noch. Alles hängt von einer einzigen Entscheidung ab, jede Tür eine neue Welt, das ist wie bei einer Rateshow, doch leider, leider haben dein Vater und du die falsche Tür gewählt.

Sie sieht zu Jakob und dem japanischen Studenten, und wieder fällt ihr auf, wie jung Haruto ist. Was hat Jakob gesagt? Vierundzwanzig?

Der Dekan entschuldigt sich, setzt sich ein paar Bänke weiter, dort wird man ihn nicht nach seiner Meinung zu Paralleluniversen fragen, denkt Marie. Sie rutscht näher an Jakob heran, lehnt ihren Oberkörper gegen den seinen. Ob er denn genug Deutsch verstehe, um bei den Vorlesungen mitzukommen, fragt sie Haruto, sie würde das alles nicht einmal in ihrer Muttersprache verstehen, geschweige denn in einer Fremdsprache.

»Oh, that's no problem«, erwidert er. »The abstracts and papers are in Englisch anyway, and the students and teachers all speak English.« Und das, was auf der Tafel stehe, sei sowieso eine internationalen Sprache, das Planck'sche Wirkungsquantum h sei schließlich eine Naturkonstante, und auch eine Femtosekunde betrüge auf der ganzen Welt immer zehn hoch minus fünfzehn Sekunden. Er lacht.

Plötzlich fragt sich Marie, ob sie wirklich ihr ganzes Leben von Femtosekunden, Photonenverschränkung und dem Planck'schen Wirkungsquantum hören will. Ob es vielleicht gar nicht so sehr darum geht, dass man einander liebt oder nicht liebt, sondern vielmehr darum, ob man ähnlich denkt. Jakob denkt in Minushochzahlen, Jakob erklärt sich die Welt in Formeln. Für ihn gibt es nichts, das sich nicht logisch erklären ließe. Alles existiert, solange es sich in mathematischen Gleichungen ausdrücken lässt. In Jakobs Leben gibt es keinen Platz für einen Hugo Steinwedel, der ins Koma fällt, nur weil er seine tote Frau so sehr liebt, dass er einer Gummipuppe ihr Kleid überzieht. Jakob würde sagen: »In einem Paralleluniversum sitzt dein Vater jetzt vor dem Fernseher und trinkt ein Bier.« Dabei würde sie so gerne mit ihm über den Vater sprechen. Hätte so gerne, dass er sagen würde: »Ich glaube schon, dass er etwas wahrnimmt, vielleicht nicht das, was um ihn herum geschieht, aber irgendetwas muss da sein.« Jakob macht sich Gedanken über Paralleluniversen und Zeitreisen, aber auf die Idee, ein Komapatient hätte so etwas wie eine Wahrnehmung, kommt er nicht. Deswegen weiß er auch nichts von der Gummipuppe, die der Vater in seinen Armen trug, als er in die Straßenbahn lief, ebenso wenig, wie er von Joe weiß, und der psychiatrischen Abteilung, in der Marie ihn kurz nach ihrem sechzehnten Geburtstag kennengelernt hat.

Sie nimmt einen Schluck vom Weißwein, und während Jakob und Haruto über Teleportation sprechen, denkt sie an Joe und den Vater, und dass die beiden einander vielleicht ähnlicher waren, als sie wahrhaben wollte. Dass vielleicht sogar das der Grund gewesen ist, warum sie sich in Joe verliebt hat.

»Hey, wo bist denn mit deinen Gedanken?«

Jakob zieht sie an sich heran und drückt ihr einen Kuss auf den Mund. »Es kommt eine Punkband aus Berlin«, sagt er dann. »Haruto möchte unbedingt hin.«

Punkmusik, denkt Marie, die passt doch überhaupt nicht zu Jakob. Und woher kennt Haruto eine Berliner Punkband?

Joe hatte Punkmusik zu Hause. Unzählige Kassetten, die er in den kleinen verstaubten Rekorder schob. Joe, schon wieder Joe.

»Kommst du mit?«

»Ja, klar«, sagt sie, obwohl sie weder Livekonzerte noch Punkmusik besonders mag.

16 Seit Gery diesen Film über sie drehen will, kommt Hedi ihrer Vergangenheit nicht mehr aus. Wie Ratten in ein faules Stück Obst verbeißen sich die Erinnerungen in ihre Hirnfalten und bescheren ihr nach einer langen Zeit der Ruhe wieder schlaflose Nächte. Vielleicht passiert ihr das, weil sie weiß, dass es dem Ende zugeht, und wenn man das einmal weiß, ist das Bedürfnis nach Schlaf ein zweitrangiges.

Hedi Brunner sitzt in ihrem Schaukelstuhl und wippt sachte vor und zurück. Auf ihrem Schoß liegt das kleine silberfarbene Gerät. Gery hat es ihr dagelassen, hat alles so eingestellt, dass Hedi nur auf den Knopf zu drücken braucht, wenn sie eine Aufnahme beginnen oder beenden will. Sie zieht das Mikrophon vom Kragen, legt es neben das Gerät.

Vorhin hat sie wieder hineingesprochen. Wie wird sich ihre Stimme anhören? Wie wird es sein, sich selbst beim Erinnern zuzuhören?

Sie bricht sich ein Stück von der Kochschokolade ab. Sie wird wieder Durchfall bekommen, doch sie kann der Lust auf

Süßigkeiten nicht widerstehen. Im russischen Sektor, denkt sie, hat es keine Schokolade gegeben. Nur Erbsen. Das war die Strafe dafür, dass die Deutschen Leningrad ausgehungert hatten. Da konnte man noch froh sein, dass es wenigstens Erbsen gegeben hat, die hatte es in Leningrad nämlich nicht gegeben. Das Einzige, was Hedi wirklich geschmerzt hat, war das Wissen, dass das Kind in ihrem geschwollenen Leib nie seinen Vater kennenlernen würde. Ilja war längst wieder in Leningrad, und Hedi stellte sich vor, wie er am Klavier saß, seine Finger über die Tasten tanzen ließ und sie über der Musik vergaß. Sie war ihm nicht böse. Das war nun einmal der Lauf der Zeit. Ilja war in Leningrad zu Hause, sie hier.

Dafür schimpfte Inge umso ausgiebiger. Sie schimpfte über die Erbsen, die sie täglich aßen, die viel zu seltenen Gaslieferzeiten und den Schutt, den sie mithelfen musste wegzuräumen. Vor allem aber schimpfte sie über den russischen Kindsvater, der Hedi hatte sitzen lassen, denn Inge ließ nicht gelten, dass er nichts von seinem Kind wusste. »Na und?«, sagte sie, »er hätte dir doch schreiben können, dann hättest du es ihn bestimmt wissen lassen!« Ihr Schimpfen ließ Hedi in Lachanfälle ausbrechen, und Hedis Lachen wiederum ließ Inge mit roten Backen sagen: »Wie kannst du über das alles auch noch lachen?« Hedi fuhr sich nur schmunzelnd über den Bauch. »Weinen macht es auch nicht besser, und das Kind mag es, wenn ich fröhlich bin.« Dabei dachte sie an Leningrad, von dem Ilja ihr an den Abenden erzählt hatte, an denen sie Hand in Hand über die Stoppelfelder gegangen waren und einander im untergehenden Schein der Sonne ihre Liebe bewiesen hatten. Eine Liebe, von der sie von Anfang an gewusst hatten, dass sie keine Zukunft haben würde.

Der Winter neunzehnhundertsiebenundvierzig zwang die Wiener mit aller Kraft in die Knie. Hedi hielt den von Inge geschneiderten Wintermantel fest um ihren Bauch gewickelt. Als es endlich wieder wärmer wurde und die Frühlingssonne neue Hoffnung gab, verlor Hedi ihre Arbeit in der Feuerzeug- fabrik. Eine Hochschwangere konnte man nicht gebrauchen, und draußen warteten schon andere, Kräftigere.

Anfang April kam dann das Kind zur Welt. Wassily war ein kräftiger Junge, doch schien es, als wäre mit seinem Kör- per auch die ganze Kraft aus Hedis Leib gerutscht. Mutlos saß sie vor dem Fenster, den kleinen weinenden Jungen im Arm, und wusste plötzlich nicht mehr, wie es weitergehen sollte. Als Inge ihr schließlich von der Tochter des Drogeriebesitzers und ihrem verzweifelten Kinderwunsch erzählte, fasste Hedi ei- nen Entschluss. Am sechzehnten Mai, dem Tag ihres einund- zwanzigsten Geburtstages, wickelte Hedi ihr sechs Wochen al- tes Baby in eine Decke und trug es in den Stadtpark. Dort traf sie sich mit einer hochgewachsenen blonden Frau und über- gab ihr den Jungen.

Ein Jahr danach lernte sie Ernst Brunner kennen. Dass sie für ihn nur Freundschaft empfand, störte sie nicht. Sie war nicht die Einzige, die damals so entschied.

Neunzehnhunderteinundfünfzig kam Traude zur Welt. Hedi merkte schon während der Schwangerschaft, dass sie für das Ungeborene nicht dasselbe empfand wie bei ihrer ers- ten Schwangerschaft. Hedi liebte ihre Tochter nicht. Nicht so, wie sie den kleinen Wassily geliebt hatte. Trotzdem legte sie die Kleine an ihre Brust, wiegte sie in ihren Armen, trug sie durch die Wohnung, wenn sie nicht einschlafen konnte, und sah ihr dabei zu, wie sie ihre ersten Schritte tat. Später half sie dem Mädchen bei den Hausübungen und lobte ihre Schul- leistungen. Währenddessen pendelte Ernst Woche für Woche nach Kaprun, wo er beim Bau des Kraftwerks eine gut bezahlte Stellung gefunden hatte. An den Wochenenden kam er nach

Hause, unternahm mit seiner Frau und seiner Tochter Ausflüge in den nahe gelegenen Wienerwald oder ging mit der Kleinen in den Prater Ringelspielfahren. Jeden Sonntagabend drückte er seiner Tochter vor dem Schlafengehen Schokolade in die Hand, als kleines Trostpflaster dafür, dass sie den Vater bis zum Freitagabend nicht sehen würde. Traude weinte jedes Mal.

Drei Jahre später war der Bau des Kraftwerks beendet. Ernst fand eine Anstellung bei den Österreichischen Bundesbahnen und kam jeden Tag pünktlich zum Abendessen nach Hause. Als Hedis Menstruation erneut ausblieb, ging Traude bereits aufs Gymnasium. Hedi setze sich jeden Morgen auf einen Topf heißes Wasser, doch es half nichts. Ernst, der nichts von den täglichen Bemühungen seiner Frau wusste, freute sich auf seine zweite Tochter.

Anna hinkte in der Entwicklung hintennach. Sie begann spät zu sprechen und auch sonst wirkte sie ein wenig schwerfällig. Als sie in die Schule kam, bestätigte sich das, was Hedi schon lange ahnte. Für Anna würde es nur eine Chance im Leben geben: einen Mann, der für sie sorgt, in welcher Form auch immer.

Hedi fährt mit dem Daumen über das silberfarbene Gerät. Wozu erzähle ich das alles? Meine Töchter sind erwachsen und ich kann nichts mehr an ihrem Leben ändern. Vor allem nicht ihre Kindheit, die alles andere als glücklich gewesen ist.

Sie holt die Cognacflasche aus der Kredenz und gießt sich ein Glas ein. Trinkt es leer und schenkt sich noch einmal ein. Oberhalb ihres Nabels saugt sich eine wohlige Wärme fest und bringt ihre Zehenspitzen zum Kribbeln.

Vielleicht hätte ich den Ernst nicht heiraten sollen, denkt sie. Dann wäre meinen Töchtern vieles erspart geblieben.

17 Ein Mann und eine Frau gehen eingehängt durchs heilige Viertel – Erzbischofgasse, Himmelhofgasse, Innocentiagasse. Sie sind einander nicht Mann und Frau, nicht Geliebter und Geliebte. Freunde? Vielleicht. Der Frühling hinterlässt Blütenmatsch auf den Gehwegen, die Innocentiagasse riecht wie ein geiles Weib nach Moschus und Orchideen. Gery dirigiert Sonja durch die Gassen, sie gehen bis hinunter nach Schönbrunn, dann durch den Schlosspark, vorbei an den Enten und kunstvoll angelegten Blumenbeeten. Dabei erzählt er ihr von seiner Vergangenheit, von den Eltern, die immer gestritten haben, von der Filmschule und von Joe.

Sonja zupft Blätter ab, in ihrem Kopf rattert ein Sprücherl. *Er liebt mich, von Herzen, mit Schmerzen, insgeheim, ganz allein, ein wenig, gar nicht.* Dabei weiß sie nicht einmal, wem das Sprücherl gelten soll, Gery oder Jakob oder keinem von beiden.

»Ich hab gar nicht gewusst, dass du am Land aufgewachsen bist«, sagt sie und folgt Gery aus dem Schlossgarten.

»O ja, und wie! Auf einer Wiese, hingeworfen wie ein Stück Vogeldreck, mitten in die grüne Landschaft hinein.« Gery lacht. »Im Frühling hab ich unten am Teich Kaulquappen gesammelt. Und in den Sommerferien hab ich Heu gereicht und beim Kukuruzauslösen geholfen.«

Sonja streift den Gummi vom Zopf, fasst das Haar erneut zusammen und wickelt den Gummi herum.

»Das Kukuruzauslösen war die schönste Arbeit, da hat man sitzen und träumen können.«

»Beim Kukuruzauslösen?«, fragt Sonja. »Wovon hast du da geträumt?«

»Dass ich irgendwann einmal nicht mehr dahocke, dass ich mich in die Filmschule einschreibe, und dann wird man meine Filme in Berlin und Cannes ansehen, die Köpfe zusammenstecken und *Großartig!* sagen.«

Gery kickt einen Kieselstein auf die Straße.

»Aber du warst doch auf der Filmschule«, sagt Sonja.

Sie gehen die Schlossallee hinauf, vorbei am Auer-Wels-bach-Park und am Technischen Museum. Sie könnte mich fragen, wie ich zur Filmschule gekommen bin, denkt Gery. Dann würde ich ihr von der Landwirtschaftsschule erzählen, die ich drei Jahre lang besucht habe, weil der Vater das so wollte. Ich würde ihr erzählen, wie ich eines Tages im Bett gelegen bin und gewusst habe: Wenn ich jetzt nicht abhaue, dann tue ich es nie. Wie ich die ganze Nacht lang wach geblieben bin, um einen Brief an die Eltern zu schreiben, den ich dann doch nicht auf den Küchentisch gelegt habe. Wie ich in den Zug gestiegen und einfach nach Wien gefahren bin. Ich würde ihr von dem Aushang am Westbahnhof erzählen, auf dem stand, dass man bei der ÖBB Zugbegleiter suchte. Dass ich ins Auskunftsbüro gegangen bin und gesagt habe: »Ich würde das gerne machen, aber ich hab keine Ausbildung«, und dass der Mann gelacht hat, weil ich glaubte, als Schaffner brauche man eine abgeschlossene Lehre.

Wenn sie nur fragen würde. Aber sie fragt nicht. Jede Viertelstunde öffnet sie ihren Zopf und bindet ihn neu. Ihr kastanienbraunes Haar leuchtet im Schein der Straßenlaternen, es ist glatt und straff nach hinten gekämmt. Gery fragt sich, ob ihr das nicht wehtut. Er erinnert sich daran, dass auch er einmal die Haare schulterlang getragen hat und wie sehr seine Kopfhaut geschmerzt hat, wenn sich wieder einmal ein Haar im Gummi verfangen hatte.

Er führt sie die Schlossallee hinauf, dann die Felberstraße entlang zur Schmelzbrücke.

»Hier war ich immer mit Joe«, sagt er. Dann stemmt er sich am Geländer hoch, hebt zuerst das eine Bein darüber und dann das andere und setzt sich auf die schmale Brüstung.

»Hör auf mit dem Blödsinn, komm da runter«, flüstert Sonja.

Als ob sie Angst hat, ich könnte hinunterfallen, wenn sie mich zu laut anspricht, denkt er. Trotzdem hebt er das rechte Bein über das Geländer, stützt sich an ihrer Schulter ab, holt das linke Bein nach und springt auf den Gehsteig. Sonja schält eine kleine weiße Tablette aus einer Sichtverpackung und schluckt sie mit Speichel hinunter.

»Ich könnte eine Flasche Wein holen, unten gibt's ein Gasthaus«, schlägt er vor.

»Ich will keinen Wein, aber Cola wäre nicht schlecht.«

Ihre Augen sind gerötet. »Das kommt von den Birkenpollen«, hat sie ihm vorhin gesagt, als er sie darauf ansprach. Jetzt sind ihre Augen noch röter als zu Beginn des Spaziergangs, fast so, als habe sie geweint. Gery stellt sich vor, wie es wäre, sie zu trösten. Den Arm um sie zu legen und ihren Kopf mit sanftem Druck gegen seine Brust zu pressen. Ich habe sie nie weinen sehen, denkt er, nicht als ich ihr gesagt habe, dass ich nicht in sie verliebt bin, und auch nicht, als sie mir von Jakob erzählt hat, den sie vielleicht immer noch liebt.

Als er die Stufen am Ende der Brücke hinunterläuft, muss er an Ute denken. Ute mit der Zahnspange. Sie war seine Freundin, vor fünf Jahren, als er noch in Köln gewohnt hat. Wie verliebt er in sie war! Aber Ute ist insgeheim in Michael verliebt gewesen, Gery hat es immer gespürt, von Anfang an. Dreimal haben sie sich während ihrer Beziehung getrennt, doch die Trennung hat nie lange gedauert. Wenn sich Michael nur in sie verlieben würde, hat er damals gedacht, dann würde sie draufkommen, dass er aus der Nähe nicht einmal halb so interessant ist. Aber Michael hat sich nicht für Ute interessiert, und nach der vierten Trennung hat auch Gery genug von ihr gehabt.

Bis auf Ute hat es keine gegeben, in die er wirklich verliebt

206

gewesen ist. Er hat sie alle gern gehabt, so wie er auch Sonja gern hat. Nur bei Marie ist es anders. Bei ihr könnte er sich vorstellen, sich wieder so richtig zu verlieben. Als er sie auf Joes Beerdigung gesehen hat, hat sein Herz so heftig geklopft, dass er schon Angst gehabt hat, jemand könnte es hören. Aber Marie ist Joes Freundin, wird es immer bleiben, auch nach seinem Tod.

Als Gery mit zwei Colaflaschen zurückkommt, sitzt Sonja am Boden, die Knie an die Brust gezogen, den Kopf daraufgelegt. Ihr Pferdeschwanz hängt auf der linken Seite hinunter, berührt beinahe den Asphalt. Gery stellt sich vor, wie es wäre, sie zu filmen, wie sie hier sitzt, so still und ganz anders als Joe. Nicht oben, am Geländer, die Arme von sich gestreckt, sondern unten, als wolle sie sich verstecken, und doch würde sie jeder sehen, würde sich denken, dass ihr vielleicht schlecht ist, würde ihr seine Hilfe anbieten, die Hand hinhalten und fragen: »Ist Ihnen schwindlig? Geht's Ihnen nicht gut?« Eine wie Sonja würde man immer fragen. Bei ihr würde keiner auf die Idee kommen, sie sei eine Betrunkene, *G'sindl*, das nach Mitternacht auf dem Gehsteig hockt, anstatt im Bett zu liegen, um sich für den kommenden Arbeitstag auszuschlafen.

»Hast du jemals das Gefühl gehabt, erkannt zu werden?«, fragt er sie, als er sich zu ihr setzt.

»Wie kommst du denn darauf?«, sagt sie. »Du tust ja so, als wärst du ein Geheimagent.«

Sie zieht an der Flasche.

»Davon rede ich nicht. Ich meine, wenn dich jemand als Mensch erkennt. Wenn jemand spürt, wer du bist, ohne dass du darüber sprechen musst. Joe konnte das. Er hat in dich hineingeschaut, als wärst du aus Glas. Als säße in dem Glas deine Seele, oder wie immer man das auch nennt, was uns ausmacht.«

»So ein Mensch würde mir Angst machen.«

Sie sitzen mit dem Rücken gegen das Geländer gelehnt. Trotz der milden Luft pflanzt sich die Kälte des Asphalts fort, von den Pobacken über das Steißbein die Wirbelsäule hinauf. Langsam kriechen die Lichter der Autos über die Brücke, um auf der anderen Seite im Gewirr der Gassen unterzutauchen. Manchmal fährt ein Zug unten durch, später ist es sogar auf den Schienen ruhig, nur vom entfernten Gürtel hört man ein stetiges Rauschen.

»Ich sollte langsam ins Bett.«

Als Sonja aufsteht, bleibt sie mit der Ferse am Geländer hängen, der Schuh löst sich vom Fuß, fällt auf die Schienen und bleibt auf einer Weiche liegen. Sein Pink leuchtet im Licht der Laterne.

»Scheiße. Wie soll ich denn jetzt nach Hause?«

»Am besten du ziehst den zweiten auch noch aus.« Gery grinst.

»Schön, dass du darüber lachen kannst.« Sonja beugt sich über das Geländer. »Wie komm ich da runter?«

»Vergiss es. Da müssten wir zum Westbahnhof und die Schienen entlanggehen. Bevor wir bei deinem Schuh ankommen, lassen die uns in einer Zwangsjacke abtransportieren.«

Also gehen sie die Felberstraße hinauf, Sonja in nur einem Schuh. Vorbei an den Prostituierten, die nach den letzten Nachtschwärmern Ausschau halten und gelangweilt an ihren Zigaretten ziehen.

»Eigentlich wohnst du gar nicht weit weg von Joe«, sagt Gery. »Vielleicht hast du ihn ja einmal gesehen.«

Sie bleiben vor Sonjas Eingangstür stehen.

»Ich muss jetzt wirklich schlafen gehen«, sagt sie.

»Ist schon okay.«

Kalt und glatt fühlt sich ihre Haut an, als er sie zum Abschied auf die Wangen küsst. Er sieht ihr dabei zu, wie sie den

Schlüssel ins Schloss steckt und im dunklen Flur verschwindet. Bleibt noch eine Zigarettenlänge lang stehen, bevor er über die Schweglerstraße zurückspaziert. Kurz überlegt er, zu Joes Wohnung hochzugehen, doch dann fällt ihm ein, dass es sein kann, dass in Joes Wohnung schon längst ein anderer wohnt.

Gery öffnet die Tür zum Gasthaus. Setzt sich auf eine der Bänke und bestellt sich ein Bier. Am Flipperautomaten steht ein Mann mit dünnem, grauem Zopf und drückt wild auf die Knöpfe, dazwischen trinkt er große gierige Schlucke aus seinem Bierglas. Gery denkt an Hedi und ihr weggegebenes Kind. Die große Liebe trifft man nur einmal, heißt es. Er fragt sich, ob sie mit Ilja zusammengeblieben wäre. Vielleicht wäre er ihr genauso lästig geworden wie ihr späterer Ehemann. Vielleicht werden einem die, mit denen man zusammen ist, immer lästig.

Am Wochenende wird er nach Oberkreuzstetten fahren. Bernd Kramer war sofort begeistert, als Gery ihn angerufen und gesagt hat, dass er das Haus filmen und ein wenig mit ihm plaudern möchte. Ja gern, hat er gesagt, das sei ja spannend, er könne sich an Hedwig Brunner erinnern. Allerdings fliege er diesen Freitag auf Urlaub und käme erst in zwei Wochen wieder zurück. Aber danach könne Gery gerne einmal vorbeikommen.

Er wird sich das Haus schon während Kramers Abwesenheit ansehen und die ersten Aufnahmen drehen.

Er stellt sich vor, wie es wäre, Sonja mitzunehmen. Bestimmt würde ihr das gefallen, wo sie doch so gerne spazieren geht. Sie könnten gemeinsam ins Weinviertel fahren und einen schönen Tag miteinander verbringen. Einfach wie zwei gute Freunde, die einen gemeinsamen Ausflug machen. Vielleicht sollte er sie aber gar nicht mehr treffen. Frauen sind in diesen Dingen anders, denkt er, die erwarten immer etwas, auch wenn sie das Gegenteil behaupten. Alle wollen sie, dass man sie anruft und an sie denkt. Dass irgendetwas passiert. Aber es wird nichts passieren. Er mag sie, und manchmal ist er sogar gern mit ihr zusammen, aber sie haben einander nichts zu sagen. Sonst hätte sie ihn heute gefragt. Egal was. Wenn er gesagt hätte: »Schau, wie der Mond scheint«, oder: »Warm ist es heute«, irgendeinen stumpfsinnigen Blödsinn, es hätte keinen Unterschied gemacht.

Gery stellt das leere Glas auf den Tisch und legt zwei Münzen daneben. Dann steht er auf, geht um den Mann am Flipperautomaten herum und öffnet die Tür. Auf der Felberstraße winkt er ein Taxi an den Straßenrand. Er hat noch drei Stunden. Vielleicht kann ich ja ein wenig schlafen, denkt er, als er auf die Rückbank klettert.

18 »Ich habe meinen Mann neunzehnhundertachtundvierzig kennengelernt. Ich war keine Sekunde lang in ihn verliebt, aber ich habe ihn trotzdem geheiratet.«

Gery legt eine neue Tonspur an und zieht Hedis Stimme hinein. Dann zündet er sich eine Zigarette an und hört die Aufnahme an.

»Eines Nachmittages hat es an der Tür geklingelt. Anna ist gerade am Heimweg von der Schule gewesen, Traude hat damals schon studiert. Vor der Tür ist ein Arbeitskollege vom Ernst gestanden. Ich hab sofort gewusst, dass etwas passiert ist. Ernsts Arbeitskollegen sind nie zu uns gekommen, schon gar nicht, wenn ich allein zu Hause war. Trotzdem habe ich ihm eine Schüssel von dem Weichselkompott hingestellt, das ich gerade am Herd stehen gehabt hab. Dann habe ich mich neben ihn gesetzt und ihm dabei zugeschaut, wie er das Kompott Löffel für Löffel hinuntergewürgt hat.«

Zuerst denkt Gery, dass die Aufnahme zu Ende ist. Die Anzeige am Display zeigt jedoch an, dass sie noch vierzig Sekunden dauert. Also wartet er. Wenn er genau hinhört, kann er Hedis Atem hören.

Dann wieder ihre Stimme.

»Er ist in den Strom gekommen. Keiner hat gewusst, was genau passiert ist, aber sie haben mir versichert, dass es schnell gegangen ist. Er hat nichts gespürt. Zwei Jahre später habe ich herausgefunden, dass meine Tochter Anna schwanger ist. Sie war erst dreizehn.«

Die Aufnahme ist zu Ende. Gery bleibt vor dem Computer sitzen, in den Ohren die Stöpsel. Das gerahmte Foto in Hedis Wohnzimmer fällt ihm ein und der Mann mit dem strengen Seitenscheitel und dem fein gezeichneten Schnurrbart darauf. »Hirngespinste werden selten zu Ehemännern«, hat Hedi gesagt, als er sie bei seinem ersten Besuch darauf angesprochen hat.

Gery kopiert die Aufnahme auf seine Festplatte und hört sich die nächste an. Hedi hat immer nur minutenweise in das Gerät gesprochen. Er wird ihre Geschichten in eine zeitliche Reihenfolge bringen müssen.

Im Filmarchiv findet er eine alte Wochenschau über den Bau des Kapruner Kraftwerks. Bei der Filmverwertungsgesellschaft sucht er um eine Kopie an, sowie um die Erlaubnis, das Material verwenden zu dürfen. An einem Donnerstagnachmittag reicht er seine Projektbeschreibung beim Bundesministerium für Unterricht, Kunst und Kultur ein. Danach nimmt er den Zug nach Laa an der Thaya und steigt in Niederkreuzstetten aus. Die zweieinhalb Kilometer nach Oberkreuzstetten geht er zu Fuß, um seine Schulter hängt die Kamera. Zum Hauptplatz, die Hauptstraße entlang, bis zum Ortsende. Beim Lagerhaus biegt er von der Hauptstraße ab, die Felder entlang, wieder nach rechts, in die Hintausgasse. Vor einem der

Längsstadel liegt eine verrostete Federzahnegge. Die Tür des Stadels steht offen, dahinter kann Gery ein altes Pferdefuhrwerk erkennen. Das Holz ist morsch und zersplittert. Er geht weiter, bis zum Ende des staubigen Weges. Durch das rückseitige Fenster des letzten Hauses sieht er ein Bett mit einer zerschlissenen Tagesdecke, zwei Kommoden und ein Regal mit alten Büchern. In der Ecke ein Stapel alter Tageszeitungen. Neben der Tür ein Hometrainer. Eines der Pedale fehlt, auf dem schwarzen Kunstledersattel liegt eine dicke Staubschicht. Gery filmt das Haus und das angrenzende Feld. Versucht, sich die junge Hedi vorzustellen, wie sie in den Kuhstall geht, ein Kopftuch umgebunden, in der Hand den Eimer. Wie plötzlich der junge russische Soldat vor ihr steht und nach Milch verlangt. In Gerys Vorstellung hat alles ganz anders ausgesehen. Vielleicht sind es aber auch nur die Farben, denkt er. In meinem Kopf war immer alles schwarz-weiß.

Als er wieder zum Bahnhof geht, muss er an die eigenen Eltern denken, und dass er sie seit seiner Rückkehr aus Köln vor vier Jahren nicht mehr gesehen hat. Die Nachmittagssonne brennt auf die Hauptstraße hinunter. In zwanzig Minuten fährt der nächste Zug nach Wien. In der Luft hängt der Geruch von Kuhdung. Zwischen ausgelassenes Vogelgezwitscher drängt sich der Ruf eines Hahns und Hundegebell. Gery beschleunigt seine Schritte. Die Kameratasche schlägt gegen seine Hüfte. Als er am Bahnsteig ankommt, fährt gerade der Zug ein.

19 Über den Köpfen der Konzertbesucher bläht sich eine dicke Blase aus Bierdunst und Schweißgeruch. Alle drängen und stoßen, treten einander auf die Füße, bohren ihre Ellbogen in die Rippen des anderen. Die schwitzende, tratschende Menschenmenge ist ihr zuwider. Warum ist sie ge-

kommen? Weil die Band Joe gefallen hätte? Vielleicht hat er sie gekannt, hat er sie sogar auf einer seiner unzähligen Kassetten gehabt, so wie er alles, was ihm gefiel, auf Kassetten kopiert hat.

Würde Joe noch leben, er wäre heute hier. Joe liebte Konzerte wie dieses, in einem engen Saal mit einer viel zu kleinen Bühne. Mit einer Band, der es darum geht, eine Weltanschauung in die Welt hinauszusingen. Etwas herausflutschen zu lassen, was anderen im Hals stecken bleibt.

Sie nuckelt an der Bierflasche und sieht auf die Uhr. Warum ist sie hierhergekommen?

Ein Schrei, dann Lachen. Marie sieht dorthin, woher der Lärm kommt. Eine junge Frau wischt sich mit der Hand über den lilafarbenen Rock, daneben steht einer und hebt die Handfläche vor die Brust, in der anderen hält er einen Pappbecher. »Sorry.« Plastik raschelt, als ein paar Taschentücher aus der Verpackung gezogen werden. Die junge Frau wischt über den Rock, zuckt dann mit den Schultern, sagt: »Ist schon okay, macht nichts.« Der Typ mit dem Pappbecher geht weiter. Stößt Marie mit dem Ellbogen in den Rücken, entschuldigt sich abermals: »Sorry.«

Endlich betreten die Musiker die Bühne. Die Menge beginnt zu grölen. Rechts im Eck schlägt eine junge Frau den Takt auf dem Schlagzeug, daneben geigt eine. Marie lehnt ihren Kopf an Jakobs Schulter. Der Sänger singt, wie es sich anfühlt, die Wegbeschreibung verloren zu haben. In einem Pappkarton zu laufen und den Ausgang nicht mehr zu finden.

Marie nimmt einen Schluck vom Bier. Hört den Refrains zu. *Das ist kein Leben, nein, das ist Luftholen.* Wieder muss sie an Joe denken. An seinen Wunsch nach Freiheit und sein Gefangensein in ebendiesem Wunsch.

»Na, du?« Jakob legt seinen Arm um ihre Taille und zieht sie zu sich heran. »Gefällt dir die Band?« Marie nickt und lächelt.

Nimmt noch einen Schluck aus der Bierflasche, dabei mag sie den Geschmack von Bier nicht.

Sie lehnt ihren Körper gegen Jakob. Die Luft im Saal ist schwül, ihre Arme kleben aneinander. Neben ihr singt Haruto lauthals mit. *Gebt aufeinander Acht.* Marie fragt sich, wie viel er von dem, was er singt, versteht. Hört man in Japan deutschen Punk-Rock?

Die Band singt die Terzen schief. Wie wenn es darum ginge, würde Joe sagen. Musst du immer die Lehrerin spielen? Das hat er gerne getan. Ihr das Gefühl zu geben, spießig zu sein. Sich an Dissonanzen aufzuhängen, wo es um den Inhalt geht. Marie hat nie auf Liedtexte geachtet. »Du hörst nie zu. Du bekommst so viel nicht mit«, hat Joe ihr vorgeworfen. Dabei muss sie den ganzen Tag lang zuhören. Immer für die anderen da sein, immer Ansprechpartner für zweihundert Schüler sein, Tag für Tag. Wenn man wie Joe den ganzen Tag allein auf einer Brücke steht, ist man froh, wahrgenommen zu werden. Die meisten haben ja weggeschaut. Als Lehrerin ist Marie froh, wenn einer vorbeigeht, ohne eine Frage zu stellen. Schülerfragen. Elternfragen, unangemeldet, zwischen Tür und Angel: »Ist das Fräulein Steinwedel da?« Und erst die neue Direktorin. »Eine gewisse Ordnung in den Dingen setze ich voraus!«

Was hatte Joe schon für eine Ahnung vom Leben? Wo er doch alles Geld, das er brauchte, von seinem Onkel bekommen hat. Anders als der Leadsänger, von dem Marie ahnt, dass er sich das Geld selbst verdienen muss. Ihr ist, als würde er aus ihrer eigenen Seele schreien. *Das ist kein Leben, nein, das ist Luftholen, vom Aufsteh'n bis zum Schlafengeh'n.*

Ich könnte auch davonlaufen, denkt Marie. So wie Joe vor allem davongelaufen ist, sich immer gedrückt hat. Ich gehe einfach weg. Irgendwohin, wo es keinen Vater gibt und auch keinen Jakob. Keine Schüler, die sowieso nicht an meinem Unterricht interessiert sind, und keine Direktorin, die von der Ordnung in den Dingen spricht. Welche Ordnung denn?

Ja, einfach weg. Und dann? Na, Joe? Was hast du aus deinem Leben gemacht? Bist einfach gesprungen.

»Ich geh mal kurz aufs Klo.«

Marie löst sich aus Jakobs Umarmung, läuft mitten im Lied weg. Kämpft sich durch die Menge. Ist schon fast bei den Toilettenanlagen, als sie Gery in der Menge sieht. Sie will sich hinter einer Frau mit langen blonden Dreadlocks verstecken, doch er hat sie schon entdeckt, ruft ihr zu: »Marie!«

Sie nickt ihm zu, lächelt. Will weitergehen, doch da kämpft er sich schon zu ihr durch.

»Marie!«

Sie bleibt stehen.

»Mit dir hab ich hier ja gar nicht gerechnet«, sagt er.

»Ich wollte gerade aufs Klo.«

»Da hast du jetzt keine Chance.« Er zeigt auf die Schlange. »Nach dem Lied ist Pause. Gehen wir kurz hinaus?«

Marie nickt. Denkt: Jakob wird sich fragen, wo ich bin.

Gemeinsam gehen sie vor die Tür, wo schon andere in Grüppchen beieinanderstehen.

»Wie geht es dir?«

»Man lebt. Und du?«

»Ich lebe auch. Wie du siehst.« Er grinst.

Eine Weile stehen sie schweigend nebeneinander und sehen den anderen beim Plaudern und Rauchen zu.

»Ich hab einen Brief bekommen«, sagt Marie schließlich. »Eine Testamentseröffnung im Prater. Weißt du etwas davon? Ich meine, du warst doch Joes bester Freund.«

»Ich hab auch einen bekommen. Fünfzehnter Juli fünfzehn Uhr vor der Hochschaubahn.«

»Genau.«

»Es ist der Tag, an dem er … genau ein Jahr danach.«

Marie dämpft die Zigarette aus. »Manchmal werd ich das Gefühl nicht los, dass Joe irgendwo ums Eck steht und sich totlacht. Es würde so zu ihm passen.«

Sie schiebt die Zigarettenkippe mit der Schuhspitze über den Boden. Legt sich die Handflächen auf die Oberarme. Nach den überhitzten Räumen ist die Frühlingsluft kühl, zaubert ihr Gänsehaut auf die Arme.

Gery wirft seine Kippe auf den Boden, tritt darauf und zündet sich die nächste an. »Magst du auch noch eine?«

»Nein danke.« Sie sieht ihm dabei zu, wie er die Flamme aus der Hand springen lässt und an der Zigarette zieht.

»Was, wenn Joe gar nicht tot ist?«, sagt sie, als er das Feuerzeug einsteckt. »Ich meine: Stell dir mal vor, er hat sich das alles nur ausgedacht.«

»Joe ist beerdigt worden, Marie. Du warst doch selbst dabei.«

»Vielleicht war der Sarg ja leer«, sagt sie, dann: »Nein. Du hast recht, das ist Blödsinn. Joe ist gesprungen.«

»Glaub mir, der Sarg ist nicht leer. Ich war dabei, er ist gesprungen.«

»Du warst was?«

»Ich hätte nachschauen sollen, als er nicht aufgetaucht ist. Ich hab mir nichts gedacht, weißt du? Wo er dieses Spiel doch so oft gespielt hat. Ich hab ihn einfach nicht mehr ernst genommen.«

Marie bohrt ihre Fingernägel in die Haut.

»Ich war stinksauer, weil er mich hat warten lassen. Scheiße, ich hätte nicht so einfach gehen dürfen.«

Marie sieht zu der Gruppe neben ihnen. Zu den zwei Mädchen. Fünfzehn vielleicht. Wie sie lachen. Die Burschen sind ein wenig älter. Einer packt eines der Mädchen bei den Hüften, wirbelt es herum und kitzelt es, woraufhin das Mädchen kreischt.

Wieso fühlt sie nichts. Sie könnte jetzt auf Gery eindreschen, schreien: Es ist deine Schuld! Aber da ist nur Traurigkeit. Dieselbe Traurigkeit, die sie immer gespürt hat, wenn sie mit Joe zusammen gewesen ist. Joe war keiner, der bis zum Schluss durchhält. Anfangs hat sie noch geglaubt, wenn sie nur genug für ihn da wäre, ihn lieben würde, würde es reichen. Aber es hat nie gereicht. Sie hat nur sich selbst damit kaputt gemacht.

»Klar. Irgendwann glaubt man es nicht mehr«, sagt sie. »Mich hat dieses Spiel auch immer angewidert. Er springt, taucht unter, und der andere macht sich Sorgen.« Sie zuckt mit den Schultern. »Ich muss wieder rein. Mein Freund wartet drinnen. Und aufs Klo muss ich auch.«

»Wirst du kommen?«

»In den Prater? Ich weiß nicht. Ich komm mir so blöd vor.«

»Wir könnten uns gemeinsam blöd vorkommen.«

»Ja, vielleicht.«

Sie dreht sich um. Hat die Tür schon in der Hand, als sie Gerys Stimme hinter sich hört.

»Marie?«

Sie wendet den Kopf.

»Versprichst du mir, zu kommen?«

Sie zögert, nickt schließlich.

»Also dann bis zum fünfzehnten Juli!«

Das Klobrett ist angepinkelt. Marie kippt es mit der Schuhspitze nach oben. Merkt, dass ihre Knie zittern. »Verdammte Scheiße, Joe!«, sagt sie laut. Dabei weiß sie, dass ihre Nervosität nichts mit Joe zu tun hat. Nicht nur.

Sie öffnet die Kabinentür und stellt sich vor den Spiegel. Stellt fest, dass sie rote Flecken auf den Wangen hat. Hinter ihr taucht eine Frau im Spiegel auf. Rotbraune Dreadlocks und Sommersprossen auf den Wangen. »Ist das deine?«

Marie dreht sich um.

Die Frau hält eine Handtasche an der Schlaufe in die Höhe. Wann wäre ihr aufgefallen, dass sie die Handtasche nicht bei sich hat? Die Kreditkarte. Sie hätte die Bankomatkarte und die VISA Card sperren müssen. Und das alles nur, weil …

»Danke.«

Die Frau verschwindet wieder hinter der Tür. Marie geht zurück zu den anderen. Die Pause ist beinahe aus, sie muss also fast eine halbe Stunde mit Gery draußen gestanden sein.

»Na? Du warst aber lange weg.« Jakob legt seinen Arm um ihre Schultern.

»Du weißt ja, Frauen. Alle müssen sie aufs Klo in der Pause.«

Wieso sage ich nicht, dass ich jemanden getroffen habe?, denkt sie. Als müsste ich Gery vor Jakob verheimlichen.

»Ich hab uns frisches Bier besorgt«, sagt Jakob und hält ihr die Flasche unter die Nase.

»Ich mag kein Bier«, sagt Marie. »Das weißt du doch.«

20 Ihr Hals hat als Erstes zu hängen begonnen. Zuerst das Doppelkinn. Sie hat ja immer schon ein Doppelkinn gehabt beim Hinunterschauen, schon als junges Mädchen. Hat immer extra ein wenig hinaufgeschaut, ja nicht schräg und nach unten, so wie es der Fotograf von ihr verlangt hat. Wie sie damals diskutiert hat mit ihm! Da ist sie noch ein junges Ding gewesen, sechzehn vielleicht. Damals haben sie noch schöne Fotografien gemacht, wie ein Filmstar hat man auf ihnen ausgesehen.

Hedi zwickt die Haut am Hals mit Daumen und Zeigefinger zusammen. »Wie ein Truthahn schaust aus!« Sie lässt die

Haut wieder los, nimmt die Pinzette und zupft sich ein Haar am Kinn aus. Als ob das noch einen Sinn hätte. Schaut dich ja eh keiner mehr an. Sie schlüpft aus dem Pullover und dem Unterhemd. Streift Strumpfhose und Rock hinunter. Dann die Unterhose. Legt die Unterwäsche in die Waschmaschine und schlüpft ins Nachthemd. Den Rock und den Pullover trägt sie ins Wohnzimmer, hängt sie über den Schaukelstuhl. Dann geht sie wieder ins Bad und nimmt die Zähne heraus. Legt sie in den breiten Plastikbecher und füllt Wasser ein, schält eine Reinigungstablette aus der Verpackung. Das ist schon gut, dass das keiner sehen muss, denkt sie. Dass ich nicht neben dem Ernst hab alt werden müssen, oder gar neben dem Ilja. Wenn ich jetzt meine Zähne vor ihm herausnehmen und mich mit meinem Truthahnhals zu ihm hinüberbeugen müsste, um ihm eine gute Nacht zu wünschen.

Ob Ilja noch seine eigenen Zähne hat? Bei ihr haben sich nach der dritten Schwangerschaft alle gelockert. Mit fünfunddreißig schon ein künstliches Gebiss. Aber wer weiß, ob Ilja überhaupt noch lebt. Der müsste jetzt auch schon … wie alt? Siebenundachtzig, meine Güte! Hedi stellt sich seine Sankt Petersburger Wohnung vor. Mit einem großen, glänzenden Flügel und Perserteppichen. Dabei weiß sie nicht einmal, ob er wirklich berühmt geworden ist, so wie sie sich das immer vorgestellt hat. Vielleicht hat er ja am Kirow-Theater gespielt. Oder gar in den großen Musiksälen, in New York, in London und Paris! Vielleicht sogar in Wien. Vielleicht ist er einmal hier gewesen, nur wenige Meter von ihr entfernt, hat seine Finger über die Tasten gleiten lassen, Rachmaninow gespielt und dabei ein wenig an sie gedacht.

Hedi knipst die Nachttischlampe an. Was ich für einen Blödsinn denk in letzter Zeit! Sie greift nach dem Buch auf dem Nachtkästchen und schlägt es auf. Der Mord auf der Gartenparty zieht ihre Aufmerksamkeit sofort zwischen die Buchstabenzeilen. Nach einer halben Stunde nimmt sie die Brillen ab, reibt sich die Augen und legt das Buch zur Seite. Sie schaltet die Nachttischlampe aus und kuschelt sich mit einem behaglichen Seufzen unter die Decke.

21 Ein einziger Satz, und schon gilt nichts mehr. Die Fäden spannen sich und reißen, danach ist nichts mehr wie zuvor.

Maries Finger fahren über das Tischtuch und glätten nicht vorhandene Falten. Jakob, der ihr gegenübersitzt und das Weinglas zwischen Zeigefinger und Daumen dreht, sieht sie an, sieht auf ihr Haar, ihre Sommersprossen und sagt: »Was willst du mir damit sagen?« Über den Rand seines Glases krabbelt eine Spinne. Marie antwortet nicht, hält stattdessen den Blick auf das Insekt gerichtet, während ihr Daumennagel Muster ins Tischtuch zeichnet. »Ich meine es so, wie ich es gesagt habe. Dass ich mir nicht mehr sicher bin, ob wir zusammenpassen.«

Jakob zerdrückt die Spinne mit dem Zeigefinger, wischt den Rest des Körpers an der Hose ab. »Wie kommst du auf einmal auf die Idee?«

»Ich hab das Gefühl, dass wir uns nichts mehr zu sagen haben.«

»Aber wir reden doch«, widerspricht er ihr. »Wir unterhalten uns jeden Tag miteinander.«

»Das heißt aber noch lange nicht, dass wir uns auch etwas zu sagen haben«, sagt sie, während ihr Daumennagel weiterhin Kreise im Tischtuch zieht.

Und wenn sie mit Joe zusammengeblieben wäre? Wenn es geklappt hätte mit ihnen, wenn es so geblieben wäre wie am Anfang, hätten sie einander heute noch etwas zu sagen? Aber

Joe hat doch immer mit ihr gesprochen, hat immer etwas zu erzählen gewusst, egal was, und wenn es einfach nur Märchen von Marillenmädchen waren, die er sich für sie ausdachte.

Jakob stellt sich ans Fenster, die Hände in den Backentaschen seiner Jeans vergraben. Hinter den Scheiben presst die Dunkelheit ihren fetten Leib gegen das Glas, und fast hat er Angst, als könne die Scheibe bersten und die Dunkelheit hereinbrechen, ihn verschlingen.

»Nenn mir nur einen Grund«, sagt er und setzt sich wieder an den Tisch und klaubt Brösel vom Tischtuch.

»Es gibt keinen Grund«, sagt sie.

Als hätte sich eine unsichtbare Trennwand zwischen sie geschoben. Bis vor einer halben Minute hat er noch gedacht, sie wären glücklich miteinander, und jetzt schleudert sie ihm diesen Satz entgegen. Hat er sie falsch eingeschätzt? Stört es sie vielleicht doch, dass er so viel Zeit mit dem Projekt verbringt?

»Vielleicht sollten wir raus aus Wien«, sagt er, »ein Wochenende nur wir zwei.«

Marie steht auf, sammelt Teller und Gläser ein und geht in die Küche. Schlichtet das Geschirr in den Geschirrspüler, legt ein Tab in die Klappe und dreht am Rädchen. Wasser gurgelt und ergießt sich über das Weinglas, auf dem eben noch eine Spinne gekrabbelt ist. »Mir geht das alles zu schnell«, sagt sie, als Jakob sich neben sie stellt. »Wir leben wie ein altes Ehepaar.«

Sie wäscht sich die Hände an der Spüle und trocknet sie im Geschirrtuch ab. Dann geht sie zu Jakob und legt ihre Arme um seinen Körper.

Wieso umarmt sie ihn jetzt? Frauen, geht es ihm durch den Kopf. Sein Arbeitskollege Bernd würde es so ausdrücken: Frauen, vergiss es, die wirst du nie durchschauen.

Seine Finger tasten durch ihr dunkles Haar, irgendwo unter

ihrer Schädeldecke ist etwas, von dem er nichts weiß. So einen Satz, den sagt man doch nicht einfach so, was meint sie damit, dass sie einander nichts mehr zu sagen haben?

Und was, wenn er gar nichts zu bedeuten hat, wenn sie einfach nur traurig ist, einen schlechten Tag hat, so wie Sonja immer ihre schlechten Tage gehabt hat? Und es würde ihn ja nicht einmal wundern, sie fährt zu oft nach Graz, es tut ihr nicht gut, ständig am Bett des Vaters zu sitzen. Vielleicht sollte er sie begleiten, sie nicht immer allein fahren lassen. Aber das Koma ihres Vaters macht ihm Angst. Außerdem will er die wenige Zeit, die er mit ihr verbringt, nicht in einem Pflegeheim sitzen. Vielleicht sollten sie wieder öfter etwas miteinander unternehmen. Ins Kino gehen oder ein Picknick im Grünen machen. Keiner verlangt von ihm, dass er die ganze Zeit im Labor sitzt.

Mechanisch fährt seine Hand über ihr Haar.

Vielleicht bin ich doch zu egoistisch für eine Beziehung, denkt er. So wie Sonja immer behauptet hat. Vielleicht bin ich wie mein Vater. Wann habe ich ihn schon gesehen? Wenn er nach Hause gekommen ist, bin ich bereits im Schlafanzug gewesen. Er ist in mein Zimmer gekommen und hat mir von seinen Quanten erzählt, hat mir Bücher darüber mitgebracht und mir alles erklärt. Hat mich ins Labor mitgenommen und mir den Pumplaser gezeigt. Andere haben das alles nur aus dem Fernseher gekannt. Der Vater hat froh sein können, dass ich mich für seine Sache so begeistert habe. Oder ist man als Kind automatisch von den Dingen, die der Vater macht, begeistert? Vor allem, wenn das, was der Vater leistet, doch so wichtig ist. Grundlagenforschung. Und jetzt mache ich dasselbe. Irgendwann wird der Quantencomputer Alltag sein. Die Quantenkryptographie. Und ich darf dabei sein.

Wie schafft das der Dekan? Der hat doch auch Familie, Kinder sogar. Er hat neulich von seinem Sohn erzählt und dass der sich nicht für Physik interessiere. »Da kann man nichts machen. Man kann ein Kind nicht zwingen, für etwas eine Leidenschaft zu entwickeln, nur weil man selbst davon begeistert ist.«

Hat mich der Vater gezwungen? Der Vater hat über nichts anderes gesprochen als über die Uni und seine Forschung. Vielleicht ist es nur natürlich, dass man als Sohn alles verstehen will. Darum ging es doch immer. Alles verstehen zu wollen, was der Vater macht. Vielleicht ist es sogar gut, wenn sich dein Kind nicht für das interessiert, was du machst. Dann musst du über andere Dinge sprechen. Am besten, ich bekomme gar keine Kinder. Wo ich es doch nicht einmal schaffe, mich mit Marie über Dinge zu unterhalten, die sie interessieren.

Er nimmt ihr Gesicht zwischen seine Hände und küsst sie. Ihre Lippen schmecken salzig. Mit Marie kann ich mir so viel vorstellen, denkt er. Vielleicht sogar ein Leben.

Teil 4

Disentanglement

Marie sitzt am Balkon, die Füße von sich gestreckt, und sieht durch den Regenschleier auf die gegenüberliegende Häuserfront. Am Fenster steht der Mann der Staubtuchfrau, diesmal im weißen Unterhemd. Fast könnte man meinen, er sähe zu ihr herüber, und vielleicht tut er das auch, vielleicht spricht er in Gedanken mit ihr, so wie sie mit ihm spricht. Vielleicht sieht er aber auch einfach nur vor sich hin, so, wie man eben vor sich hin sieht, wenn man am Fenster raucht.

Der Mann sieht zu den Mülltonnen hinunter, vor seinem Gesicht glimmt die Zigarettenspitze rot auf. Marie stellt sich vor, wie es wäre, neben ihm zu stehen, ganz nah an seiner Seite, sodass ihr Arm sein Unterhemd streifen würde. Plötzlich muss sie an den Vater denken. Wie sie immer ganz still nebeneinander gestanden sind und aus dem Fenster geschaut haben. Das war, bevor sie nach Wien gezogen sind. Damals hat der Vater noch gut gerochen, und Marie ist gerne neben ihm gestanden. In diesen Momenten hat es nur sie beide gegeben, und Marie hat sich vorgestellt, dass es immer so sein würde. Nur ich und Vati und Vati und ich. Wenn sie aus dem Fenster gesehen haben, konnten sie den Touristen zusehen, wie sie von Geschäft zu Geschäft liefen und ihre Fotoapparate hoben. Nachmittags fuhren Studenten auf ihren Rädern vorbei, sie kamen vom Stadtpark und pfiffen vor sich hin, freuten sich auf die bevorstehenden Ferien. Über dem Treiben vergaß Marie die Kreidestriche, die man auf den Boden gemalt hatte, um den Körperumriss der toten Mutter zu markieren.

»Ich habe Jakob gesagt, dass ich mich einsam fühle.« In ihrer Vorstellung spricht Marie die Worte laut aus.

Der Mann zieht an der Zigarette und sieht in die Nacht hinaus. Marie stellt sich vor, nur sein Profil sehen zu können, lang und gelb springt seine Nase hinter der vom Rauch aufgeblähten Backe hervor.

»Er wird es nicht verstehen«, gibt er ihr zur Antwort.

»Ich weiß.«

Zwischen den Mülltonnen tanzt die kleine schwarze Katze der Nachbarin, läuft über den Hof, schlüpft dann durchs Geländer und verschwindet hinter der niedrigen Betonmauer.

»Und was wirst du jetzt tun?«

»Ich weiß es nicht. Ich werde mich neben ihn legen und abwarten.«

»Er schläft also schon?«

»Ja.«

Der Mann hält Marie das Feuerzeug hin und stützt sich dann wieder am Fensterbrett ab.

»Was denkst du jetzt von mir?« Marie dreht die Zigarette zwischen den Fingern, sieht zu, wie Papier und Tabak von der Glut aufgefressen werden.

»Das mit der Einsamkeit, das musst du mit dir ganz allein ausmachen«, sagt der Mann. Im Hintergrund hört Marie Geschirrklappern und ein Seufzen. Jetzt ist die Staubtuchfrau mit dem Abwasch fertig, denkt sie, jetzt wird er bald das Fenster schließen und zu ihr gehen. Vielleicht werden sie sich noch ein wenig vor den Fernseher setzen, sie wird in einer Illustrierten blättern und ihm werden langsam die Augen zufallen.

»Zahlt es sich eigentlich aus?«, fragt sie und spielt mit dem Feuerzeug, dreht es zwischen ihren Fingern, lässt die Flamme immer wieder hochlodern und die Klappe wieder zuschnappen.

»Ich kann nicht allein sein. Vielleicht ist das der Grund, warum ich sie noch immer mag«, sagt er.

»Jakob denkt, er würde mich vernachlässigen.«

»Was soll er sonst denken?«

Marie zieht an der Zigarette und bläst Rauch aus.

»Bist du mit deiner Frau schon einmal durch den Regen gelaufen?«

Der Mann lacht. »Ich werde nicht gerne nass.«

»Ich schon.«

»Dann solltest du unter dem Dach hervorkommen«, sagt er. Dann schließt er das Fenster und zieht die Vorhänge zu.

Marie drückt auf den Drehmechanismus des Aschenbechers und schiebt den Sessel zurück. Ihre Füße sind kalt.

Im Schlafzimmer ist es dunkel. Seit Jakob bei ihr schläft, muss sie die Jalousien hinunterlassen. Dabei mag sie es nicht, wenn sie beim ersten Aufwachen nicht am Licht erkennen kann, wie spät es ist. Seit Jakob bei ihr schläft, wird sie immer erst vom Weckerläuten wach.

Sie zieht die Knie an die Brust und schiebt den Polster in die Nackenbeuge. Sie wird ihm sagen müssen, dass sie es nicht will, dass er jede Nacht bei ihr schläft. Dass es vielleicht besser wäre, wenn sie einander nicht so oft sehen. Nur zweimal die Woche, dafür intensiver. Vielleicht können sie dann wieder miteinander reden. Vielleicht ist es aber auch nur ein Aufschub. Vielleicht hat sie einfach noch nicht den Mut zu gehen, weil die Angst, dass es nach Jakob niemanden mehr geben wird, größer ist als ihr Leiden mit ihm.

2 An einem Freitagnachmittag Anfang Mai spaziert Pavel Palicini die Prater Hauptallee entlang Richtung Lusthaus. Er ist mit den Entwicklungen sehr zufrieden, alles läuft nach Plan, und der Plan ist ein sehr genauer. Einen ganzen Monat lang ist er darüber gesessen, hat herumgefeilt, immer

wieder nachgerechnet und ausgebessert. Denn so einen Zeitplan, den muss man erst einmal zusammenbringen! Erste Wiener Hochschaubahn, Spiegelkabinett, Geisterschloss, Grottenbahn, Blumenrad, Bogenschießen, Donaujump. Dann das Riesenrad, und das alles in nur zwei Stunden! Um fünf Uhr dann schließlich die Testamentseröffnung im Kasperlhaus.

»Nix da, Finger weg!«, hat Gerd gekichert, als Palicini ihm das Manuskript aus der Hand hat reißen wollen. »Da bin ich eigensinnig, vor einer Premiere tratsch ich nicht! Das geht nur den Max und mich was an. Aber wir sind schon eifrig dran, das kannst mir glauben.«

Pavel Palicini ist zur Vorstellung geblieben. Ist zwischen zweiundvierzig Kindern gesessen und hat mitgelacht. »Seid ihr alle da?«, hat der Kasperl gerufen, und Palicini hat am lautesten »Jaaa!« geschrien, sodass sich die Mütter nach ihm umgedreht haben: Schau sich einer den an, der hat ja nicht einmal ein Kind dabei!

»Das kannst du doch nicht vergleichen«, hat Gerd nach der Vorstellung zu Palicini gesagt. »Das war doch bloß Kinderkram, da ist der Kasperl immer lieb und nett. Nein, nein, Palicini, der echte Kasperl, das war ein ganz ein anderer. Der hat gespottet und gerauft, was das Zeug hält, ein richtiger Anarchist war das! Wirst schon sehen, am fünfzehnten Juli ist er wieder in seinem Element. Und den Calafati haben wir auch ausgegraben, endlich wieder einmal eine gescheite Besetzung und nicht nur die albernen Boing- und Chrüsimüsi-Puppen.«

»Aber das G'spensterl«, hat Palicini gesagt. »Das ist doch so lieb!«

»Das G'spensterl darfst von mir aus haben. Ui, da fällt mir sogar was ein! Aber mehr verrat ich dir nicht.«

Max ist die ganze Zeit über daneben gestanden und hat der vollbusigen Hexe Tussifussi über den Holzkopf gestrichen.

Fesch sieht er aus, der Max, hat sich Palicini gedacht. Aber irgendwann wird er dem Gerd das Herz brechen, so ist es doch immer mit den jungen Burschen.

Palicini lässt die Meierei links liegen. Ein leichter Nieselregen sprüht ihm auf die Schultern. Er denkt an das kleine Kaffeezimmer im Waggon 21. Zwei Proberunden ist er im Romantikwaggon des Riesenrads gesessen, das hat er sich als Belohnung vom Blasbichler-Geld gegönnt. Eine ganze Stunde lang ist er über der bunten Praterstadt geschwebt, hat zwei Espressi getrunken und einen Topfenstrudel gegessen und vor sich hin geträumt. Eine Stunde ist genau richtig, hat er dann gedacht und für den fünfzehnten Juli zwei Runden reserviert. Um die Kaisermelange wird er sich allerdings selbst kümmern müssen, denn von Kaffee haben die dort keine Ahnung. Wenn man schon im ehemaligen kaiserlichen Jagdrevier ist, dann muss man auch trinken wie ein Kaiser. Ob Joseph der Zweite seinen Kaffee wirklich mit Eigelb und Cognac getrunken hat? Vielleicht, denkt Palicini, hat er aber auch zu viel Cognac getrunken und den Prater deswegen seinen Wienern geschenkt.

Mit einem Pfeifen auf den Lippen schreitet er voran. An der Titelmelodie des *Dritten Mannes*, die seinen Lippen mit einem fröhlichen Pfeifton entfährt, erkennt er, dass er mittlerweile einen Pratertick hat. Der Kurti hat schon recht, denkt er. Wenn ich so weitermach, lande ich noch im Irrenhaus!!

3 Kramers Körper steckt in ausgewaschenen Jeans und einem olivgrünen T-Shirt mit kleinen Löchern, Kratzspuren und Tierhaaren, als hätte sich gerade eben ein fetter Kater an ihn gehängt. Hinter den Brillengläsern funkeln haselnussbraune Augen. Er hält Gery die Hand zum Gruß hin, sein Händedruck ist weich, die Handinnenflächen feucht.

In der Küche riecht es feucht und modrig. In der Ecke ein alter Sparherd, wie er auch noch immer bei Gerys Eltern steht. Darauf ein Topf, in dem ein roter Eintopf Blasen schlägt. Vor dem Fenster ein Tisch und eine Sitzbank, an der Wand ein Bild, dessen kräftiges Orange nicht zur bäuerlichen Einrichtung passt.

»Ich habe Chili gemacht, das Einzige, was ich wirklich kann.«

Beim Essen erzählt Kramer, dass es hier nicht mehr so sei wie früher, dass es kaum noch Bauern gebe, dass die meisten eine Arbeit in der Stadt hätten, entweder in Mistelbach oder in Wien.

»Hier ist es schön, ich möchte nicht mehr in Wien leben«, sagt er.

Nach dem Essen führt er Gery ins hintere Zimmer. Gery erkennt den verstaubten Hometrainer, den er schon bei seinem letzten Besuch gesehen hat, als er seine Handkanten ans Fenster gelegt und durch die Scheibe gespäht hat.

»Alles altes Gerümpel«, sagt Kramer. »Ich sollte endlich einmal ausmisten.«

Im Raum riecht es nach feuchter Bettwäsche und staubigen Vorhängen. An der Wand steht ein Bett, neben der Tür stapeln sich alte Zeitungen. Dazwischen ein großer Kasten, zusammengezimmert aus billigem Sperrholz und ein paar Eisenklammern. Die Tür klemmt, Kramer muss sie ein wenig anheben. Der Kasten wackelt und ächzt. Unter einem Stoß ausgebleichter Bettwäsche und einer Lodenjacke liegen Schachteln aus Karton mit aufgemalten Blumen und Weinranken. Bernd kramt die unterste hervor und legt sie aufs Bett.

»Das ist sie«, sagt er und hebt den Deckel hoch. »Willkommen in Hedi Zeinningers Welt!«

Exakt zur selben Zeit biegt ein dunkelgrauer Opel Astra in die Castellezgasse. Würde man durch das Hinterfenster schauen – was hier keiner tut –, würde man einen Korb sehen sowie zwei karierte Decken. Die Decken sind eine Erinnerung an ein früheres Leben, bunte Karos und verfilzte Fransen. Sie lagen in demselben Kasten, in dem Jakobs Maturaanzug hängt. Sonst hängt dort nicht mehr viel, deswegen gibt es Platz. Jakobs Kinderzimmer ist zum Abstellraum geworden. Hier herein schiebt Traude ihren Staubsauger, hier herein stellt sie den Wäscheständer, hier klappt sie den Bügeltisch auf. In Jakobs Kinderzimmer gibt es ein kleines Radio und viele Erinnerungen. Von der Decke hängt ein Flugzeugmodell, an der Wand, über dem Bett, auf dem Traude die gebügelte Wäsche auflegt, klebt ein Poster von Einstein, und im Eck des Bettes sitzt ein alter Teddybär mit trüb gewaschenen Glasaugen.

Am Vormittag hat Jakob die zwei Decken aus dem Schrank geholt und sich vom Vater den Schlüssel für den Opel geben lassen. Die Mutter hat ihm den Korb in die Hand gedrückt. »Zu einem ordentlichen Picknick gehört ein Korb«, dabei haben ihre Augen geglänzt und Jakob hat sich gedacht, jetzt hofft sie auf ein Enkelkind. Nach einer kurzen Berichterstattung, wie es ihm gehe (»Was macht das Projekt?« – der Vater, »Picknickst du mit Marie? Hast du auch genug Zeit für sie?« – die Mutter), hat er sich von seinen Eltern verabschiedet und den Motor des Opels gestartet. Jetzt stehen auf dem Rücksitz ein Korb sowie eine Papiertragetasche, deren Inhalt Jakob noch umschichten muss, bevor er bei Marie läutet.

Kramer trägt den Karton in die Küche. Als sie wieder auf der Bank Platz genommen haben, nimmt er den Deckel herunter. Obenauf liegt ein Kuvert, darunter Schwarzweißfotografien. Gery greift nach den Zigaretten und zündet sich eine an. Kramer hält ihm das Kuvert hin. »Eine Haarlocke«, sagt er.

Die Locke ist aschblond, zusammengehalten von einer rosa Schleife. Ob sie von Hedi sei, fragt Gery. Kramer ist sich nicht sicher. »Könnte sein«, sagt er.

Die Fotos zeigen die Familie. Die Mutter am Sessel, die kleine Hedi auf ihrem Schoß, der Vater dahinter. Alle drei blicken ernst in die Kamera. Auf einem anderen Foto steht Hedi allein neben einem Stuhl. Auf der Sitzfläche des Stuhls ein Teddybär mit Knopfaugen. Die weiße Bluse und die weißen Stutzen unter dem Faltenröckchen zeigen, dass die Eltern die kleine Hedi extra hübsch angezogen haben. Andere Fotos zeigen Arbeiter mit Lendenschurz, müde lächeln sie in die Kamera. Der Vater und die Mutter stehen in der Mitte, das Kind davor. Hedi ist vielleicht sechs, sieben Jahre alt.

Gery kramt in der Schachtel. Ein Rosenkranz, eine Kette mit einem Marienbild. Weitere Fotos. Die meisten dokumentieren die Arbeit am Hof. Einmal hängt eine ausgeschlachtete Sau im Bild, ein andermal sieht man die Arbeiter beim Dreschen. Als hätte man zum Beweis der Mühe extra den Fotografen ins Haus geholt.

Hochzeiten, Dorffeste, Erntearbeiten. Hedis Taufe. Die heranreifende Hedi, in weißer Bluse und Faltenrock, als wäre das Gewand mitgewachsen. Nur die Stutzen fehlen. Frech lächelt sie in die Kamera. Auf einem anderen Foto Soldaten. Gery erkennt die russischen Uniformen. Fragt sich, wer von ihnen wohl Ilja ist.

Auf der Seite des Kartons liegt eine Taufkerze. Das Wachs ist klebrig und verstaubt. Er wird die Schachtel mit nach Wien nehmen. Kramer wird nichts dagegen haben. Kann nichts dagegen haben, denn die Schachtel gehört Hedi.

Den Rest des Nachmittags sitzen sie in der Sonne. Neben

dem Hintausweg, am oberen Ende des Grundstücks, stehen ein alter verrosteter Tisch sowie eine morsche Holzbank. Ein Apfelbaum streckt seine knorrigen Äste von sich, als würde er sagen: Fragt mich, ich bin der Einzige, der sich noch an damals erinnern kann.

Die Sonne legt sich auf ihre Gesichter, zaubert Nasen und Wangen rot. Kramer erzählt von den Eltern, die Anfang der Achtziger in das Haus gezogen sind.

»Für ein Kind gibt es keinen besseren Spielplatz als die Natur«, sagt er.

Gery erinnert sich an das eigene Aufwachsen, an die Einsamkeit und das Schuften auf dem Feld, an den betrunkenen Vater und die Mutter mit ihrem Rheuma.

»Später freilich«, lacht Kramer, »als ich ein Teenager war, da ist es mir hier langweilig geworden.«

Ob er das Gewächshaus noch als Atelier benütze, fragt Gery.

»So was spricht sich herum, was? Wer hat es dir erzählt? Hedi?« Kramer greift in seine Hosentasche, holt ein löchriges Stofftaschentuch heraus, schnäuzt sich. »Die meisten Leute hier denken, ich hätte eine Macke. Kunst ist nur Kunst, wenn du damit ordentlich Kohle machst. Na ja. Mir macht es Spaß, es ist ein netter Ausgleich zum Arbeitsleben. Besser, als sich vor den Fernseher zu setzen.«

Er führt Gery ins Gewächshaus. Die Skulpturen sind allesamt aus Metallblechen geschnitten. Riesige Frauen- und Männerkörper, zusammengesetzt aus geometrischen Formen. Der Boden ist mit Eisenstaub bedeckt. In einer Ecke liegt eine Stichsäge, auf der gegenüberliegenden Seite stehen Lackdosen in einem Regal. Gery hebt die Kamera, hält sie abwechselnd auf Kramer, die Skulpturen und das Werkzeug.

»Ich male nur noch selten. Jedes Material nützt sich mit der Zeit ab. Ich hab's schon mit Speckstein versucht, danach mit

Holz. Jetzt arbeite ich mit Aluminium.« Er streicht über eine der Figuren. Es scheint ihn nicht zu stören, von Gery gefilmt zu werden. Bis auf Joe hat Gery noch niemanden erlebt, dessen Körperhaltung sich nicht verändert, sobald er das Kameraauge auf ihn wirft.

»Weiter unten am Weg, Richtung Dorf, steht meine Venus«, sagt Kramer. »Und in Mistelbach haben sie die Verliebten aufgestellt, im Park vor dem Rathaus. Ich kenne den Sohn vom Bürgermeister, es war seine Idee.« Er kratzt sich am Hinterkopf. »Sonst hab ich noch nicht viel verkauft. Zum Leben wird es nie reichen, aber vielleicht würde es mir gar keinen Spaß machen, wenn ich davon leben müsste.«

Gery muss daran denken, dass er sich einmal vorgestellt hat, von seinen Filmen leben zu können. Seit er die Filmschule verlassen hat, hat er kein einziges seiner Projekte realisiert. Ich sollte endlich etwas tun, denkt er. Seit er jeden Morgen so früh aufstehen muss, ist er am Nachmittag völlig erledigt. Vielleicht aber ist es auch nur eine Ausrede. Kramer schafft es schließlich auch, etwas zu Ende zu bringen.

Den Rest des Nachmittages sitzen sie in der Sonne. Kramer holt Weißwein und noch eine Flasche Mineralwasser, Gery erzählt von Hedi.

»Wenn dein Film fertig ist, würde ich ihn gerne sehen«, sagt Kramer.

Der Weg hinauf zur Wiese ist steil. Sie steigen über knorrige Wurzeln. Zwischen den Blättern der Laubbäume sickert die Sonne durch und malt helle Flecken auf den Waldboden. Ein Hund läuft mit wedelndem Schwanz an ihnen vorbei, kurz darauf tritt ein Mann zwischen den Bäumen hervor, um seinen Hals hängt eine Hundeleine.

In diesem Abschnitt des Waldes begegnen ihnen nur wenige

Spaziergänger. Die meisten halten sich weiter unten auf, in der langgezogenen Allee, wo sie mit ihren Stöcken und Hunden herumlaufen oder Kinderwägen schieben.

Auf der Holzbank sitzt ein Paar in Wanderstutzen und Knickerbocker. Der Mann mit der Hundeleine blinzelt kurz in die Sonne und ruft dann seinen Hund, der an den Schuhen des Paares schnuppert. Der Schäferrüde gibt ein kurzes Schnauben von sich, schüttelt dann leicht den Kopf und rennt zu seinem Herrn.

Jakob und Marie breiten die Decke aus und stellen den Korb darauf. Das Paar beobachtet sie dabei, im Gesicht der Frau breitet sich ein Lächeln aus. Jakob holt Papiersäcke aus dem Korb sowie eine Flasche Wein und zwei Plastiksektgläser. Dann kramt er in seinem Rucksack nach dem Korkenzieher. Er hat sich wirklich Mühe gegeben, denkt Marie.

In den Papiersäcken sind Wurst, Käse und Brot. Als Jakob ein in ein Küchenhandtuch eingeschlagenes Brotmesser aus dem Rucksack holt, muss Marie daran denken, wie sie mit Joe am Ufer des Donaukanals gesessen ist. Sie hatten Wein, Baguette, Oliven und Schafkäse gekauft. Als Joe versuchte, die Weinflasche mit seinem Taschenmesser zu öffnen, zerbröselte der Korken, also drückte Joe ihn mit dem zugeklappten Taschenmesser in die Flasche, woraufhin der Wein auf seine Hose spritzte.

Jakob schneidet Brotscheiben und legt sie auf den Papiersack. Marie greift sich auf den Kopf, der von der Sonne ganz heiß ist. Ihre Schultern brennen. Gemeinsam ziehen sie die Decke mitsamt dem Essen in den Schatten einer Rotbuche. Dann beginnen sie schweigend ihre Brotscheiben mit Wurst und Käse zu belegen. Marie sieht zu dem Paar, das die Gesichter mit geschlossenen Augen in die Sonne hält, dann zu Jakob, der gerade von seinem Brot abbeißt. Er lächelt sie an, zwischen seinen Zähnen zermanschter Brotteig und Salami. Marie denkt an Joe, wie er lachte und die Rotweinflasche an die Lippen führte. Wie er ihr die Flasche reichte und plauderte. Wie er sie zu sich heranzog. Wie sie sich ins feuchte Gras zurückfallen ließen, Arm in Arm am Ufer lagen. Joe erzählte und Marie spürte seinen Atem an ihrem Ohr. Als sie aufstanden, waren ihre T-Shirts und Hosenboden feucht.

Maries Kopf ruht auf Jakobs Arm. Das Paar auf der Bank ist verschwunden. Stattdessen sitzt jetzt eine junge Frau dort. Ein blondes Mädchen dreht sich mit ausgebreiteten Armen auf der Wiese. Die Frau holt Weintrauben aus dem Rucksack und lockt die Tochter zu sich, steckt ihr eine Beere in den Mund. Das Mädchen setzt sich auf die Bank und baumelt mit den Füßen. Dann sagt es: »Ich seh, ich seh, was du nicht siehst, und das ist rot.«

»Schläfst du?«, fragt Marie.

»Hm. Fast.«

Jakob zieht Maries Kopf mit dem Arm näher zu sich heran.

»Es ist schön mit dir hier«, sagt er.

4 »Ich weiß nicht mehr, was ich machen soll. Ich kann sie doch nicht einfach in ein Heim stecken.«

Anna gähnt in den Hörer. Ob sie das nicht morgen besprechen könnten, es sei schon fast Mitternacht.

»Ich war bis jetzt auf der Polizei.« Traudes Stimme überschlägt sich.

»Wieso hast du denn nicht aufgesperrt?«, fragt Anna. »Was musst denn auch gleich die Polizei rufen?«

»Du weißt doch, dass die Mama immer den Schlüssel stecken hat. Ich bin vor der Wohnung gestanden, hab gerufen, Sturm geläutet und geklopft. Dann bin ich zur Hausmeisterin, aber die konnte auch nichts machen. Also hab ich die Polizei gerufen. Was hätte ich denn sonst tun sollen? Wo ich doch geglaubt hab, die Mama liegt bewusstlos am Boden! Wer kann denn wissen, dass sie plötzlich die Tür aufmacht? Grüß Gott, hat sie gesagt. Und: Traude, was willst du denn hier? Als würde ihr Telefon nicht schon den ganzen Tag klingeln, als würde ich nicht seit einer halben Stunde an ihrer Tür hämmern.«

»Vielleicht hat sie geschlafen«, sagt Anna. Sie steigt von einem auf den anderen Fuß. Ihre Zehen sind kalt. Mit dem linken Bein fischt sie nach der Fernsehdecke. Wickelt sich ein. Bitte, lieber Gott, lass mich mit meiner Mutter in Ruh, denkt sie.

»Sie hat nicht geschlafen. Sie war komplett verwirrt. Dass sie ihre Ruh haben will, hat sie denen von der Polizei gesagt.«

Traude weint in den Hörer.

»Und was soll ich jetzt tun?«, fragt Anna und denkt: Vielleicht geht es der Mutter ja wie mir. Was ist denn wirklich so falsch daran, seine Ruhe haben zu wollen?

»Weißt du was?«, presst Traude hervor. »Vergiss es einfach. Ich hab gedacht, ich kann mit dir darüber reden, aber du hast dich ja nie für einen von uns interessiert.«

Anna hört das Tüten in der Leitung. Das hat Traude immer gut können. Mitten im Gespräch auflegen. Und immer so, dass der andere mit einem schlechten Gewissen zurückbleibt. Diesmal hat sie es auch geschafft. Anna hat die Finger schon auf den Tasten, doch dann überlegt sie es sich doch anders. Was sollte sie ihrer Schwester schon sagen? Norbert geht die Geschichte mit unserer Mutter auch schon auf die Nerven, denkt sie. Und nicht nur die Mutter, auch Traude selbst. »Wenn ich nicht schon so alt wär, würd ich ausziehen«, hat er Anna erst gestern wieder gestanden.

Sie wird ihm sagen müssen, dass es so nicht mehr weiterge-

hen kann. Dass sie das nicht länger aushält, diese ewige Lüge-
rei, jetzt, wo Traude wieder öfter anruft.

Sie wickelt sich die Decke um den Körper und setzt sich aufs
Sofa. Der Wein, der seit zwei Tagen auf dem Couchtisch steht,
schmeckt sauer. Sie steht auf und schüttet den Inhalt der Flasche
in den Ausguss. Sie wird Norbert sagen, dass sie einander nicht
mehr treffen können. Er kommt ja sowieso nur zum Vögeln zu
ihr. Die eine für den Sex, die andere fürs Essen. Norbert macht
mit uns doch, was er will, denkt Anna. Höchstwahrscheinlich
geh ich ihm genauso auf die Nerven wie Traude. Oder schlimmer noch: Ich bin ihm einfach egal. Die halbe Stunde, die wir
miteinander verbringen, reicht für mehr doch gar nicht aus.

5 Drei Nachmittage ist Gery vor dem Computer gesessen.
Hat Filmmaterial geschnitten und Tonspuren angelegt.
Jetzt sitzt er wieder auf Hedis Sofa.

»Bald wirst du dein Leben im Kino sehen«, sagt er. Auf seiner Oberlippe klebt Kaffeeschaum. »Ein Bekannter von mir
sagt, dass er es vielleicht arrangieren kann, dass der Film im
Schikaneder vorgeführt wird.«

»Was ist denn das Schikaneder?«, fragt Hedi.

»Ein kleines, altes Kino, in dem ein unbedeutender Filme-
macher wie ich auch seine Chance auf Publikum bekommt.«

»Na so was«, sagt Hedi, »dann komm ich also ins Kino.«

Von draußen weht süßer Fliederduft herein. Hedi steht auf
und schließt das Fenster.

»Gestern war die Polizei bei mir«, sagt sie, als sie sich wieder setzt.

»Ist etwas passiert?« In Gerys Blick erkennt Hedi einen er-
schrockenen Ausdruck. Wie er mich ansieht, denkt sie, der
macht sich wirklich Sorgen um mich.

»Die Traude hat angerufen. Den ganzen Tag lang hat das Telefon geläutet, aber ich bin nicht rangegangen. Am Abend ist sie dann gekommen und hat gegen meine Tür gehämmert. Aber ich hab nicht aufgemacht.«

»Wieso? War dir schlecht? Bist du nicht aufgekommen?«

»Nein, es ging mir gut. Ich hatte bloß keine Lust, meine Tochter zu sehen.«

Hedi muss daran denken, wie sie auf dem Schaukelstuhl saß, die Luft anhielt und das Läuten des Telefons wie ein Gewitter vorüberziehen ließ. Gegen sechs Uhr abends klingelte es dann an ihrer Tür. Hedi hörte die Tochter rufen und gegen die Milchglasscheibe hämmern. Heute weiß sie selbst nicht mehr, warum sie nicht aufgemacht hat.

Und dann stand auf einmal die Polizei auf der Türmatte. Hedi hörte, wie sie Traude fragten, ob sie die Tür aufbrechen sollten. Es war nicht schwer, die Verwirrte zu spielen. »Was will denn die Polizei von mir?«, fragte Hedi, als sie die Tür öffnete. Traude stand wimmernd auf der Türmatte. Sie hätte den ganzen Tag versucht, anzurufen. »Lass mich endlich in Ruhe!«, zischte Hedi. Dann sah sie die Polizisten an: »Ist es denn verboten, einfach nur einmal seine Ruhe haben zu wollen?«

Die Polizisten stellten ihr Fragen. Was sie tagsüber gemacht habe, wie alt sie sei und ob sie allein wohne.

»Ich bin noch völlig klar im Kopf, meine Herren«, entgegnete Hedi. »Und jetzt würde ich gerne noch ein wenig lesen, bevor ich schlafen gehe.«

Die Polizisten verabschiedeten sich höflich und Hedi schloss die Tür, ohne Traude noch einmal anzusehen.

Die Pendeluhr tickt.

»Wieso hast du das getan? Warum hasst du deine Töchter so?«

Hedi antwortet nicht. Sie öffnet den Mund und schließt ihn

wieder. Als sie aufsteht und in die Küche geht, bleibt Gery sitzen. Er hört sie mit dem Geschirr hantieren und die Kaffeemaschine einschalten. Stellt sich vor, wie sie zurückkommen wird, mit der Kaffeekanne und dem Rest des Kuchens, und wie sie über alles Mögliche reden werden, über das Wetter, das Essen auf Rädern, das ihr wieder zu viel gewesen sein wird, und das Buch, das sie gerade liest.

Doch als Hedi zurückkommt und die Kaffeekanne auf den Tisch stellt, sagt sie nichts. Eine Weile sitzen sie einander schweigend gegenüber, Hedi sieht aus dem Fenster und Gery auf sie. Gerade, als er sich denkt: Vielleicht will sie ja auch vor mir ihre Ruhe haben, dreht sie den Kopf vom Fenster weg und sieht ihm in die Augen.

»Ich hasse meine Töchter nicht. Aber ich habe sie nie wirklich geliebt. Nicht so, wie eine Mutter ihre Kinder lieben sollte. Nicht so, wie ich meinen kleinen Wassily geliebt habe. Eine wie ich hat es nicht verdient, dass man ihr im Alter das Klo putzt.«

»So funktioniert das aber nicht«, sagt Gery, »damit verletzt du sie nur noch mehr.«

Die Großmutter ist größer als die Mutter, das sagt schon der Name. Auch wenn sie klein und verschrumpelt ist. Man hat sie ins Auto gesetzt, Stufen hinunter und hinein mit ihr. Jetzt sitzt sie am Esstisch der Tochter und starrt in den Teller.

»Ich hab keinen Hunger.«

»Bist du krank?«

Tafelspitz. Traude hat extra Tafelspitz gekocht. Der hat der Mutter doch immer so gut geschmeckt. Tafelspitz mit Semmelkren und Röstkartoffeln.

»Ich hab schon gegessen, weißt eh, ich bekomm doch mein Essen um elf.«

242

»Aber du hast ja gewusst, dass …«

Traude spricht den Satz nicht zu Ende. Immer muss die Mutter ihr alles kaputt machen. Im Alter wird sie noch gemeiner, hat sich gar nicht mehr unter Kontrolle. Um elf, sagt sich Traude, lässt es wie ein Mantra im Gehirn rattern. Das Essen auf Rädern kommt schon um elf, und die Mutter meint es nicht böse. Alte Leute schlafen nicht lang. Deswegen hat sie um elf gegessen, während Traudes Essen erst um eins fertig gewesen ist. Weil sie vorgekocht hat, dann mit dem Auto die Mutter hat holen müssen, langsam die drei Stockwerke hinunter, dann die Autofahrt, dann wieder zwei Stockwerke hinauf und fertig kochen.

Traude würgt Bissen um Bissen hinunter. Am liebsten würde sie es machen wie die Mutter. »Esst ihr nur ruhig, ich hab keinen Hunger.« Einfach ins Schlafzimmer gehen und sich niederlegen. Ein Buch lesen und die anderen aussperren. Sollen sie doch machen, was sie wollen. Als ob ihre Mutter die einzige Mutter hier am Tisch wäre. Aber sie darf sich nicht beschweren, Jakob hat Blumen mitgebracht. Einen dicken bunten Frühlingsblumenstrauß und eine Schachtel belgische Schokolade. Mehr kann sie nicht verlangen. Vielleicht ist es gut, dass er ein Bub geworden ist. Jakob wird nicht für sie da sein müssen, wenn sie einmal alt ist. Wird ihr nicht die Fenster putzen müssen und das Klo.

Wer den Muttertag erfunden hat, hat nicht an die Töchter gedacht. Die Generation dazwischen, selbst schon Mutter und doch noch Kind. Die Arbeit bleibt immer an den Müttern der mittleren Generation hängen. Wo die Großmütter meist schon alt sind und allein. Die Männer an den Krieg oder auf dem Weg ins hohe Alter verloren haben. An den Krebs oder einen Arbeitsunfall. Es gibt kaum Männer mit zweiundachtzig, denkt Traude. Nur Frauen. Die sitzen bei den Töchtern, die selbst schon lange Mutter sind. Oder sie sitzen im Altersheim, dort, wohin keine Tochter mehr kommt. Ihre Mutter kann froh sein. Sie wird nie in ein Altersheim müssen, Traude wird das nicht zulassen. Nicht so wie die heutige Generation. Die Jungen kümmern sich um das eigene Leben, denen hat man nicht eingeimpft, dass ihr einziger Lebenszweck darin besteht, sich einmal um die Alten zu kümmern. In Traudes Generation war das noch anders. Da kann die Mutter hundertmal behaupten, dass sie doch hätte Richterin werden können. Damals hätte das noch keiner gutgeheißen, dass sie ihr Kind von klein auf in einen Kindergarten steckt.

Traude seufzt. Und wenn ich auf sie gehört hätte? Wenn ich das Kind nicht bekommen hätte? Wenn ich abgetrieben und weiterstudiert hätte?

Aber nein, so darf sie nicht denken. Sie ist ja immer glücklich gewesen mit ihrem Leben, darf sich jetzt nichts anderes einreden lassen, nur weil die Mutter ihren Tafelspitz nicht isst. Und überhaupt, was ist heute los mit ihr, dass sie so denkt?

Traude sieht Jakob über den Tisch hinweg an. Wie er mit der Messerspitze Semmelkren auf das Fleischstück streicht, es dann zum Mund führt und kaut. Wenn es nach ihm ginge, säße er heute nicht hier. Würde bei seiner Freundin sein oder im Labor sitzen. Jetzt wird er wirklich nach Finnland fliegen. Ein großer Kongress in Helsinki. Um Jakob muss sie sich keine Sorgen mehr machen, der geht seinen Weg.

Sie sieht zu ihrer Mutter hinüber. Denkt sich: Jetzt bist du es, die mich braucht. Und: Wenn du mich damals nicht auf die Welt gebracht hättest, dann gäbe es dieses Essen heute nicht. Dann wären ich und Jakob gar nicht auf der Welt, dann würde Norbert mit einer anderen feiern. Mit einer anderen Frau und einem anderen Sohn.

Traude weiß, was ihre Mutter denkt. Sie hat es immer ge-

244

spürt. Anna und sie waren keine Wunschkinder. Damals war das eben so, damals gab es noch keine Pille. Damals haben die Frauen noch Kinder bekommen, ob sie wollten oder nicht.

Die Großmutter sitzt am Stuhl, kaut an den drei Löffeln Röstkartoffeln, die sie sich auf den Teller genommen hat. Sie sieht so alt aus, denkt Traude. So verloren. Wie bedächtig sie an den Kartoffeln kaut. Vielleicht tut sie es sogar mir zuliebe, denkt sie, vielleicht hat sie auf den Muttertag und die Einladung vergessen, hat wirklich um elf Uhr gegessen. Sie hätte sie am Morgen nochmals anrufen sollen. Wo sie doch so verwirrt ist in letzter Zeit. Immer sitzt sie in ihrem Schaukelstuhl und wippt vor sich hin.

Wann kommt der Punkt, an dem die eigenen Eltern zu Kindern werden? Die Macht der Mutter gebrochen ist, die Großmutter kleiner als die Mutter wird?

Traude legt Messer und Gabel beiseite. Tupft sich mit der Serviette die Lippen. Norbert und Jakob reden über die Arbeit. Verschlüsselung mittels Quanten, sie hat keine Ahnung davon. Wie wird es nächstes Jahr sein? Und übernächstes? Sie stellt sich vor, wie sie der Mutter den Löffel in den Mund schieben wird. Sie will die Mutter nicht zu sich nach Hause nehmen, ihr den Hintern auswischen und die Windeln wechseln. Irgendwann hat alles sein Ende, auch das Bemuttern. Traude hat es satt, für die anderen da zu sein. Wann hat es begonnen, das Gefühl, genug geleistet zu haben? Auch was Norbert betrifft. Soll er doch tun, was er will. Seit er pensioniert ist, erträgt sie ihn nicht mehr. Seine permanente Anwesenheit am Nachmittag, seine Spaziergänge am Vormittag, immer so, dass er zum Essen zu spät kommt. Früher hat sie sich den Tag selbst einteilen können. Es hat sie nie gestört, dass er kaum zu Hause war. Er hatte einen angesehenen Beruf, und sie hat ihn immer unterstützt. Aber jetzt braucht er keine Unterstützung mehr.

Traude weiß nicht, was Norbert braucht. Beschäftigung? Aber was hat das schon mit ihr zu tun? Wie wenn sich Norbert je mit ihr beschäftigt hätte. Norbert hatte die Universität, sie das Kind. Jetzt sind die Universität und das Kind aus ihrem Leben verschwunden.

Traude stapelt die Teller aufeinander und sammelt das Besteck ein. In der Küche kann sie ein wenig durchatmen, muss sich nicht den Blicken der anderen aussetzen. Ungehemmt rinnen ihr Tränen die Wangen hinunter.

7 »Du kannst doch nicht einfach so aus heiterem Himmel entscheiden, dass unsere Beziehung nichts mehr wert ist!«

Marie hat die Beine angezogen und dreht die Kaffeetasse zwischen ihren Händen. Natürlich. So muss es für ihn aussehen, denkt sie. Einfach so, aus heiterem Himmel. Gestern noch haben sie über den gemeinsamen Urlaub gesprochen, und jetzt ist alles anders.

»Wir fahren mit der Bahn nach Kopenhagen«, hat Jakob geträumt, als sie am Sofa saßen. Er war so angespannt nach dem Sonntag bei seinen Eltern. Dass die Großmutter schon wieder so seltsam gewesen sei, hat er erzählt, und dass er seine Mutter in der Küche beim Weinen erwischt hätte. Da konnte sie ihm doch nicht noch damit kommen, dass sie sich mit ihm kein Leben mehr vorstellen kann. »Dann nach Malmö und Göteborg«, hat er geschwärmt. Er hat so glücklich ausgesehen. »Über den Göta-Kanal nach Stockholm. Die Schären sollen wunderschön sein! Einfach aus dem Fenster der Bahn schauen. Wir könnten zu den nördlichen Nationalparks fahren. Wo gibt es eigentlich die Fjorde? Gibt es die nur in Norwegen? Nein, die muss es doch auch in Schweden geben, oder?«

Marie hatte keine Ahnung, wie man zu den Fjorden kommt.

Aber sie hat es sich schön vorgestellt. Mit der Bahn über Deutschland nach Dänemark, von dort aus weiter nach Stockholm. Aus dem Fenster sehen und die ganze Zeit dabei das Rattern des Zuges. Am Abend dann irgendwo aussteigen, ein paar Sachen in den Rucksack stopfen, den großen Koffer in ein Bahnhofsschließfach sperren und nach einer Unterkunft Ausschau halten. Zum Frühstück weiche Eier, serviert von einer alten Frau, die private Zimmer vermietet. Sich noch ein wenig mit ihr unterhalten und dann wieder weiterziehen, ohne bestimmten Plan, einfach der Nase lang. Es hat alles so schön geklungen. Aber bis August sind es noch drei Monate. Sie hält keine drei Monate mehr aus. Außerdem würde nach dem Urlaub alles wieder so sein wie davor. Sie passen nicht zueinander, haben sich nichts zu sagen. Vielleicht wird es immer so sein, denkt Marie, egal mit wem. Dieses Gefühl, nie anzukommen. Nie durchzudringen.

Vorhin hat er sich wieder an sie geschmiegt. Hat seinen Schwanz gegen ihren Po gepresst, zwischen ihre Oberschenkel. Hat zugestoßen, obwohl sie sich schlafend gestellt hat. Ihr ins Ohr gekeucht. Früher hat sie das erregt, heute hat sie sich vergewaltigt gefühlt. Und dann ist es ihr herausgerutscht. »Du, das hat keinen Sinn mehr.« Die Worte sind am Fenster abgeprallt und zurück aufs Bett gesprungen, wie ein Squashball, der mit aller Kraft gegen die Wand geschlagen wird.

Jetzt steht sie in der Küche und denkt: Ich darf jetzt keinen Rückzieher mehr machen, sonst hört das nie auf.

Sie geht wieder ins Schlafzimmer, in den Händen balanciert sie die Tassen. Sie drückt eine Jakob in die Hand und setzt sich neben ihn. Sieht ihm zu, wie er die Wand anstarrt. Ob auch er den Weg des Sprunges in der Mauer verfolgt, so wie sie es oft tut, wenn sie allein im Bett liegt?

»Es gibt keinen richtigen Zeitpunkt, eine Beziehung zu beenden«, sagt sie. »Für den, der nicht damit rechnet, kommt es immer überraschend.«

»Aber es war doch alles gut zwischen uns«, sagt er.

Die Katze tapst über das Bett und rollt sich auf Jakobs Schoß ein. Marie würde sie gerne wegscheuchen. Sie soll sich nicht auf Jakobs Beine setzen, Jakobs Beine gehören nicht mehr hierher. Bald werden sie unter der Decke hervorkriechen, in die Hosenbeine schlüpfen und durch die Wohnung gehen. Sie werden Jakob ins Badezimmer tragen, wo er seine Zahnbürste einpacken wird, und danach ins Vorzimmer, wo er seine Sporttasche aus dem Kasten holen wird.

Jakob fährt der Katze über das Fell. Vom Kopf bis zum Schwanz. Er streichelt sie nie gegen den Strich, denkt Marie.

Sie geht ins Badezimmer und lässt Wasser über die Zahnbürste rinnen. Heute Abend wird niemand mehr die Zahnpastatube von hinten aufrollen, um die Zahnpasta nach vorne zu quetschen. Marie steckt sich die Zahnbürste in den Mund. Sie hat noch zwölf Minuten. Sie wird wie jeden Tag in ihre Hosen schlüpfen, T-Shirt und Pulli anziehen und die Wohnungstür hinter sich zuziehen. Nur dass sie Jakob diesmal keinen Kuss auf die Lippen drücken wird. Sie wird in die Schule fahren, eine Stunde Psychologie und zwei Stunden Französisch unterrichten. Dabei wird sie kaum Zeit haben, an das, was am Morgen passiert ist, zu denken. In den Stunden dazwischen wird sie die Hausübungshefte verbessern. Nach der letzten Unterrichtsstunde noch ein paar Arbeitsblätter kopieren und wieder nach Hause fahren.

Als sie aus dem Badezimmer kommt, hat Jakob alles gepackt. So schnell geht es also, denkt sie. Jakob löst den Schlüssel zu Maries Wohnung vom Schlüsselbund und hängt ihn auf den Nagel neben der Wohnungstür. Den Weg zur Straßenbahn gehen sie trotzdem gemeinsam.

»Wie warm es ist«, sagt er.

»Ja. Richtig unheimlich«, sagt sie.

Im Waggon sehen sie aus dem Fenster, Marie aus dem rechten, Jakob aus dem linken. Am Schwedenplatz drückt er Marie einen Kuss auf die Wange. »Wir telefonieren«, sagt er und steigt aus.

Marie bleibt allein in der Sitzreihe zurück und fragt sich, wer wohl wen anrufen wird.

8 Sie findet die Fotografie in einem der Alben. Ganz hinten steckt sie, zwischen den Bildern der Eltern. Hedi nimmt das Foto heraus und stellt das Album zurück ins Regal. Dann geht sie in die Küche und stellt Teewasser auf. In den Ecken sammeln sich Staub und Haare, die die Tochter nicht mehr wegwischen wird. Sie wird es nicht mehr zulassen, dass sich Traude ihretwegen kränkt.

Hedi bückt sich, befeuchtet die Zeigefingerkuppe, drückt sie auf die Wollmaus und hält sie unter das Wasser.

Sie hat nichts essen können. Hat gewusst: Wenn ich den Teller leer esse, bekomme ich wieder Magenkrämpfe und Durchfall. Seit Wochen schon kann sie nichts essen. Nur ein wenig Zwieback hie und da. Das Essen, das man ihr täglich liefert, wirft sie in den Mülleimer.

Hedi leert das heiße Wasser auf den Teebeutel. Balanciert die Tasse ins Wohnzimmer und stellt sie auf den Tisch. Setzt sich dann in den Schaukelstuhl.

Wie Traude geweint hat. Natürlich hat Hedi es gemerkt, wie die Tochter mit roten Augen ins Wohnzimmer zurückgekommen ist. Es wird Zeit, dass ich gehe, denkt sie. Dann hat Traude endlich wieder ihr eigenes Leben. Dann muss sie sich nicht mehr um mich kümmern

Hedi nimmt einen Schluck vom Tee. Verbrennt sich die Zunge. Sie nimmt die Fotografie vom Tisch und fährt mit der Hand über den geraden Nasenrücken. Was für ein schönes Gesicht er hatte. Und schöne Hände. Richtige Künstlerhände, mit langen kräftigen Fingern. Sie spürt sie noch auf der Haut. Mehr als sechzig Jahre danach noch immer derselbe Schauder. Was wäre gewesen, wenn ich ihm geschrieben hätte? *Ilja, wir bekommen ein Kind!* Ob er zurückgekommen wäre? Oder hätte er sie nach Leningrad geholt? Ihr die Überfahrt bezahlt? Wäre sie glücklicher gewesen, dort, in dem fremden Land, wo die Winter so kalt sind und sie die Sprache nicht verstanden hätte?

Hedi bläst in die Tasse. Nimmt vorsichtig noch einen Schluck.

Ich hab dir so viel zu erzählen.

Ob sie ihn wiedersehen wird, dort oben? Wird sie ihm von der Kälte erzählen können, von dem zerschlissenen Mantel, den ihr Inge aus Heeresdecken genäht hat, und von den drei Sesseln, die sie in einer besonders kalten Nacht verheizt haben? Wie sie gelacht und gesagt hat: »Hauptsache, das Kind hat es warm da drinnen!«

Sie hätte den Jungen nicht weggeben dürfen. Was, wenn sie Ilja nach ihrem Tod tatsächlich gegenüberstehen wird?

Hedi sieht die schlanke Frau mit der blonden Hochsteckfrisur vor sich. Wie sie die Arme nach ihrem kleinen Wassily ausstreckt und Hedi kurz in die Augen sieht, scheu, dankbar. Kurz nickt und sich dann wegwendet, zum Ausgang spaziert. Als wäre nichts geschehen, als hätte sie den Park schon mit dem Kind auf dem Arm betreten.

Agathe Stein war eine hübsche Frau. Nicht so ein dürres Ding wie Hedi. Als sie mit dem Kleinen davonging, hat er keinen Ton von sich gegeben. Als hätte er die Übergabe nicht einmal wahrgenommen.

Was wohl aus den Steins geworden ist? Agathe müsste jetzt schon über neunzig sein. Bestimmt ist sie schon tot, denkt Hedi. Und Wassily? Was, wenn er auch schon tot ist?

Ob sie ihm jemals von seiner Mutter erzählt haben? Diesen Gedanken hat sie nie abstellen können. Nicht, als Traude vor ihr auf dem Boden gesessen ist und mit ihren Puppen gespielt hat, und auch nicht, als Anna zur Welt gekommen ist. Und jetzt, seitdem das Alter sich eingenistet hat, kann sie es noch weniger.

Draußen legt sich die erste warme Mainacht über die Stadt und geht auf Brautschau. Irgendwoher hört man das Schreien einer Katze. Hedi steht auf und geht in die Abstellkammer. Steigt auf einen Sessel und sucht im obersten Regal nach der Keksdose. Sie muss den Besenstiel zu Hilfe nehmen. Als sie sich streckt, sticht es im Magen. Sie hält sich am Regal fest und atmet flach. Wenn ich jetzt falle, denkt sie. Das Stechen im Magen wird schlimmer. Hedi steigt vom Sessel. Ihr ist schwindlig. Sie geht auf den Flur und tastet sich der Wand entlang aufs Klo.

Wieder ist ihr Durchfall blutig. Die Magenkrämpfe kommen und gehen. Hedi stöhnt. Sie spült hinunter und geht in den Abstellraum. Klettert wieder auf den Stuhl. Diesmal erwischt sie die Keksdose. Vorsichtig steigt sie hinunter und setzt sich mit der Dose auf den Schaukelstuhl. Trinkt noch ein Glas Cognac. Das Stechen im Magen will nicht aufhören. Hedi öffnet die Keksdose und holt die Stoffwindel heraus. Hebt sie an ihr Gesicht, doch sie riecht nur nach altem Staub. Auf dem Tischchen neben dem Schaukelstuhl liegt die Fotografie. Hedi legt sie auf die Stoffwindel und presst beides fest in den Schoß, dann schließt sie die Augen und versucht, die Magenschmerzen auszuatmen.

Die Schachtel, die Gery aus Oberkreuzstetten mitgebracht hat, steht am Boden. Hedi setzt sich an den Schreibtisch, auf dem auch der kleine Fernseher steht. Aus der einen Schublade holt sie ein Kuvert, aus der anderen die Geldbörse, mit der sie am Vormittag auf der Bank war. Sie steckt das Geld ins Kuvert, das sie beschriftet und in die Schachtel legt. Dann setzt sie sich wieder in den Schaukelstuhl. Nimmt abermals die Windel und das Foto. Der laue Frühlingswind lässt die Vorhänge tanzen und begibt sich auf Streifzug. Vorbei an Porzellanfiguren und Kristallgläsern. Streichelt Hedis bestrumpfte Beine, dreht Pirouetten unter dem Schaukelstuhl und umrundet die Kartonschachtel. Dann verlässt er das Zimmer auf dem gleichen Weg, den er gekommen ist. Die Cognacflasche steht offen auf dem Tisch. Der Tee in der Kanne ist kalt. Der Schaukelstuhl steht still.

Teil 5

Fliehkraft

Sie ist viel zu früh dran, hat noch fast vierzig Minuten Zeit. Der Prater ist schon wieder bunter geworden mit seinem hässlichen Vorplatz in Pastell. Am Riesenrad vorbei. *Wien, Wien, nur du allein, sollst stets die Stadt meiner Träume sein.* Albträume müssen das sein. Marie nimmt sich eine der bunten Broschüren und fragt sich, warum sie gekommen ist. Kann kein Vergnügen darin erkennen, sich dreiundzwanzig Meter hinaufkatapultieren zu lassen, Füße voran, nur um gleich darauf in rasendem Tempo wieder hinunterzufliegen. *Volare, oh-oh.* Bungeejumping und Hubschrauberloopings, Raketensimulationen. Ständig müssen die Praterbesucher den Adrenalinspiegel künstlich hoch halten, schon beim Eingang hört man ihr Kreischen und Quietschen.

Marie geht nach links, am Souvenirladen vorbei. *Nascherein, Kugeln und Musi* steht über einem der Eingänge. Der Vorplatz mit dem neuen Eisvogel wirkt wie eine altmodische Theaterkulisse, *Küss die Hand, gnä Frau.* Ein hoffnungsloser Versuch, mit Pappkulissen die alte Zeit wiederaufstehen zu lassen. Wenn der Wiener nur nicht so ein Wurschtel wär.

Marie muss an ihr erstes Mal im Prater denken, das war, als die Mutter noch gelebt hat. Fliegende Sessel, Geisterschloss, Spiegelkabinett, Zwergerlbahn. Nur die Grottenbahn war in Graz schöner, da konnte selbst der Prater nicht mithalten. Jetzt fliegen die Sessel schon am Vorplatz. Vorbeirauschende Ballerinas und Sportschuhe. Das verschämte Lachen der Prater-Mizzi aus dem alten Schwarzweißfilm, den sie sich mit Joe angesehen hat, hat anders geklungen als das Gekreische, das von den Hochschaubahnen herüberweht.

Sie spaziert weiter in den Prater hinein. Verwaist steht der Bogenschießstand da, wie ein Überbleibsel aus einer verlorenen Zeit. Hier hat ihr Joe den himmelblauen Elefanten geschossen. Danach haben sie ihre Nasen in rosafarbene Zuckerwatte gesteckt. Das war am Tag, nachdem sie sich auf der Brücke wiedergetroffen hatten.

Den Elefanten hat sie vor anderthalb Jahren in die Mülltonne geworfen.

Sie öffnet den Plan. Findet die Alt Wiener Grottenbahn und das Spiegellabyrinth. Wo ist nur die alte Hochschaubahn mit dem künstlichen Gebirge mit den zwei wasserspuckenden Zwergen, die sie als Kind so gerne gehabt hat? *Donau-Jump*, liest Marie. Sie bildet sich ein, dass die Boote, die den kleinen Wasserfall hinuntersausen, früher anders geheißen haben.

Dreimal sind sie den Wasserfall hinuntergefahren, der Vater, die Mutter und sie. Am Schluss waren Marie und die Mutter ganz nass. Der Vater hat gelacht, die Pocketkamera aus der Innentasche seiner Jacke genommen, die Plastiktasche, in die er sie immer gewickelt hatte, entfernt und seine klatschnassen, lachenden Mädchen, wie er sie immer nannte, fotografiert. Und auch Marie hat fotografieren dürfen. Den sprechenden Gorilla, die Ponys und die Liliputbahn. Das schlafende Schneewittchen und die wasserspuckenden Zwerge.

Der Vater und Joe geben sich in ihren Erinnerungen die Hand, klatschen sich ab wie beim Tanz.

Sie sucht auf dem Plan nach der alten Hochschaubahn. Sie muss die Straße des Ersten Mai hinuntergehen, Richtung Wurstelplatz. So weit ist das nicht, da hat sie noch Zeit. Also spaziert sie am Planetarium vorbei, zum Pratermuseum. Das hat ihr am besten gefallen damals. In Joes Armen von Schaufenster zu Schaufenster, vorbei am kollektiven Wiener Bewusstsein, dem schwarzen Schuh des Riesen, der Fotografie des Löwenmenschen und der Frau, deren Oberkörper auf einer Stange befestigt war.

Hereinspaziert, meine Herrrrschaften, das können Sie bei uns grrrratis sehen.

Marie schlüpft in den dunklen Raum und grüßt den Watschenmann. Würde ihn gerne berühren, ihm über die alte Lederhaut streichen und wohltun, dem armen geprügelten Mann.

Im Raum riecht es nach Staub und Vergangenheit.

In zwanzig Minuten wird sie sich auf den Weg machen. Wird die Straße des Ersten Mai entlanggehen, vorbei an den Zombies, Achterbahnen und Würstelbuden. Sie merkt, wie sich ihr Magen bei dem Gedanken daran, was dann passieren wird, unwillkürlich zusammenzieht.

Noch könnte sie einfach nach Hause gehen. Umdrehen, zum Praterstern, in die U-Bahn steigen, eine Station fahren und beim Augarten wieder aussteigen. Sie ist sowieso müde, hat die ganze Nacht nicht schlafen können.

Sie muss an gestern denken. Da war sie noch in Graz. Wie sie ins Pflegeheim gefahren ist und die Tür zum Zimmer des Vaters geöffnet hat. Wie sie ihm den Stein auf die Handfläche gelegt hat, Sofias Stein, den sie beim Zusammenräumen wiedergefunden hat. Ein kleiner, runder, glatter Stein, der, wenn er nass wird, schwarz-golden leuchtet. Der Stein, den sie in Sizilien gefunden haben, der Vater, Mutter und sie, vor einem drei viertel Leben.

Als sie zum Pflegeheim gefahren ist, hat sie sich vorgestellt, wie der Vater den Stein festhalten und mit seinem Daumen darüber streichen wird. Wie über sein Gesicht ein Lächeln huschen wird, wie er kurz mit den Augen blinzeln wird. Aber als sie seine Finger um den Stein gelegt hat – einen nach dem anderen –, hat sich seine Faust sofort wieder geöffnet. Vaters

Handrücken auf dem Laken, der Stein auf den Linien seiner Handfläche. Die Finger wie eine geöffnete Muschel, die die Perle nicht mehr schützen kann. Der Pfleger hat ihr bei ihren Bemühungen zugesehen. Hat sie mitleidig angeschaut, als sie das Zimmer nach nur zehn Minuten wieder verlassen hat.

Bestimmt haben sie ihm den Stein wieder weggenommen, denkt Marie. Damit er sich nicht darauflegt. Aber wie sollte er sich schon darauflegen, er kann sich nicht einmal aus eigener Kraft umdrehen.

Sie bleibt am Schautisch mit dem Rotundenmodell stehen. Stellt sich vor, wie die Wiener und Wienerinnen früher dort spazieren gegangen sind, mit Hüten und Spazierstöcken, langen Röcken und Rüschensonnenschirmen. Da merkt sie, wie jemand hinter ihr stehen bleibt, ganz nahe, und ihr den Atem in den Nacken bläst. Sie dreht sich um. Lächelt.

»Joe hat das Museum geliebt«, sagt sie, als müsse sie erklären, warum sie hier ist. »Das Museum und die alten Bücher und Filme über den Prater. Kobelkoff, die Prater-Mizzi und den Watschenmann.«

»Ich weiß«, sagt Gery.

Gemeinsam gehen sie weiter, zum Bild des finnischen Riesenmenschen. »Väinö Myllyrinne«, sagt Gery. Er muss den Namen nicht von der Schautafel ablesen.

Sie gehen an dem alten Hutschpferd und den Ringelspielfiguren vorbei.

»Wie spät ist es?«, fragt Marie.

»In fünf Minuten sollten wir los.«

Sie schlüpfen durch den dichten Vorhang in die Nachmittagssonne. Müssen die Augen zusammenkneifen, so sehr blendet sie die Julisonne nach dem Aufenthalt in den dunklen Räumen. Schweigend gehen sie zum Treffpunkt. Marie sieht den vorübereilenden Besuchern nach, den Kindern mit

Zuckerwatte und den Jugendlichen mit Langos, Kebab und McDonald's-Schachteln.

»Glaubst du, Palicini kommt wirklich?«, fragt sie, als sie vor der Zwergerlbahn stehen bleiben und auf den künstlichen Großglockner schauen, dessen Gipfel über den Zaun ragt. Sie scharrt mit der Schuhspitze im Kies.

»Lassen wir uns doch einfach überraschen«, sagt Gery.

Plötzlich hat sie das Gefühl, dass er sich lustig macht über sie.

Gleich wird Joe um die Ecke biegen, denkt sie, und dann werden wir uns beide die Bäuche halten vor lauter Lachen, und ich werde zuerst böse sein und dann selbst zu lachen beginnen, und dann fahren wir gemeinsam mit der alten Hochschau-bahn und danach mit der Geisterbahn.

Sie beginnt, in ihrer Handtasche zu kramen, zieht das Handy hervor und sieht auf die Zeitanzeige.

»Drei Minuten nach«, sagt sie.

Sie holt die Zigarettenschachtel aus der Handtasche und zippt den Reißverschluss zu.

»Joe hat dich geliebt«, sagt Gery in ihr Kramen hinein. »Er hat dich immer seinen Engel genannt.«

Marie bläst den Rauch aus den Nasenflügeln. »Engel haben eine himmlische Geduld. Ich bin kein Engel. Das hat Joe nie kapiert.«

»Da kommt Palicini«, sagt Gery, hebt die Hand und winkt dem Palatschinkenkoch zu.

Und dann geht auf einmal alles wahnsinnig schnell. In den kleinen Holzwaggon hinein und ab die Post. Vier Minuten pro Runde, an der Kirche von Heiligenblut vorbei, um den Großglockner herum, hinein in den Tunnel und wieder hin-aus. Von den Zwergen anspritzen lassen, am Start Palicini winken und wieder zurück nach Heiligenblut. Marie lacht. »Joe, du verdammter Idiot!«, schreit sie gegen das Quietschen der Räder an. Hinter ihnen steht der Bremser, und Marie fragt sich, ob er wohl weiß, warum sie hier sind. Was hat Joes Testament mit der kleinen Hochschaubahn zu tun, mit der jetzt nur noch die Kinder fahren? War es sein letzter Wille, dass sie sich noch einmal für ihn in einen der Waggons setzt, die Finger um die Stange legt und fest zudrückt, weil sie sogar hier ein mulmiges Gefühl bekommt, wenn es bergab geht? Schaut er jetzt auf sie beide herab, wie sie hier sitzen und sich von den kleinen Plastikmännern mit den roten Zipfelmützen nass spritzen lassen?

Keine Zeit zum Nachdenken. Kaum sind sie ausgestiegen, rennt Palicini auch schon weiter, und sie hinterdrein, vorbei am Praterturm und am Ponykarussell, vor dem Marie damals gestanden ist und Visionen von brennendem Holz und davongaloppierenden Pferden gehabt hat. Wenn er wenigstens eine Ponybefreiung in seinem Testament stehen hätte, denkt sie. Aber nicht einmal Joe war dafür verrückt genug.

»Komm«, sagt Gery und nimmt sie an der Hand, zieht sie weiter, weg von den Ponys, Palicini hinterher, der bereits vor dem Spiegelkabinett steht und auf die Uhr sieht, als müssten sie einen Rekord aufstellen, eine Art Praterparcours. Schon schubst der Palatschinkenkoch sie ins Spiegelzimmer, auch wenn es nicht seine Hände sind, die sie antreiben, vielmehr ist es sein Blick, seine verschmitzt grinsenden Augen: Los geht's, hinein mit euch. Als wäre er ihr Unterhalter, ihr Kindermädchen, engagiert von Joe höchstpersönlich, um mit ihnen einen Tag im Prater zu verbringen, so wie ihn Joe damals mit ihr verbracht hat, und scheinbar auch oft genug mit Gery, der jetzt hinter den Glaswänden verschwindet und Marie allein vor den Zerrspiegeln stehen lässt. Sie kommt sich dumm vor, so allein vor dem Spiegel, dick und gestaucht, mit eingedrücktem Schädel. Eine Mutter mit Kind betritt den Raum, stellt sich neben Marie. »Schau mal, Kevin!«, ruft sie den Sohn, und Marie denkt: Warum heißen die heute alle Kevin, wieso ist das so, wieso müssen die Mütter ihre Kinder immer gleich nennen? Da sieht sie Gery hinter dem Buben im Spiegel auftauchen, und schon schneidet er Grimassen und legt sich die Finger wie Hörner auf den Kopf. Er ist wie Joe, denkt sie, wie ein kleines Kind, kindischer als Kevin, der ihm mit ausdruckslosem Gesicht zusieht und keine Miene verzieht. Gery hebt die Arme hoch, kratzt sich unter den Achseln. »Uh-uh!«, kreischt er, immer lauter, wie ein wild gewordener Schimpanse, und Kevin sieht ihn über den Spiegel an, fast erwartet Marie, dass er den Kopf schüttelt und sich an die Stirn tippt, aber dann beginnt er doch zu lachen. Und wieder rennt Gery los, zum Labyrinth, schlüpft zwischen den Glasscheiben durch, rennt ihr davon, und als sie ihm nachrennen will, bemerkt sie in letzter Sekunde das Glas, stützt sich mit den Händen daran ab. Langsam tastet sie sich vor, biegt in Gerys Richtung ab, aber immer ist eine Glasplatte zwischen ihnen, und als er schon draußen bei Palicini steht, findet sie noch immer nicht hinaus. Also geht sie nochmals ein paar Gänge zurück und beginnt von neuem zu suchen. Draußen sieht Palicini auf die Uhr, sie kann ihn durch die Glasscheiben sehen. Als würde er sagen: Mach schon, wir haben nicht viel Zeit. Also konzentriert sie sich. Wie heißt es? Immer rechts halten. Sie wird von Kevin und seiner Mutter überholt und beschließt, ihnen zu folgen. Dabei bemerkt sie nicht, wie Gery auf der anderen Seite ins Spiegelkabinett schlüpft und sich von hinten nähert. »Puh!«

Erschrocken dreht sich Marie um.

»Idiot. Ich hätte schon hinausgefunden«, sagt sie, als er ihr vorangeht und sie mit sich zieht, doch als sie Kevin und die

Mutter in die andere Richtung gehen sieht, fragt sie sich, wie lange sie wohl noch gebraucht hätte.

»Joe und ich waren bestimmt hundert Mal hier«, sagt Gery. Er grinst sie an. »Und? Fängt es an, dir langsam Spaß zu machen?«

Sie gehen auf Palicini zu, der sofort die nächste Attraktion ansteuert. Wenn er nur nicht verlangt, dass ich mich in eines dieser Geräte setze, denkt Marie, als sie am Boomerang und am Space Shot vorbeikommen, sie hat sich da nie hineingetraut, in diese Geräte, die einen mit einer Geschwindigkeit in den Himmel und wieder zur Erde katapultieren, dass einem das Herz stehen bleibt.

Als Palicini vor der Grottenbahn stehen bleibt, beruhigt sich ihr Herzschlag wieder. Wenn es stimmt, dass Joe diesen Tag geplant hat, dann muss sie keine Angst haben.

Ihr fällt auf, dass alle anderen Waggons leer sind, obwohl sich zwei Mütter mit Kindern anstellen. Als sie in einen der kleinen Waggons klettern, sieht Marie, wie eine der Mütter empört den Kopf schüttelt, als würde sie sagen: »Aber was soll denn das, da ist doch genug Platz.«

»Glaubst du, dieser Palicini hat die ganze Bahn gebucht?«, fragt sie Gery.

»Vielleicht.«

Die Bahn setzt sich mit einem Ruck in Bewegung. Marie muss an die Grottenbahn in Graz denken, und wie kalt es darin immer war. Hier ist es angenehm kühl, eine kleine Pause von der Julihitze. Sie fahren an Gulliver, Rübezahl und den Sieben Zwergen vorüber.

»Ich war nur einmal mit Joe im Prater«, sagt Marie. »Damals haben wir auch so angefangen. Zwergerlbahn, Spiegelkabinett und Grottenbahn. Lass mich raten. Als Nächstes wäre das Geisterschloss dran. Das ist irgendwie gruselig.«

»Findest du? Ich fand die alte Geisterbahn nie gruselig.«

»Ich meine nicht die Geisterbahn«, sagt Marie. »Ich rede von der Reihenfolge. Es ist alles genau so wie damals, als ich mit Joe hier war.«

Als sie ein zweites Mal durch die Grotte fahren, legt sich Marie die karierte Decke um die Schultern. Schneeweißchen und Rosenrot.

»Weißt du, dass ich dieses Märchen noch immer nicht kenne?«, sagt sie.

»Das ist das mit dem Bären.«

»Logisch, wenn hier einer steht.«

Draußen steht nicht der Bär, sondern Palicini, und der schaut auf die Uhr. Bis zuletzt hat er sich nicht vorstellen können, wie alles funktionieren soll. Er hat überall fünfzehn Minuten reserviert. Für die Frau und das Kind im Spiegelkabinett hat sich der Betreiber entschuldigt. »Sieh dir das arme Kind an, das hat schon längst keinen Bock mehr«, hat er zu Palicini gesagt, »aber sie geht seit einer Dreiviertelstunde da drinnen herum. Hat wahrscheinlich nicht viel Geld, also bleibt sie extra lang.«

»Schon in Ordnung«, hat Palicini geantwortet.

Jetzt fragt er sich, wie er auf die Idee gekommen ist, die beiden müssten allein sein. In Joes Anweisungen stand nichts davon. Ihm ist nur wichtig gewesen, dass die Reihenfolge eingehalten wird.

Er sieht auf die Uhr.

Andererseits, denkt er, wenn Joe erfolgreich sein will, dann muss es einfach so sein. Obwohl Palicini ja bezweifelt, dass Joes Plan aufgehen wird. In nur einem Nachmittag …

Er hört das Ruckeln der Bahn. Dann sieht er auch schon den Waggon und die Köpfe der beiden. Sieht Gery lachen und Maries rote Wangen. Vielleicht, denkt er, ist Joe aber auch gar nicht so dumm gewesen.

»Schau mal! Der Calafati und die Fortuna!« Gery geht um die zwei Riesen herum. »Hast du gewusst, dass es den Calafati wirklich gegeben hat? Dabei war er gar kein Chinese, sondern ein Salamiverkäufer aus Triest.«

»Klar weiß ich das. Der große Salamucci. Du vergisst, dass ich mit Joe zusammen war. Schade, dass sie den echten Chineser vom Calafati-Ringelspiel zerstört haben. Ich hätte gern gewusst, wie er ausgesehen hat.«

»Palicini wartet«, flüstert Gery Marie ins Ohr.

»Er schaut schon wieder auf die Uhr.« Sie kichert und läuft dann neben Gery her.

»Du hast recht gehabt«, sagt Gery, als sie vor dem Geisterschloss mit seinem sprechenden Gorilla ankommen.

»Das habe ich geliebt als Kind.«

»Hast du dich gefürchtet?«

»Klar!« Sie grinst.

»Einsteigen bitte«, sagt Gery und lässt ihr den Vortritt. Dann setzt er sich neben sie und hängt die Kette ein. »Wenn du dich fürchtest, kannst du bei mir einschauen.«

Und schon setzt sich die Bahn mit einem Ruck in Bewegung. Biegt bei der Spinne scharf ums Eck und klettert dann hinauf. Sie fahren durch einen blauen Tunnel. »O mein Gott, ich fühl mich wieder wie mit acht, als ich mit meinem Vater hier war«, lacht sie, als der grüne Totenschädel die Augen blinken lässt. Dann geht es bergab. Marie entfährt ein kurzer Schreckenslaut, als vor ihnen ein blaues Spinnennetz aufzuckt und die Bahn die Tür durchstößt.

»Was kommt als Nächstes?«, fragt Gery.

Marie überlegt. In einem leuchtenden Schaukasten verblutet ein Graf.

»Ich weiß es nicht mehr genau. Ich war mit Joe im Planetarium, aber das war erst ganz am Schluss. Davor haben wir zwei seiner Freunde im Kasperltheater besucht. Joe hat mir etwas vorgespielt, mit einer schönen Frau, die sich in einen Puppenspieler verliebt. Und mit dem Blumenrad sind wir auch gefahren. Ich weiß noch, wie schlecht mir wurde, als einer die Gondel gedreht hat. Es gab da ein furchtbares Foto von mir, aber das hab ich zerrissen.«

Die Bahn bleibt knatternd im Freien stehen. Sie steigen aus und gehen hinter Palicini her.

»Ich glaub, jetzt ist das Blumenrad dran«, flüstert Gery, als sie vor den neuen Figuren des Calafati und der Fortuna stehen bleiben. Und schon sehen sie Palicini zu, wie er einen kahlköpfigen Mann grüßt und auf die Uhr sieht.

Sie klettern auf die weiße Bank. Marie hält die Stange fest. »Bitte nicht drehen«, ruft sie Palicini und dem Kahlköpfigen zu, aber da erheben sie sich auch schon in die Lüfte.

»Eigentlich mochte Joe das Riesenrad lieber«, sagt Gery.

»Ich finde das Riesenrad bescheuert. Immer stehen hundert andere am Fenster und drücken sich die Nasen platt. Da sieht man doch nichts!«

Sie lehnt sich zurück und sieht hinunter. Unten verschwimmt der Prateralltag zu einem bunten Fleckerlteppich.

»Das ist wie in einem alten Liebesfilm«, sagt sie. »Da sitzen sie auch immer über den anderen und küssen sich.«

»Aber wir küssen uns ja gar nicht.«

Marie grinst. »Joe und ich haben uns drei Runden lang geküsst. Das war an dem Tag, nachdem wir zusammengekommen sind.«

»Bereust du es?«

»Das mit Joe? Nein. Es war ja auch schön. Zumindest am Anfang. Wie im Märchen. Aber später hat es dann nur noch wehgetan.«

»Ich hab nie verstanden, warum er so dumm war.«

»Ach, was weiß ich. Ich suche mir einfach gerne die falschen Männer aus. Entweder sie lieben mich zu sehr oder zu wenig.«

»Joe hat dich nicht zu wenig geliebt.«

»Ich habe nächtelang auf ihn gewartet. Das würde ich mir heute von keinem mehr gefallen lassen. Aber damals war ich noch dumm und bis über beide Ohren in ihn verliebt.«

»Joe war es bis zu seinem Tod.«

Marie sieht ihn an. Dann schüttelt sie den Kopf.

»Er hätte bis zuletzt die Chance gehabt, zu mir zurückzukommen. Aber ich hab ihm nicht einmal so viel bedeutet, dass er mich an meinem Geburtstag anruft. Stattdessen bringt er sich einen Tag danach um.«

»Du hast gestern Geburtstag gehabt?«

»Ja. Meinen neunundzwanzigsten.« Und den habe ich am Bett meines kranken Vaters verbracht, denkt sie. Am Bett eines Vaters, der mich nicht einmal begrüßen kann.

Sie dreht sich weg. Schaut auf die bunten Geräte, hört das Kreischen der Besucher und das Düdeln der Computermusik. Was muss sie mit Gery darüber reden? Was geht es ihn schon an?

Palicini sieht auf die Uhr. Neununddreißig Minuten sind vergangen, seitdem sie sich vor der Wiener Hochschaubahn getroffen haben. Er vereinbart mit dem Besitzer des Blumenrades noch zwei weitere Runden. Hat er sich doch tatsächlich verschätzt. Er hat gedacht, dass alles viel länger dauern würde. Vielleicht sollte er anfangen, sich zu entspannen. Es hat keinen Sinn, die beiden so durch den Tag zu hetzen. Als Nächstes steht der Wasserfall am Programm, dann noch das Bogenschießen, und dann ist auch schon das Riesenrad dran. Er hat noch fast anderthalb Stunden Zeit, bis Gerd und Max ihre Vorstellung beginnen.

Der Pfeil prallt an der Plastikhaut des Bären ab.

»Der Arme«, sagt Marie.

Der Bogenstandbesitzer lacht und hält Gery den nächsten Pfeil hin.

»Wie viele Versuche habe ich?«

»So viele du willst«, sagt Palicini.

Die nächsten zwei Pfeile landen in zwei der Luftballons unter der Zielscheibe und verursachen einen Knall. Der dritte Pfeil prallt zwischen den Zielscheiben an der Wand ab.

»In den alten Filmen hätte ich sicherlich kein Mädchen abbekommen.«

»Du hast Glück, dass ich mit dir schon in den Himmel gefahren bin. Im Film hätte ich mir jetzt einen coolen Typen vom Bogenstand ausgesucht.«

»Aber ich bin der Einzige hier. Schau dich doch mal um. Außer du willst Palicini«, flüstert Gery und spannt den Bogen erneut. Diesmal trifft der Pfeil die Zwanzig. Der Budenbesitzer lacht. »Jetzt geht sich ein kleines Herz aus!«

Gery legt den Bogen aus der Hand und nickt. Der Budenbesitzer holt das Plüschherz vom Regal und drückt es Marie in die Hand, die es in ihre Tasche steckt.

»Ist eh besser«, sagt sie. »Joes Elefanten musste ich damals noch einen halben Tag mit mir herumschleppen.«

»Und jetzt?«, fragt Gery den Palatschinkenkoch. »Gehen wir jetzt ins Planetarium?«

»Planetarium? Nein, jetzt gibt's Kaffee und Sachertorte!«

12 »Das ist komplett verrückt. Das alles muss schweineteuer sein!«

Marie fährt mit dem Finger über das champagnerfarbene Damasttischtuch. »Ich fühl mich wie Sisi.«

»Glaubst du, die hat ihren Kaffee auch in einer Riesenradgondel getrunken?«

»Höchstwahrscheinlich nicht.«

Zwischen dem Porzellangeschirr liegen weiße Rosen. Die Sessel sind mit Damasthussen überzogen und mit einer grünen Schleife verziert.

Marie steht auf und stellt sich an eines der Fenster.

»Vielleicht hast du recht«, sagt sie. »Vielleicht hat mich Joe wirklich geliebt. So was schenkt man niemandem, der einem egal ist. Schon gar nicht in seinem Testament.«

Gery stellt sich zu ihr. Die Gondel steigt höher hinauf und verharrt wieder eine Weile.

»Aber warum ich?«

Marie dreht sich zu ihm. Auf ihrer Stirn liegt eine senkrechte Falte.

»Du warst sein einziger Freund.«

Gery sieht aus dem Fenster. Sie sind jetzt am höchsten Punkt, gleich wird sich die Gondel wieder senken. Er denkt an die vielen Leute, die er durch Joe kennengelernt hat. Selbsternannte Philosophen, Biertrinker, Nachtgestalten. Marie hat recht, Joe hatte keine Freunde. Abgesehen von ihm, Marie und vielleicht auch Palicini gab es keinen einzigen Menschen, der Joe mehr bedeutet hat als einer, der gerade zufällig neben ihnen saß und mit dem man bei einem Glas Bier über Gott und die Welt reden konnte. Mittelstadtrauschen, hatte Joe es genannt. Die Menschen rauschen an dir vorbei, und die meisten von ihnen erkennst du schon am nächsten Tag nicht wieder. Mittelstadt, das war seine Bezeichnung für Wien. Weder Metropole noch Kleinstadt – Mittelstadt eben. Und jetzt liegt uns diese Mittelstadt zu Füßen, denkt Gery, als er durch die Eisenstreben sieht. Er wechselt die Seite. Schaut auf die Uno City und die Donau mit ihren künstlichen Seitenarmen. Im Zentrum von allem die laute, bunte Phantasiestadt mit ihren Attraktionen.

Er sieht zu Marie. Kleine Laetitia Marie. Sie hat Joe geliebt, wie er war, und ist daran zerbrochen. Und er ist im Eck gestanden und hat zugeschaut.

»Magst du auch Sachertorte?«, fragt er. »Wer weiß, wie lang wir noch Zeit haben.«

Eine Stunde später sitzen sie auf einer kleinen Holzbank im Kasperlhaus. Palicini hat hinter ihnen Platz genommen und raschelt mit einem Säckchen kandierter Mandeln, das er ihnen vorhin unter die Nase gehalten hat. Hinter dem aufgebauten Kasperltheater hören sie ein Scharren. Als das Licht ausgeht und der erste Ton angestimmt wird, hält Marie die Luft an.

»Das ist Joe«, sagt sie, und ihre Hände verkrampfen sich im Stoff ihrer Tasche.

»Joe ist tot«, flüstert Gery. Dabei hat auch sein Herzschlag für ein paar Sekunden ausgesetzt, als jemand angefangen hat, seine Finger über Weingläser rutschen zu lassen und die ersten Takte des Donauwalzers erklungen sind. Gery sieht sich im Dunkeln um, doch er kann nichts erkennen. »Da spielt jemand hinter der Bühne.«

»Er spielt genau wie Joe«, flüstert Marie.

Als der Vorhang zur Seite geschoben wird, sehen sie ein kleines Gespenst.

– *Wo bin ich?*

– *Im Kasperlhimmel.*

Und schon sieht man den Kasperl mit seiner roten Zipfelmütze. Langsam lässt er sich nieder, während das Gespenst aufgeregt von einer zur anderen Ecke flattert.

Marie greift nach Gerys Hand. »Ist das Gespenst Joe?«

Hinter ihnen hustet Palicini. Wie ein Kind sitzt er da, den Oberkörper nach vorne gebeugt, die Hände um das Papiersackerl mit den süßen Mandeln gelegt.

– Der Kasperlhimmel. Der ist wohl der richtige für mich, sagt das Gespenst.

– Magst hinunterschau'n?, fragt der Kasperl.

– Wo hinunter?

– Na, auf die Erde?

– Ja, kann man das denn?

– Alles kann man, wenn man im Himmel ist.

Das Gespenst setzt sich neben den Kasperl. Beide lassen die Beine baumeln, und Marie denkt, dass Joe jetzt vielleicht wirklich irgendwo dort oben sitzt, so wie er immer auf der Schmelzbrücke gesessen ist, und ihr dabei zusieht, wie sie hier neben Gery sitzt und auf die Kasperlbühne schaut. Erst da fällt ihr auf, dass sie mit der rechten Hand noch immer Gerys linke umklammert. Schnell zieht sie ihre Hand zurück und vergräbt sie im Stoff der Tasche.

Der Vorhang schließt sich. Im Hintergrund hört man jetzt wieder den Donauwalzer. Dann öffnet sich der Vorhang erneut.

Sie hat die Puppe schon einmal gesehen, damals, als Joe für sie spielte. Die goldenen Haare, ganz aus Holz geschnitzt, umrahmen den Kopf mit dem traurigen Gesicht. Als die Figur auf einen kleinen Sessel am Bühnenrand gesetzt wird, legt sich ihr weißes Gewand in Falten. In den Händen hält sie eine Mohnblume. Langsam zupft sie Blüte für Blüte ab und lässt sie auf den Boden fallen. Marie fragt sich, wie der Puppenspieler es wohl schafft, mit seinen Fingern in den zwei kleinen Schlupfvorrichtungen die Blütenblätter zu fassen und auszureißen.

– Sie hat Mohnblumen so gern gehabt.

Es ist die Stimme des Gespensts. Irgendwo hinter der Bühne liegt es jetzt, während die zarte Frauenpuppe traurig vor sich hin sieht und den leeren Stengel der Blume in Händen hält. Das bin dann wohl ich, denkt Marie. Und plötzlich rinnen ihr Tränen über die Wangen. Sie muss sich daran erinnern, wie sie mit Joe auf der Wiese lag. Irgendwo, zwischen Weizenfeldern, am Stadtrand von Wien. Die Wiese war voll mit Margeriten und Mohnblumen. Als er ihr eine pflücken wollte, verriet sie ihm, dass sie Mohnblumen traurig machten. Weil sie so schön, aber so vergänglich seien. »Wenn du sie pflückst, lässt sie schon nach zehn Minuten alles hängen und dann fallen ihr die Blütenblätter aus«, sagte sie, und Joe antwortete: »So ist es mit allen schönen Augenblicken. Deswegen sind sie ja so besonders.«

Der Vorhang fällt wieder zu. Marie beugt sich hinunter und hebt eines der Blütenblätter auf. Streicht mit dem Daumen über die samtige Oberfläche. Merkt, wie Gery ihr eine Hand auf die Schulter legt.

»Das ist nicht fair«, flüstert sie. »Das hab ich nur ihm erzählt.«

– Und? Hast du genug gesehen?

Der Kasperl lässt die Füße baumeln. Das Gespenst fliegt jetzt wieder von einer Seite zur anderen.

– Ich hab alles verpatzt. Weißt du, ich habe immer nur sie geliebt. Vom ersten Tag an, als sie mir die Marille geschenkt hat. Aber dann war ich mein ganzes Leben lang zu blöd, ihr meine Liebe zu zeigen.

– Warum, glaubst du, bist du im Kasperlhimmel?

– Weil ich der größte Kasperl von allen bin, ich weiß.

– Weißt was, Gspensterl? Tu nicht herumheulen. Lass die Menschen dort unten Menschen sein und ihre Fehler machen.

Wozu über die eigenen nachdenken? Lieber veranstalten wir et-
was Lustiges!

– Ja, was denn?

– Wirst schon sehen. Ich geh runter zur Erde, und in einem
Jahr bin ich wieder da.

Und schon springt der Kasperl hinter die Bühne, nur die
rote Zipfelmütze sieht man noch kurz fliegen. Das kleine Gespenst bleibt nachdenklich zurück und schaut ihm nach.

Und dann schließt sich der Vorhang erneut und es bleibt
ein paar Minuten still im Kasperlhaus. In der Dunkelheit hört
Marie Palicini – ein leiser Pfeifton bei jeden Ausatmen.

– Mein Kind, mein armes Kind, mein Kind, mein armes Kind!

Als der Vorhang sich wieder öffnet, sieht man eine Hexe mit
prallem Busen und verknittertem Gesicht. Neben ihr der Jäger
im grünen Lodenmantel.

– Ja, Hexe Tussifussi, was schreist denn so?

– Mein Kind, mein armes Kind!

»Das ist Joes Mutter!«, flüstert Gery in Maries Ohr und beginnt zu lachen.

»Glaubst du?«

– Aber Schwesterchen, so beruhig dich doch erst einmal.

– Mein Kind, mein armes Kind!

»Und der Jäger muss dann wohl Joes Onkel sein, der Blasbichler!«

»Der Onkel Willi?«, fragt Marie, und muss daran denken,
wie er sie feindselig angestarrt hat, damals, bei Joes Beerdigung. Willibald Blasbichler, der Professor für Quantenphysik, den sie mit Jakob beim Eislaufen getroffen hat und der sich
seine Weichteile gerichtet hat.

»Mein Exfreund schreibt bei ihm seine Doktorarbeit«, kichert sie in Gerys Ohr.

– Umbracht haben's ihn, meinen Buben!

»Was? Dein Exfreund schreibt bei Joes Onkel seine Diss? War das der, mit dem du beim Konzert warst?«

»Mhm!«

»Und der schreibt echt seine Diss beim Willi?« Gery prustet los.

Auf der Bühne marschiert der Jäger mit dem Gewehr auf und ab. Die Hexe jammert und wimmert.

– *Mein Kind, mein armes Kind!*

Da betritt der Kasperl die Bühne.

– *Da heult sie, die leidende Mutter. Welch eine Tragödie. Na, Herr Jäger, sind wir auf Bärenjagd? Oder doch eher auf der Jagd nach was Kleinerem?*

Der Jäger hält das Gewehr an des Kasperls Brust:

– *Wer sind Sie, mein Herr? Stören Sie uns hier nicht in unserer Trauer!*

– *Keine Sorge, ich habe nur einen kleinen Auftrag für Sie: eine Unterschrift, das ist alles. Und dem Herrn Calafati sind Sie bitte auch ein wenig behilflich, wenn Sie so lieb sind.*

– *Calafati? So einen Trottel kenn ich nicht!*

– *Na, da wird der Calafati aber froh sein, dass so einer wie Sie ihn nicht kennt!*

Auf seiner Bank verschluckt sich Palicini fast an der Mandel, bekommt schon wieder einen Hustenkrampf. Na, Gott sei Dank hab ich den Blasbichler nie kennenlernen müssen, denkt er. Auf seine E-Mails hat Joes Onkel immer prompt reagiert und brav das notwendige Geld überwiesen. Und die Schenkungsurkunde für Joes Wohnung hat er ihm sogar schon nach einer Woche unterschrieben retourniert, per eingeschriebenem Brief.

– *Und was, wenn ich's nicht tu?* Der Jäger liest. *So ein Schwachsinn, nie und nimmer!*

– *Nun, das sieht das Gespenst bei mir oben im Kasperlhim-*

mel ein bisserl aaanders, sagt der Kasperl und schwingt seine Mütze. *Der hat dem Calafati nämlich ein handgeschriebenes Dokument überlassen, das der sofort öffnen soll, wenn Sie nicht ganz genau tun, was man von Ihnen verlangt.*

»Was soll das?«, fragt Marie. »Was für ein Dokument?«

»Ich weiß nicht«, sagt Gery. »Ist ja nur ein Kasperlstück.«

Eilig legt der Jäger das Gewehr aus der Hand und nimmt dem Kasperl die Füllfeder aus der Hand.

– CALAFATI. Nicht vergessen, sagt der Kasperl und eilt davon. Der Jäger bleibt verdattert zurück. Im Hintergrund hört man noch immer das Schluchzen der Hexe Tussifussi. *Mein Kind, mein armes Kind!*

Heute am Abend werde ich den Brief endgültig zerreißen, denkt Palicini. Irgendein Geheimnis hat der Professor. Werden wohl geklaute Forschungsergebnisse sein. Und Joe ist ihm dahintergekommen. Vielleicht sitzt da jetzt irgendwo ein Quantenphysikgenie, der wegen dem Blasbichler jahrelange Forschungsarbeit umsonst geleistet hat. Bestimmt sogar, so schnell, wie der Blasbichler mir das nötige Geld und die Schenkungsurkunde überwiesen hat. Und wenn ich davon wüsste, würde ich mich am Ende gar noch schuldig machen. Nein, ich werd den Brief zerreißen, das geht mich nichts an. Der Blasbichler hat seinen Teil erfüllt, und wenn Joe will, dass ich es dabei belasse, dann soll es so sein.

Und wieder fällt der Vorhang und öffnet sich.

– Ein Foto hier, ein Foto da. Eine Fotocollage. Nein, ein Film wird es, ein Film, was sonst?

»Das bist du!«, ruft Marie.

Die Handpuppe auf der Bühne hat einen Kinnbart aufgemalt, um ihren Hals baumelt eine kleine Kamera.

– Der Film muss nur noch geschnitten werden. Aber darf ich das jetzt überhaupt noch?

– *Jetzt erst recht!* Der Kasperl kommt von der Seite, schwingt eine Mütze. *Ein Kasperltheater muss es werden!*

– *Wie bitte?*

– *Ein Kasperltheater, wie das Leben! Vorhang auf und Vorhang zu.*

– *Was meinst du? Ich kann doch nicht …*

– *Und ob! Zeig der Welt, wer er war! Nur du kannst das, du warst doch sein bester Freund. Setz ihm ein Denkmal! Ein Kasperldenkmal!*

– *Weißt du, wo er jetzt ist?*

– *Na, bei mir, oben im Kasperlhimmel. Aber jetzt muss ich weiter, den Calafati treffen,* ruft der Kasperl, schwingt seine Mütze und lässt die Puppe mit der Kamera um den Hals ratlos zurück.

»Was hat das zu bedeuten?«, fragt Marie.

»Das Ende meines Filmes«, sagt Gery.

»Welcher Film denn?«, fragt Marie, die Gerys zittrige Stimme nicht bemerkt.

»Ich hab einen Film über Joe gedreht.«

Aber da sieht Marie schon wieder auf die Bühne. »Schau mal, der Calafati! Der ist aber schön.«

Würdig verbeugt sich der Große Chineser. In seinen Händen hält er ein paar Bögen gefaltetes Briefpapier und eine kleine Pfanne.

– *Grüß Gott, Calafati mein Name. Das Schicksal liegt in meinen Händen.*

»Mein Gott«, murmelt Palicini in der hinteren Bankreihe.

– *Muss ich denn wohl die Fortuna auf meine Seite holen. Damit auch alles gelingt, brauch ich ihren Glücksnebel!*

Durch den Saal flirren auf einmal bunte Lichter. Im Hintergrund hört man laute Musik und das Quietschen von Eisenbahnbremsen. Marie dreht sich um. Ihr erster Gedanke war,

dass man die Tür aufgemacht hat, aber der Praterlärm ist draußen, auch wenn das, was sie hier drinnen hören, ganz gleich
klingt. Marie hört Kinderlachen und das Geschrei eines Rin-
gelspielbesitzers: *Drei Fahrten zum Preis von zwei!* Dahinter
Abbas *The Winner Takes It All* und das Gedüdel eines Geld-
automaten. Auf der Bühne wirft Calafati hektisch ein Blatt
nach dem anderen auf die Bühne:

– *Hochschaubahn! Spiegelkabinett! Grottenbahn! Geisterschloss!*

– *Wui, da hast ja was vor!*, ruft der Kasperl und taucht mit
seiner Zipfelmütze auf. *Na, ist das nicht ein Traum? Endlich
mal was los, es lebt der Mensch doch nicht vom Ernst allein!*

– *Kasperl, du musst mir helfen. Eine Testamentseröffnung,
hier, bei dir, im Kasperlhaus!*

– *Na, so was hab ich gern! Endlich mal was G'scheites und
nicht nur das alberne Kindertralala.* »Seid ihr alle da?« *Pfui Teufel, und so was soll ein Wiener Kasperl sein?*

– *Die Fortuna brauchma, die Fortuuuuunaaa!*

»Was ist das? Schau!« Marie hält ihre Handfläche nach
oben.

»Das kommt von der Maschine dort im Eck!«, schreit Gery
gegen die Pratergeräusche an, die jetzt immer lauter werden.

»Das ist Goldstaub!«

Und dann auf einmal ein Knall und es ist ganz still im Kasperlhaus, sogar die Discolichter haben ihre Augen geschlossen
und legen alles wieder in dichte Schwärze. Marie greift nach
Gerys Hand.

»Ist es jetzt aus?«

Doch da hört man wieder leise den Donauwalzer. Der Vor-
gang öffnet sich. Vor einem Pult mit winzig kleinen Gläsern
steht das Gespenst und berührt jedes der Gläser nacheinander
mit seinen Händen.

– Jetzt ist es vorbei, sagt es, als der Kasperl sich leise von hinten nähert.

– Ja, jetzt ist es vorbei. Ein Jahr ist vergangen.

– Dann muss ich also gehen?

– Ja, jetzt musst du gehen. Der Kasperl nimmt das Gespenst bei der Hand. *Ein Jahr darf man auf die, die man geliebt hat, herunterschau'n, doch dann muss man sie ihr Leben weiterleben lassen. Weißt du, so ein Erdenmensch, der spürt, wenn man ihn beobachtet. Und das ist nicht gut für ihn.*

– Hast du den Calafati getroffen?

– Der Calafati hat seinen Auftrag brav erfüllt. Mach dir keine Sorgen, Gspensterl.

Als der Vorhang fällt, bleibt es eine Weile still. Im Dunkeln geht einer auf Marie zu und legt ihr etwas in die Hand. Es ist eine hölzerne Puppe. Marie streicht vorsichtig mit dem Daumen über Kopf und Gewand. Der Calafati, denkt sie. Und auch Gery wird etwas auf die Knie gelegt, ein dicker weißer Briefumschlag. Dann gehen die Lichter an. Gery öffnet den Umschlag. Hinter der Bühne hört man etwas klappern. Maries Blick erhascht ein weiß angemaltes Gesicht mit einer aufgemalten schwarzen Träne, dann ist es auf einmal still.

Gery zieht die Bögen aus dem Kuvert.

»Das ist eine Schenkungsurkunde«, sagt er.

Hinter ihnen fällt eine Tür ins Schloss. Als Gery und Marie sich umdrehen, merken sie, dass Palicini verschwunden ist.

»Sind sie jetzt alle weg?«

»Marie, schau mal.« Gery hält ihr die Bögen vors Gesicht. »Das ist die Unterschrift vom Blasbichler. Er überschreibt uns die Wohnung in der Zwölfergasse.«

»Joes Wohnung. Das ist komplett verrückt.«

Marie sieht auf die Puppe in ihrem Schoß. Ihr Kopf ist abgegriffen und über dem linken Auge ist die Augenbraue abgeschlagen. Auch das linke Ende des Bartes ist abgebrochen. Sie fährt über das gelbe Kleid des Chinesers. »Da ist was drinnen!«

Sie schlüpft mit der Hand in die Figur und tastet, zieht den Gegenstand heraus.

»Joes Schlüssel«, sagt sie. »Und da ist noch etwas!« Sie grinst und zaubert zwei Eintrittskarten hervor. »Die sind fürs Planetarium.«

3 Sie liegen auf dem Rücken. Über ihnen der Sternenhimmel und unter ihnen der warme Teppich des Planetariums. Wieder sind sie ganz allein. Nicht einmal beim Eingang hat man sie nach ihren Karten gefragt. Kaum, dass sie sich niedergesetzt haben, ist auch schon das Licht ausgegangen, und Abermillionen winziger Sterne haben sich über ihren Köpfen ausgebreitet, fast ein wenig, als würde es schneien.

»Hast du gewusst, dass es so viele Sterne gibt?«, fragt Marie.

»Nein. Ich meine, gewusst schon, aber noch nie gesehen.«

»Kein Wunder, dass es vor der Elektrizität leichter war, an Gott zu glauben.«

»Mhm.«

Langsam dreht sich der Himmel über ihnen. Die Sterne sehen aus wie Sandkörner, hier und da bilden sie Wirbel, dann wieder stehen sie vereinzelt am schwarzen Himmelszelt.

»Was machen wir jetzt mit Joes Schlüssel?«, fragt Marie.

»Hm.«

»Sagst du immer nur Hm?«

Gery dreht sich auf die Seite und stützt seinen Kopf auf die linke Handfläche. In der Dunkelheit kann er nur den Umriss ihres Gesichtes erkennen.

»Was sollen wir schon mit ihm machen? Wir ziehen in seine Wohnung.«

»Du bist verrückt.«

»Wieso? Sie gehört doch jetzt uns.«

Marie antwortet nicht. Sieht stattdessen zu den Sternen hinauf.

»Ich erkenne kein einziges Sternenbild. Nicht einmal den Großen Bären. Dabei hat mir mein Vater die Sterne früher so oft erklärt.«

Wie gern er sie jetzt in den Arm nehmen würde. Sich ein wenig weiter nach links rollen und die Hand auf ihren Bauch legen. Mit der anderen durch ihr Haar fahren und sich in ihren Locken verheddern. Einfach die Hand heben und ihr Gesicht berühren.

»Warum hat Joe die Wohnung uns beiden geschenkt?«, fragt sie und dreht sich zu ihm.

»Vielleicht konnte er sich nicht entscheiden, wem von uns er sie geben soll«, sagt er.

Ganz langsam bewegt sich der Sternenhimmel über ihren Köpfen. Und in das Drehen hinein beginnen sie, einander von ihrem letzten Jahr zu erzählen. Gery berichtet Marie von Hedi, wie er sie kennenlernte, wie gut ihm die Gespräche mit ihr taten und wie er sie schließlich in ihrem Schaukelstuhl fand. Wie er die Rettung rief und den Fahrer des Roten Kreuzes zurück zur Zentrale schickte. Wie er den Karton, den er Hedi zwei Wochen zuvor aus dem Weinviertel mitgebracht hatte, in einen Plastiksack steckte und vor die Kellertür stellte, um ihn danach unbemerkt mitnehmen zu können. Wie er schließlich den Karton geöffnet hat und drei Dinge obenauf lagen: eine Stoffwindel, das Foto eines russischen Soldaten und ein Kuvert mit seinem Namen darauf. Wie er den Umschlag aufriss und siebentausend Euro darin fand. Wie er zwei Wochen später zu Hedis Begräbnis fuhr und von ihrer Familie angestarrt wurde. Wie er am Grab stehen blieb und darauf wartete, dass die anderen weggingen. Wie er schließlich die Windel und das Foto in die Grube geworfen hat und weggegangen ist.

Marie hört ihm still zu. Denkt sich: Wie gerne ich sie kennengelernt hätte, diese Hedi.

Dann sagt sie: »Gestern habe ich meinem Vater einen Stein in die Hand gelegt, den wir vor fünfundzwanzig Jahren am Strand gefunden haben.« Und plötzlich ist sie diejenige, die erzählt. Von der Mutter, die sich aus dem Fenster gestürzt hat, und vom Vater, der in einem Pflegeheim in Graz liegt, weil er mit einer Gummipuppe in eine Straßenbahn gelaufen ist.

»Ich habe mich so oft gefragt, was gewesen wäre, wenn Mama nicht gesprungen wäre. Vielleicht hätten sie sich einfach scheiden lassen.«

»Warum?«

»Weil meine Mutter nicht glücklich war in Graz. Wenn sie nicht gesprungen wäre, wäre sie wohl irgendwann wieder heimgefahren. Und mein Vater hätte sie vielleicht vergessen können.«

»Glaubst du?«

»Die Liebe bleibt nur so lange groß, solange sie sich nicht erfüllt«, sagt Marie.

Gery setzt sich auf und sieht auf Maries Gesicht hinunter. Mittlerweile hat er sich so weit an die Dunkelheit gewöhnt, dass er ihre Nase und die Wölbung ihrer Lippen erkennen kann. Mit den Augen ertastet er ihre Konturen – die Konturen, die er so gut kennt, die er sich immer wieder aufgerufen hat, wenn er neben Sonja lag.

»Stell dir folgende Szene vor«, sagt er. »Julia sitzt mit hochgeknotetem Haar am Kamin und strickt, und Romeo raucht seine Pfeife und liest ihr aus der Zeitung vor. Vorhin haben sie ein wenig gezankt, weil das Essen verbrannt war, aber jetzt blicken sie einander in die Augen und wissen, dass sie sich trotz allem noch immer sehr gern haben und ohne einander nicht sein wollen.«

»Glaubst du, so was gibt es wirklich?«, fragt Marie.

4 In dem Augenblick, in dem in Graz ein leichter Niesel-regen einsetzt, schlüpft ein dreiundsiebzig Zentimeter großes pelziges Tier in ein Umspannwerk der Gesellschaft *Wien Energie* und öffnet zum letzten Mal sein kleines Mäul-chen. Es ist zweiundzwanzig Uhr siebenundvierzig. Der Mar-der beißt zu. Fünftausendvierhundert Haushalte ohne Strom und ein nächtliches Hupkonzert sind die Folge. Jakob, der im Landeanflug über Wien kreist – gerade kommt er von der Konferenz in Helsinki –, hat alles beobachtet. Das Ausgehen der Lichter im westlichen Teil der Stadt wirkt, als hätte je-mand einen Schalter betätigt. Und auch im Aufnahmestudio des österreichischen Privatfernsehsenders gehen die Lichter aus. Burning Herbies Keyboard verstummt und auch Mimi ist leise. Sonja bleibt mit der Chipstüte vor dem schwarzen Flach-bildschirm sitzen und greift nach der Fernbedienung. Erst als diese auf ihr Drücken nicht reagiert, wird ihr auffallen, dass es auch sonst auf einmal sehr still ist im Haus. Sie wird die Ein-gangstür öffnen, gleichzeitig mit ihrem Nachbarn, und sie werden feststellen, dass sie beide das gleiche Programm ge-sehen haben. Der Nachbar wird sie auf ein Glas Rotwein ein-laden, und sie werden sich bei Kerzenschein über den singen-den Typ im Fernseher, dem man die Show gestohlen hat, lustig machen.

»Glaubst du, das war Joe?«, fragt Marie.

Sie stehen auf der Schmelzbrücke. Unter ihnen sind die Züge im Ankommen stecken geblieben, jetzt lässt man die

Fahrgäste in einer Reihe aussteigen, um sie die letzten Meter im Gänsemarsch neben den Schienen zur Station zu führen.

»Ich würd's ihm zutrauen«, sagt Gery und schaut hinauf, zu den dunklen Fenstern und dem Stück Himmel zwischen den Dächern. Dort leuchten die Sterne fast so hell wie im Planetarium.

Inzwischen wird aus dem Nieselregen in Graz ein heftiger Gewitterregen, der noch in dieser Nacht die Mur erheblich anschwellen lassen wird. Aber davon kann Marie in Wien nichts wissen. Die Welt steht Kopf, die Naturkatastrophen häufen sich und die Tiere werden immer zutraulicher. Kommen in die Stadt und nagen Autokabel und Oberleitungen an. Und manchmal legen sie das Stromnetz einer halben Stadt lahm. Aber irgendwie ist das ja auch schön. Vielleicht nicht für die zwei Autofahrerinnen, die in diesem Moment frontal zusammenstoßen. Die werden Marder für den Rest ihres Lebens so sehr hassen, dass sie sogar einen Marderjagdclub eröffnen. Aber was interessieren uns schon wütende Autofahrerinnen? Zumal ja wirklich nichts Tragisches passiert ist. Außerdem befindet sich die Schicksalskreuzung im sechzehnten Wiener Gemeindebezirk, und die Schmelzbrücke ist ja bekanntlich im fünfzehnten. Und da ist es nicht nur dunkel, sondern auch sehr still. Die Schmelzbrücke ist kein Ort, an dem man anderthalb Stunden vor Mitternacht verweilt. Marie und Gery sind also ganz allein. So allein wie der arme tote Marder im Umspannwerk.

»Und jetzt?«, fragt Marie und sieht auf den Schlüssel in ihrer linken Hand.

»Jetzt gehen wir in unsere Wohnung«, sagt Gery.

Und da passiert es, dass sein Arm auf ihren Schultern zu liegen kommt. Und weil sie sich nicht wehrt, im Gegenteil, fast glaubt er, dass sie sich einen Millimeter auf ihn zubewegt, zieht er sie noch näher an sich heran, so, wie es auch Jakob vor exakt einem Jahr getan hat, nur dass es sich diesmal ganz anders anfühlt. Also legt auch Marie ihren Arm um Gerys Hüfte. Auf der anderen Seite baumelt der Calafati herunter und berührt mit seinem hölzernen Bart Maries rechten Schenkel. Ja, er schaut weg, wie es sich gehört für einen anständigen Chineser, denn man schaut anderen nicht beim Liebhaben zu.

»Komm«, flüstert Gery. Und gemeinsam gehen sie ans Ende der Brücke, steigen die Stufen zur Zwölfergasse hinunter und gehen zu dem Haus mit der Nummer siebzehn. Dort öffnen sie die angelehnte Tür und steigen kichernd und sich küssend im Dunkeln hinauf.

Und während sich Gery und Marie in Joes Wohnung, die nun die ihre ist, küssen, suchen die Wiener und Wienerinnen verzweifelt nach Kerzenstummeln vom letzten Adventskranz. Das ist wie in einem Roman, denkt sich so mancher, der sich die Zähne im Flammenschein putzt.

Als ob einer den Lichtschalter betätigen würde, gehen die Laternen vier Stunden später wieder an. Im sanften Schein, der das Dämmerlicht durchbricht, sieht man einen Schatten am Brückengeländer sitzen. Aus der Brusttasche seines karierten Sakkos lugt eine Zugfahrkarte. Am Boden steht ein alter lederner Koffer, darauf sitzt eine Marionettenpuppe. Ein letztes Mal noch sieht der junge Mann zu einem bestimmten Fenster hinauf, hinter dem sich jetzt der Vorhang bewegt. »Komm«, sagt er dann zu seiner Puppe und hebt sie an ihren Fäden hoch. »Um sieben Uhr geht unser Zug nach Avignon!«

Epilog

»Bist du wahnsinnig, du kannst doch nicht einfach einen Patienten dort draußen vergessen! In dem Regen!«

Zwischen Neonröhren und grauem Linoleum herrscht Aufregung. Rotwangige Pfleger und Ärzte mit wirrem Haar rennen durcheinander, mitten unter ihnen ein schlaksiger dunkelhäutiger Mann im weißen Kittel. Und ja, auch seine Backen sind rot, vielleicht sogar noch ein bisschen mehr als die der anderen, nur sieht man es ihm auf der dunklen Haut nicht so an.

Es ist seine Schuld, dass man Hugos Rollstuhl inmitten von abgebrochenen Ästen und Schlamm gefunden hat.

»Ich hab ja gleich gesagt, dass das eine Schnapsidee ist, die Komapatienten in die frische Luft zu setzen!«, flucht der Oberarzt.« Jetzt haben wir den Schlamassel!«

Die Mur oder Mura entspringt in den Hohen Tauern und fließt durch die Steiermark. Was Wien die Donau ist, ist Graz die Mur. Früher ein dreckigbrauner Fluss mit giftiggrünen Schaumblasen, gleicht ihre Farbe heute schon annähernd der der Donau, in die sie ja dann auch, über die Drau, mündet. Und die Donau ergießt ihre Wassermassen bekanntlich ins Schwarze Meer. Das lernt man schon im Geografieunterricht. Aber manchmal – nur manchmal – spielen die Strömungen ihr Spiel mit dem Treibgut. Da kann es dann schon passieren, dass die kleinen Tierkadaver und Äste einen Umweg nehmen, irgendwohin abbiegen und sogar ein paar Meter flussaufwärts schwimmen, um dann in einem ganz anderen Fluss zu landen. Die Flussgötter sind halt doch ein wenig verspielt. Und so kommt es, dass plötzlich etwas, das ein paar Tage zuvor in die

Mur fiel, ein abgemagertes, grauhaariges Männchen mit einem glatten runden Stein in der Faust etwa, plötzlich nicht im Donaudelta auftaucht, sondern in der Adria. Zwischen Kroatien und Italien geht's dahin, hinunter, hinunter, bis das Treibgut sich ein Weilchen am Stiefelabsatz ausruht. Und wenn dann noch ein Sturm tobt, dann kann es schon passieren, dass das Treibgut plötzlich den Stiefel umrundet und von den gewaltigen Schaumwellen des Tyrrhenischen Meeres wieder hinaufkatapultiert wird, bis ganz nach oben, wo es nochmals eine kleine Runde dreht und schließlich an den Strand von Campofelice gespült wird.

Aber wie gesagt: Das kommt sehr selten vor. Und klingt auch ganz und gar unwahrscheinlich.

Dank

Ich danke Andreas Plammer, der mich nicht nur unermüdlich antreibt, zu schreiben, sondern mir immer ein guter Kritiker und vor allem Freund ist. Ich danke Thomas Wollinger für seine schonungslose Kritik, die zur Vernichtung des ersten Manuskripts führte, sowie seine aufbauenden Worte während der Verlagssuche. Ich danke meinen Kollegen von GRAUKO, ohne deren Interesse an Joe es diesen Roman gar nicht gäbe. Ich danke vor allem Isolde Bermann fürs Lektorat und ihrer Tochter Carina, die sich als erster Fan erwies.

Mein besonderer Dank gilt jener Verlagspraktikantin, die mein Manuskript aus einem Stapel von Einsendungen zog und für so gut befand, dass sie es der Lektorin und der Verlagsleiterin auf den Tisch legte.

Ich danke dem Verlagsteam, das mich als »Küken« mit viel Herz in diese mir noch ziemlich fremde »Welt der verlegten Literatur« aufgenommen hat. Mein ganz besonderer Dank gilt Martina Schmidt – nicht nur fürs Lektorat, sondern vor allem für die kleinen aufbauenden Sätze, die mir Mut zum Weiterschreiben geben.

Weiters danke ich Andreas Schinko, der diesen Roman beinahe verlegt hätte, Ursula Kinstner für die allererste und Mieze Medusa für die verspätete Kritik. Ich danke Andreas Budin, der mich in die Welt von Joe und Gery entführt hat, und natürlich danke ich der Band *Früchte des Zorns* für ihre tollen Lieder.